D1617231

Flor M. Salvador

SILENCE

Primera edición: octubre de 2021

Ilustración y diseño de la cubierta: Diana Bedoya

Con la colaboración editorial de Cosmo Editorial
www.cosmobook.pe

Impreso en México - *Printed in Mexico*

ISBN: 978-1-64473-549-7

21 22 23 24   10 9 8 7 6 5 4 3 2 1

Si alguien te hizo sentir que no eras especial, estaba equivocado. Esto es para ti porque eres especial para mí.

Prefacio

«Todos quieren un final feliz, pero… ¿te das cuenta de que un final feliz no debería ser llamado siquiera como tal?»

Hay una leyenda japonesa que dice que aquellos que estén unidos por un hilo rojo estarán destinados a ser almas gemelas, los cuales vivirán una historia de amor que los marcará y, si algún día se separan, volverán a encontrarse, no importa el tiempo que pase o las circunstancias en las que se encuentren, el hilo puede estirarse, enredarse y hasta tensarse, pero jamás romperse.

Ese hilo está desde que nacieron y los acompañará por el resto de sus vidas.

Pero ¿si la leyenda se equivoca? ¿Qué ocurre cuando el hilo no te lleva a una sola persona?

Es decir, naces con él, pero te conecta a cada una de las personas con las que estás destinada a cruzarte a lo largo de tu vida. No solo con tu alma gemela, puede que conecte con tus padres, hermanos, amigos o incluso tu mascota. A lo largo de la vida vas conociendo a esas personas que, ya sea para bien o para mal, te dejan una enseñanza. El hilo te une a ellas, las cuales serán tu alegría, tu tristeza; risas y lágrimas. Serán aquellas que lograrán colorear tus días grises, llenarán vacíos y a quienes harás sentir vivas.

El hilo, finalmente, te conectará a cada una de esas personas que te darán silencio en tu vida cuando lo quieras, pero ruido cuando lo necesites.

Recordaba a la perfección el timbre de su voz, el momento en que pasó un brazo por encima de mis hombros, atrayéndome a su cuerpo. Él murmuró: «Y aquí estamos, en ese momento en el que tienes todo y nada a la vez, donde todo silencio que se detona regresa a lo que era: *silencio*».

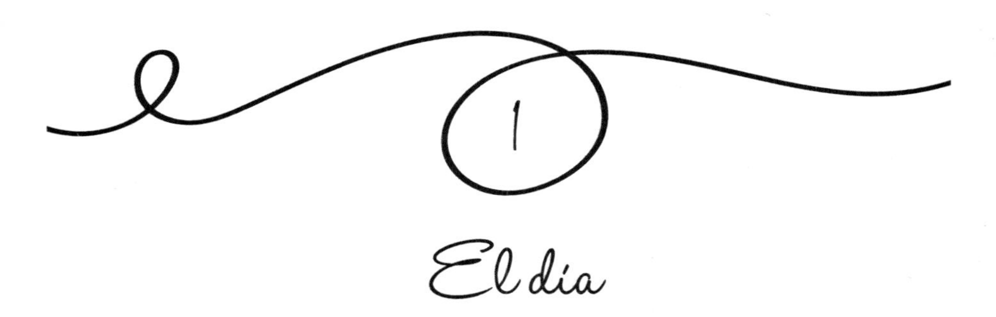

1

El día

JULIE

—¡No, Juliette!

Escuché gritar a mi papá completamente enfadado. Me quedé inmóvil al pie de la puerta de la cocina, con la mirada hacia la pared, percatándome de las pequeñas manchas de humedad que comenzaban a salir.

—¡No es lo que tú digas!

Eché un suspiro y cerré los ojos con fuerza.

«Otra vez peleando por celular», pensé.

Mis padres estaban separados desde hace unos años. Solía vivir en Washington con mamá; sin embargo, ante una demanda, papá ganó mi custodia y ahora ambos residíamos en Toronto. La relación de ellos era demasiado intensa y siempre que uno llamaba al otro terminaban discutiendo.

—¡Basta, basta! ¡No quiero seguir hablando contigo!

Aferrándome a mi mochila, tragué saliva y obligué a mis piernas a moverse; en medio de la sala, visualicé a mi padre revisando su agenda. Él notó mi presencia y no hizo ningún movimiento hasta segundos después, que giró hacia mí.

Le sonreí a medias, incómoda.

—Es muy temprano para estar en esta situación, ¿no crees? —le pregunté.

Él suspiró.

—Lo siento —se disculpó—. ¿Ya podemos irnos? No querrás llegar tarde al instituto.

Asentí, dirigiéndome a la puerta principal para que los dos pudiéramos salir y montarnos al coche.

No iba a retomar la conversación, eso me incomodaba y a papá tampoco le gustaba hablar de ello. Pero, claro, no era consciente de que yo podía escuchar cada vez que discutían y de alguna manera me llegaba a afectar.

Quizá podría evitar hacerlo en mi presencia.

La mitad del camino fue silencio hasta que él preguntó:

—¿Nerviosa?

—No —mentí, mirando por la ventana.

—¿No? —Echó una risilla burlona—. Estás arrugando tu falda de tanto que la aprietas con los puños.

Dirigí la mirada a mi regazo, cerciorándome de que era cierto lo que decía. Inconscientemente, la tela de la falda del uniforme era presa de mis manos.

—Bueno... Me estoy mentalizando que llegaré al salón y no estará conmigo Fabiola.

Papá se quejó en voz baja.

—Tranquila —murmuró—, te irá bien este año. Intenta hacer nuevos amigos, yo sé que puedes. No dejes que nada ni nadie te cohíba. Vamos, Julie.

Parpadeé, negando con la cabeza. Él se rio.

Segundo año de bachillerato y parecía ser de nuevo ingreso.

Fabiola Morris era mi única amiga en aquel lugar y ahora se mudó a miles de kilómetros. Ella y su familia tuvieron problemas económicos los últimos meses y se vieron con la necesidad de viajar al otro extremo del país.

Fabiola era una chica pelirroja natural, de piel pálida y ojos grandes de color avellana. Amaba la música, leer mangas y crearse miles de historias románticas con cualquier persona que viera en el bus.

Ahora, no tenía idea de lo que haría sin ella. Yo no era buena socializando, no hice amigos, tampoco me esforcé en estos dos años.

—Llegamos —anunció papá—. Terminando las clases ve directo a la casa. Intentaré llegar temprano.

—Prometo hacerlo —dije. Él me regaló un beso en la frente y bajé del coche—. Nos vemos más tarde.

Me adentré al plantel, caminando entre los pasillos para encontrar mi salón. Aunque a mitad del camino, mis pasos cesaron, deteniéndome al pie de las escaleras que conducían al segundo piso del edificio E para mirar mi horario. Aula 304-E. Tercer piso.

Acomodé la blusa del uniforme y comencé a subir los escalones con la misma pereza con la que bajé del coche de papá. Llevaba quince minutos de retraso por el terrible tráfico de las mañanas.

Al llegar al salón de clases, el calor se encerraba en mi cuerpo y mi respiración era pesada, necesitaba tomarme un momento para recuperarme, pero sabía que era imposible.

Mordí mi labio inferior y di pequeños golpes a la puerta en espera de que el profesor la abriera. Me acomodé una vez más la blusa y me alisé la falda tableada. En el proceso, la puerta se abrió dejando ver al señor Samuel con una de sus cejas elevada hacia mí.

Él me dio Filosofía el año pasado.

—Adelante, Julie —indicó con calma, cediéndome el paso.

—Gracias —musité.

—Coge un lugar para que pueda iniciar la clase.

Asentí con la cabeza y busqué un asiento vacío con la mirada. Los de atrás estaban ocupados, al frente igual y luego se encontraban los de en medio. Muchas caras me resultaron desconocidas. Era algo que no me sorprendía: se desintegraron dos grupos y solían distribuir a los alumnos que quedaban.

Caminé entre las filas.

Había cuatro personas que no tenían compañero de pupitre, aunque descarté de inmediato a Oliver, que solía incomodarme con sus comentarios, o a Leah, que miraba de manera muy despectiva; al tercero ni siquiera lo conocía y por última opción me quedaba aquel pelinegro que se hallaba del lado derecho recargado contra la pared. Lo conocía de vista, era mi compañero desde primer grado, solía ser muy callado y se sentaba solo por lo general, todavía recuerdo que Fabiola comentó alguna vez que aquel chico le parecía muy atractivo.

Derek, ese era su nombre.

—Julie —sentenció el señor Samuel.

Tomé una bocanada de aire y me dirigí hacia el chico. Ojalá que no se molestara en que yo ocupara el asiento a su lado ni que tampoco recibiera una mirada de pocos amigos, ese no sería un buen inicio.

—¿Puedo?

«No deberías pedir permiso», mi subconsciente me recordó.

Él movió la cabeza con lentitud, como si le estuviera pidiendo permiso a su cuerpo ante cada movimiento. Sus ojos se dirigieron a los míos, me mantuve por un momento así junto a un gesto serio. Pude observar las pecas que se esparcían por todo el puente de su nariz y sus pómulos.

«Me lo negará», pensé.

Sus labios se entreabrieron y los cerró al instante; antes de regresar su mirada al frente, asintió varias veces. Mordí el interior de mi mejilla y tomé asiento, dejando caer la mochila a un lado.

—¡Buenos días, alumnos! —inició el profesor—. Yo soy el docente Samuel Holmes, seré el tutor del grupo y quien les impartirá la clase de Lógica y Argumentación.

Escuché como Derek maldijo en voz baja y dejé de prestar atención cuando miré de reojo como enterraba la cabeza entre los brazos sobre el mesabanco, ocultándose a la perfección del profesor. Al mismo tiempo, comenzó a sonar el pie contra el suelo, mostrando cierta desesperación por la clase. En un instante, yo copié su acción.

Fui tan ingenua al creer que se calmaría en un momento, no lo hizo.

En las primeras clases hasta la hora de comer, se dio a notar ante los docentes y luego regresaba a su hábito de maldecir, gruñir, esconderse y mover el pie de manera que llegaba a ser demasiado molesto para mí.

Todos se pusieron de pie, comenzando a salir del aula, de esa manera es en la que mi compañero dejó de quejarse, siendo el último en cruzar la puerta. Elegí tomar la firme decisión de quedarme, teniendo en cuenta que no tenía sentido que fuera a la cafetería cuando traje de comer.

Saqué mi lonche de la mochila y comencé a picar la frutilla, disfrutando —no, no lo hacía, pero ni un poco— de mi perfecta soledad hasta que fue interrumpida por alguien más.

—¿En serio que te quedarás aquí? —su firme voz cuestionó, creando un eco entre las cuatro paredes.

Alcé la vista con las mejillas llenas. Derek se apoyaba sobre el marco de la puerta, observándome. Intenté pasar con esfuerzo toda la comida para poder hablar.

—Sí —respondí—. ¿Por qué?

Él llevó las manos a los bolsillos de su pantalón del uniforme y se alejó, cerrando con el pie la puerta. En silencio, caminó hacia mí, poniéndome completamente nerviosa. Las manos comenzaron a sudarme y mi apetito desapareció.

Se sentó frente a mí y me analizó con la mirada.

—Pasa que suelo quedarme en el aula cuando todos se van —explicó—, pero al parecer una pequeña pilla me ha sustituido.

Quise desviar la mirada a otro lado, pero no pude.

—M-me siento incómoda en lugares donde hay muchas personas.

—¿Y tu amiga la pelirroja? —preguntó. Derek estiró una mano hacia mi comida y cogió con sus dedos una fresa—. ¿Qué ha sido de ella? ¿Por qué no ha asistido hoy?

—Fabiola —corregí. Él examinó la fresa antes de llevársela a la boca—. Se ha mudado.

—Uh, eso significa malas noticias para ti, ¿eh?

—Algo —admití. Después de todo, no era mala persona como pensé, tampoco alguien de pocas palabras.

—Una completa tristeza. —Él suspiró.

—¿Puedo preguntar algo?

—Ya lo hiciste —señaló.

Cerré la boca y desvié la mirada a otro punto del salón. Me sentía con la necesidad de pasar las palmas de mis manos sobre la falda para poder quitar el sudor que se presentaba.

Lo escuché tomar un respiro.

—Dime —dijo finalmente.

Me quedé en silencio, a pesar de que me di la oportunidad.

«Habla, Julie», me animé, pero fue en vano porque no lo hice.

Mis ojos volvieron a Derek, quien me dio una mirada rápida antes de bajarla a mi lonche, él se limitó a encogerse de hombros, restándole importancia a mi silencio. Al final, yo no insistí en hacerle la pregunta.

—¿Qué es eso? —retomó, apuntando un pequeño rectángulo de color anaranjado.

—Papaya —mencioné, ocasionando de su parte un gesto de repulsión—. ¿Qué?

—Detesto la papaya —confesó.

—Es saludable y rica —defendí. Arrugó la nariz y no dijo nada. Derek elevó la mano para mirar la hora en su reloj y se puso de pie, le dio la vuelta a toda la fila recibiendo una mirada confusa de mi parte—. ¿Ocurre algo?

No contestó.

El timbre sonó indicando que las clases se reanudaban. Volvería de nuevo al sufrimiento llamado: soportar a Derek quejándose mientras movía el pie con impaciencia. Bueno, quizá debía acostumbrarme.

Segundos después, la puerta se abrió y el aula comenzó a llenarse poco a poco. Él se detuvo cerca del pupitre y se inclinó hacia mí como si estuviese a punto de decirme un secreto. Su cercanía me asustó.

—No quiero sonar grosero, pero necesito que busques otro lugar donde sentarte —declaró. Su voz no fue agresiva, ni ecuánime. Solo normal.

Se dejó caer sobre el asiento. Por mi parte, preferí mirar al frente, perdiéndome. Él aceptó cuando le pregunté, algo que no debí hacer, ¿de qué estaba hablando?

2

Rulos rebeldes

JULIE

Papá me molestó de nuevo con sus chistes mañaneros, lo que solo hizo que me pusiera de mal humor. No intenté decirle algo, por lo que salí del coche, sujetando con fuerza la correa de mi mochila sobre el hombro.

Me alejé con rapidez con pasos largos para entrar al instituto y me detuve en medio del pasillo en busca de aquel pliego de papel que nos dieron ayer.

La dirección avisó que a la hora de salida nos dirigiéramos al gimnasio para asignarnos el casillero que nos tocaría a cada uno. Cambiaron el orden y la manera en que se distribuirían, tomando en cuenta el grado y grupo.

El mío no está lejos, al menos no para mí.

Atraviesé la ola de alumnos y traté de buscar mi bloque. En el camino, algunos empujaban y otros te golpeaban con su mochila, teniendo como resultado una mirada lasciva y algún insulto de su parte. La mayoría de las personas siempre intentaban culpar a otros antes de aceptar su culpa.

Tenía la ilusión de haber llegado a mi casillero, aunque mis pies se detuvieron, fijándome en la escena que se presentó frente a mis narices. Fruncí el ceño porque no fui capaz de entender la situación.

Derek estaba dando unos golpes a un casillero. No era cualquier casillo. Era mi casillero.

Lo volvió a golpear, le dio una pequeña patada con la punta del pie. El solo hecho de presenciar cómo lo maltrataba, ocasionó que mi valentía se apoderara de mí y lo reté.

—¡Detente! —grité, acercándome—. ¿¡Qué estás haciendo!?

Él se detuvo y me miró. Su cara mostró un gesto insípido ante mi presencia, recorriéndome desde la cabeza hasta los pies.

—Estoy tratando de abrir mi casillero, ¿acaso te importa?

Suficiente.

Mi día no estaba yendo bien para tener que soportar ese comportamiento tan majadero.

—Demasiado —declaré. Enarcó una de sus cejas, cuestionándome—. Resulta que ese es mi casillero.

Su rostro cambió de manera rápida y un ceño fruncido lleno de confusión apareció en él. Me dediqué a observarlo, impaciente.

—¿Cómo que tu casillero? —cuestionó, haciendo énfasis en cada una de sus palabras—. Se supone que este es el ciento diecisiete del bloque D.

Solté una pequeña risa, negando varias veces.

—Este es el bloque C, con «c» de coco —le dije, intentando no sonar tan obvia. Sus mejillas adquirieron un color carmesí, acaloradas. Derek me mostró un gesto avergonzado y prefirió continuar—. No te has dado cuenta.

—No, que no lo he hecho —admitió, soltó un suspiro y rascó la parte trasera de su oreja—. Pero ¿desde cuándo cambiaron los sitios de cada bloque?

—Desde nunca —mencioné—, siempre se han ubicado de esta manera.

Quise reírme, pero suprimí las ganas. Derek bufó de mala gana.

—Sí, claro —dijo en un tono irónico, mirando por todo alrededor.

—El bloque D está después de este pasillo a la derecha —indiqué, murmurando.

Él me echó una última mirada y cogió su mochila del suelo, pasándola por sobre su hombro para después alejarse. Siendo un poco ingenua, creí por un segundo que me daría las gracias, pero no lo hizo. Solo desapareció.

Estaba molesta, qué falta de respeto que haya sido un completo malagradecido cuando ha sido él quien agredió mi casillero, ni siquiera se disculpó por ello.

Sacudí la cabeza para disipar mis emociones y traté de ignorar la amarga escena anterior. Rendida, suspiré y me limité a poner en blanco los ojos, escogí las cosas que usaría en mi próxima clase y cerré mi casillero, finalmente.

El timbre aún no había sonado, así que eso era una señal de

que no estaba llegando tarde como me lo planteé antes de cruzar la entrada del bachillerato. Los escalones se me hicieron eternos y llegué al salón. Derek ya se encontraba en su asiento, ¿cómo pudo llegar tan rápido? Bueno, quizá sus largas piernas lo ayudaron.

Cogí un poco de aire y me atreví a tomar asiento a su lado, sin importarme lo que me había dicho el día anterior. No pensaba en buscar otro compañero de pupitre, él lo sería por el resto del año, les gustara o no. Derek tendría que lidiar con ello, definitivamente.

Por su parte, no dijo nada. Se mantuvo callado. Ni siquiera hay una mirada de su parte, por lo que eso me tranquilizó un poco.

Lo escuché resoplar y con el rabillo del ojo me percaté de que apoyaba los brazos sobre el mesabanco. Poco a poco los alumnos se hicieron presentes, tomando sus respectivos asientos. Yo me dediqué a mirar a cada uno en espera de la profesora. Creía que todos éramos enemigos de las primeras horas de clases.

La señora Carlin entró sujetando su bolso en una mano y una carpeta en la otra mano, ella intentó cerrar la puerta, pero una mano se lo impidió, ocasionando que retrocediera junto a un ceño fruncido.

—Lo siento —dijo una voz masculina.

—Pasa y toma asiento. Rápido. —La mujer suspiró, haciéndole una seña con la cabeza. El chico de cabello castaño asintió y esta vez le permitió a la señora Carlin cerrar la puerta.

Era muy alto y de complexión delgada, su cabello se asemejaba a un estropajo lleno de espirales y el uniforme parecía incomodarle, pues la característica corbata azul la tenía mal anudada y la camisa desfajada. Tenía suerte de no haber sido regañado.

Miró a su alrededor y danzó por las filas. ¿Así me he visto yo el día de ayer?

Terminó dejando caer su mochila en el asiento que estaba en la fila de mi lado, junto a Oliver, el tipo desagradable.

La profesora se puso de pie frente a nosotros y sus ojos vieron el pliego de papel que sujetaba con una de sus manos. Lo meditó durante unos segundos para después bajarlo y señaló al chico recién llegado.

—Supongo que usted es el nuevo —declaró. Parpadeó unas cuantas veces y negó—. Bueno, hagamos esto lo más pronto. Ponte de pie y preséntese ante todo el grupo.

Él chasqueó.

—Pensé que las presentaciones ya pasaron de moda —musitó, procurando que solo se escuchara en nuestra zona—. Mi nombre es Landon Fairchild, he dejado Vancouver por circunstancias importantes y solo espero a que se acaben las clases para así poder llegar a mi casa y jugar videojuegos mientras como una bolsa de frituras porque son mis favoritas —confesó sin vergüenza alguna. Mi boca se entreabrió y la profesora lo retó con una mirada severa. Landon se encogió de hombros—. ¿Qué? ¿Dije algo malo? Se supone que la sinceridad te hace una buena persona, ¿no es así?

—Mejor siéntese si no quiere tener su primer reporte —sentenció—. El uniforme está mal, fájese la camisa y la corbata se la coloca bien. Viene a clases, no a modelar.

Landon levantó las manos en forma de inocencia mientras hizo lo que la mujer le pidió. Apreté los dientes para no demostrar que la escena me resultaba divertida. Él finalizó y giró su rostro hacia mi dirección, de esa manera me percaté de que sus ojos eran de un color verde miel.

Me sonrió.

—¿En serio aún hay reportes aquí?

Me limité a asentir y regresé la mirada al frente para que la señora Carlin no me pillara hablando con el nuevo. La profesora empezó a dar la clase, no sin antes advertir que aquel que hiciera un mínimo ruido sería sacado del salón hasta la siguiente clase.

Las horas pasaron lentas y mi cerebro pidió un tiempo para descansar porque ya no podía seguir almacenando tanta información. Yo tenía cerebro, sí, pero del tamaño de un maní, por supuesto que sí.

«Solo una clase más, solo una clase más y desayunamos», me animé a mantenerme despierta.

Ahora, el profesor David comentó acerca de los matemáticos más importantes de la historia, resaltando sus más grandes logros. De pronto, su clase fue interrumpida por un llamado a la puerta, y no dudó en abrir al momento.

—Buenos días, profesor. El director requiere en su oficina a Derek Ainsworth en este mismo instante. —La secretaria Evelyn pronunció mirando por todo el salón.

—¡Derek Ainsworth!

Sigilosamente, mi compañero se movió incómodo en su asiento, se puso de pie y caminó en silencio hasta la puerta. Antes de dejar el salón con la señorita Evelyn, observé que se detuvo frente a las dos y les dijo algo.

Se ignoró el acontecimiento anterior y la clase continuó.

Cuarta clase y Derek no llegaba. Debería estar escuchando al licenciado Holmes, quien explicaba sobre los razonamientos de los humanos y los pensamientos de Aristóteles, le ha dado una grandiosa bienvenida a Landon y él ha soltado un tonto chiste que ha hecho reír a todos en la clase.

Jugueteé con el interior de mi mejilla con el objetivo de distraerme en algo y no quedarme dormida encima de la imagen de

Platón. Qué gracioso, apenas era el segundo día de clases y yo ya estaba deseando las próximas vacaciones del ciclo.

Desvié mi vista hacia Landon, se encontraba con la barbilla apoyada sobre el puño y sus ojos se esforzaban en mantenerse abiertos, pero parecía que no estaba teniendo éxito con ello.

—Procederé a anotar la tarea en la pizarra. Esperen a mi indicación —anunció el profesor, cogiendo un marcador. Alrededor de cinco minutos, volvió al escritorio y guardó todas sus cosas. Lo miramos atentos. Caminó hacia la puerta y se volteó hacia nosotros—. De acuerdo, ya pueden tomarle foto, nos vemos en la próxima clase, chicos.

Y se marchó.

De pronto los flashes y sonidos de los celulares empezaron a detonar en todo el salón de clases, siempre solía hacer eso: hoy en día la mayoría de los estudiantes ya no copiaban y se les hacía más fácil tomarle fotos a lo que estuviese en la pizarra. Esperé a que todos comenzaran a salir para por fin levantarme y hacer lo mismo. Sí, también era una del montón.

—Es gracioso ver a todos amontonados como animales cuando les tiras comida. —Una voz sonó a mis espaldas. El nuevo tenía una sonrisa de lado sin separar sus labios mientras se acercaba—. Qué desagradable es eso. Demasiado. —Negó unas cuantas veces. Sacó de su bolsillo su celular y lo miró—. No hay modales, ni un poco de respeto o pudor. —Él tronó la lengua y, en un instante, le tomó foto a lo que escribió el profesor—. Me alegra saber que no soy el único.

Solté una risa y me llevé una mano a la boca para tratar de cubrirla y, en el intento, no hacer que se volviese una carcajada ruidosa.

—Te gusta llevarle la contraria a los maestros, ¿no es así?

Landon se encogió de hombros.

—Yo quiero vender droga, ¿para qué demonios me sirve la puta escuela? —masculló sin quitar su sonrisa.

—¿Para saber cuánto es un kilo? —Sonó más como pregunta que respuesta.

—Para eso existen las balanzas —indicó obvio con su dedo índice—. Oye… —Dejó su habla por el aire y enarcó sus cejas.

—Julie —completé.

—Eso. Julie, ¿dónde está aquí la cafetería? —preguntó yendo a su lugar y coger su mochila del pupitre.

—Bueno, sales del salón y a tu mano izquierda caminas todo derecho por el pasillo y verás un gran letrero que dice cafetería —indiqué—. Estamos cerca.

—Gracias —agradeció girando sobre su propio eje. Antes de que cerrara la puerta detrás de él, me miró y volvió a hablar—: Eres bonita.

Dicho eso, cerró la puerta dejándome sola. No sabía si sentirme halagada o confundida por ello. Mordí de nuevo el interior de mi mejilla y caminé a mi lugar. Saqué mi comida y, antes de guardar mi celular, me fijé en la hora. Al parecer el profesor nos dejó salir diez minutos antes. Tomé entre mis manos el sándwich y lo mordí justo en el momento en que la puerta del salón se abrió.

La mirada de Derek se tropezó con la mía, su ceño fruncido al verme cambió a uno relajado y rio. Sentí como mi rostro comenzó a arder. Rápidamente bajé el sándwich y cerré la boca dejando que mis mejillas se llenaran, pero al parecer eso fue peor para mí, porque él dio una carcajada. Oculté mi rostro bajándolo y comencé a masticar.

—Pensé que esta vez no estarías aquí —comentó tomando asiento al frente igual como ayer—. Pero me equivoqué. —Yo guardé silencio mientras me dedicaba a aplastar con mis molares la comida que estaba en mi boca.

Todo era silencio. Alcé mi vista a Derek, y en ese mismo instante juraba que sus ojos eran los más hermosos que vi, más que los de Andrés, quien tenía heterocromía central.

—Tienes un poco de mayonesa en el labio —pronunció haciendo que yo volviese a la realidad y desviara la mirada—. ¿Qué trajiste hoy?

Me limpié la boca con una servilleta y traté de pasar el bolo por la garganta.

—Gracias —musité—. Y he traído sándwich.

Sin decir nada, estiró su brazo para abrirlo.

Si fuese de esas personas que les molestaba que toquen su comida, quizá ya le hubiese protestado y dado un golpe, pero no dije nada. Al contrario, observé cada una de sus acciones.

—No es queso amarillo, ¿verdad? —Yo negué—. Genial.

Volvió a cerrarlo y creí que lo dejaría en paz, pero no fue así: Derek lo mordió.

—¿No te gusta el queso amarillo? —cuestioné.

—Detesto el queso amarillo —confesó con la boca llena.

Solté una diminuta risa y volvimos a estar en silencio. Él no decía nada, solo masticaba y miraba a su alrededor. No era algo desesperado o incómodo, era agradable. En ese momento se veía diferente a la mañana, menos irritado y grotesco.

El silencio que manteníamos se vio roto por un tercero.

—¡Esta escuela es una mierda! —Landon bramó entrando al salón. Derek y yo dirigimos la mirada a él, quien se dio cuenta de nuestra presencia al instante y volvió a hablar—. Bien, iré a quejarme a otra parte.

—No importa. —Derek aclaró antes de que el otro chico se fuera. Se levantó del asiento y comenzó a rodear la fila para tomar su lugar a mi lado.

Y todo se volvió a quedar en silencio.

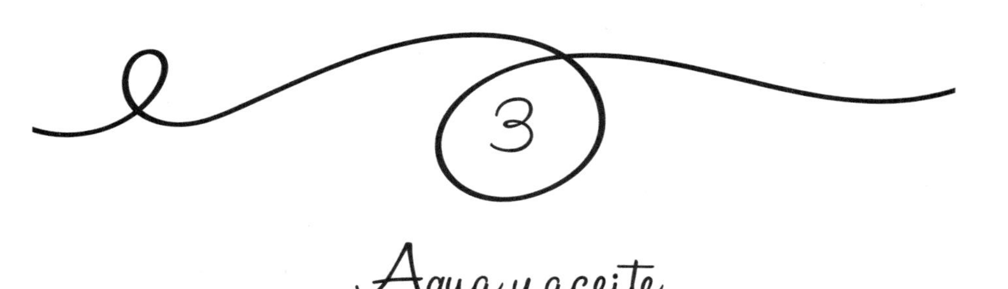

Agua y aceite

JULIE

Definitivamente la escuela no era el lugar favorito para ningún adolescente y quizá para los profesores tampoco. Tener que lidiar con gentecilla inmadura que solo se dedicaban a hacer bromas durante las explicaciones que ellos daban podía resultar algo molesto; luego estaban quienes no aceptaban haber hecho alguna grosería en la clase y se terminaban quejando porque los mandaban a detención.

Delineé con el borrador del lápiz mis labios, intentando prestar toda mi atención a la profesora de matemáticas. Las ecuaciones no eran mi tema favorito, por puesto que no; de hecho, la materia nunca me gustó y eso no me favorecía cuando la única mala calificación de mi boleta se veía dañada por ella.

Mamá me intentó ayudar para que yo lograra entenderlas de una manera más sencilla; sin embargo, fracasé.

Parpadeé varias veces y me concentré de nuevo con el objetivo de averiguar de dónde salió aquella raíz. Ladeé la cabeza e intensifiqué más la mirada, arrugué la frente al darme cuenta de que otras operaciones ya estaban escritas en la pizarra, por lo que me rendí. No quería seguir pensando en aquello. Reprobaría la materia.

Suspiré irritada y volteé hacia el chico que se encontraba al otro lado de la fila: él movía su lápiz con rapidez sin prestarle atención a la profesora. Por un segundo creí que estaba perdiendo su tiempo en algún dibujo o garabatos sin sentido, aunque me equivoqué cuando pude fijarme en que los ejercicios de la pizarra eran resueltos.

Mis labios se entreabrieron, sorprendida. Hace unos días él dijo lo tanto que odiaba la escuela.

Desvié la mirada de nuevo a mi compañero de pupitre. Entonces, fue justo ahí cuando me sentí demasiado tonta. Derek resolvía los problemas con mucha facilidad, su mirada no cedía a otro lado que no fuese a los múltiples números que comenzaban a llenar la hoja, el grafito se desgastaba sobre ella.

¿Tan fácil resultaba ser el tema o yo era muy tonta?

Mordí el interior de mi mejilla un poco avergonzada ante mis propios pensamientos.

—Lo que está anotado a la derecha de la pizarra es la tarea para la siguiente clase. —La voz de la profesora sonó, obligándome a prestarle atención—. Por favor, si tienen alguna duda pueden preguntarme, ¿de acuerdo?

Todos corearon un sí.

En cuanto ella salió, los demás igual. Decidí quedarme en el salón para releer el tema y tratar de comprender lo antes hecho, pero era inútil porque mi cerebro pedía piedad y que lo dejara descansar.

Estiré la mano por debajo del asiento para sacar mi desayuno, miré mi libreta y después a mi comida. La abrí deleitándome con el delicioso aroma de los *hot cakes* y empecé a comer, la miel entre mis papilas gustativas se impregnaba… y mi pequeño momento romántico se rompió cuando él entró.

No me sorprendí.

Aquello comenzaba a ser una pequeña costumbre: Derek entrando, acercarse a mí, sentarse al frente y preguntar:

—¿Qué has traído hoy?

—*Hot cakes* —respondí, llevándome un pedazo a la boca.

Me dio una mirada capciosa durante unos segundos y después la bajó a mi desayuno.

—¿Eso es miel? —Su rostro se mantuvo neutro observando con detalle cada parte.

Se mordió los labios y sus ojos volvieron a hacer contacto con los míos para que le diera una respuesta.

—Sí, sí lo es —musité con la boca llena y ganando un sonrojo.

—Detesto la miel en los *hot cakes* —admitió.

Di una risa y negué, tragué rápido para volver a hablar:

—Entonces, ¿con qué los acompañas?

—Me gusta más ponerles mermelada de frambuesa —indicó.

Hizo un mohín de desagrado y yo asentí, formando una mueca de burla; él esbozó una sonrisa de lado.

—Derek —lo llamé, obteniendo su atención, alzó una de sus cejas para que yo pudiera continuar—. ¿Le entiendes al tema de matemáticas?

Él se quedó pensando.

—Sí.

—¿Podrías explicarme?

Su mirada fue paciente ante la mía y me sentí incómoda. El silencio que se creó fue interrumpido cuando Landon entró.

—Sabía que estarías aquí, Derek —pronunció. Yo fruncí el ceño al no entender—. Tu padre te está buscando, quiere que vayas a verlo a la Dirección en este mismo instante, creo que irás a casa porque se presentó un problema. Él justificará tus faltas.

Y si antes estaba confundida, eso terminó con mi estabilidad.

El pelinegro cerró los ojos y apretó su mandíbula, pude apreciar como una vena se sobresaltó en su cuello, intentó tranquilizarse y soltó un suspiro. Me quedé en silencio sin decir nada.

—¿Tanto te costaba decírmelo a solas? —indicó entre dientes. Abrió los ojos y giró la cabeza con rapidez al chico—. Hay alguien presente, idiota.

—Corre —susurró Landon, divirtiéndose.

¿Ellos se conocían? Al parecer, sí.

De un momento a otro, me encontré desconcertada, sin saber qué pensar. Ni siquiera podía suponer algo.

Derek se puso de pie, sujetando la correa de su mochila y pasó a un lado del castaño, empujándolo del hombro, irritado. Landon soltó una risa llena de malicia, pero estalló en una gran carcajada estrepitosa cuando el otro chico azotó la puerta con más fuerza de la necesaria.

—¿Ustedes se conocen? —me atreví a preguntar por lo bajo, casi en un susurro demasiado inocente, pero lo suficiente para que él escuchara.

Sonrió de oreja a oreja. Y los hoyuelos en sus mejillas aparecieron.

—Somos primos por parte de su mamá.

Lo miré con el ceño fruncido, incrédula.

—¿Es en serio?

Landon asintió como tal niño pequeño sentándose. Su mirada se dirigió a mi pupitre. Estiró su brazo, y creí que tenía el mismo hábito que su primo, pero no fue así. Él agarró mi libro, ojeándolo.

—¿No resolviste nada? —preguntó, interesado. Yo negué—. ¿Por qué? Está fácil el tema, no está tan complicado como los que vendrán en el último parcial.

—¿Se supone que eso me ayudará moralmente o…? —dejé mi pregunta en el aire esperando a que respondiera.

—O podemos manipular las calificaciones —indicó.

¿Qué?

—No puedes hacer eso, ni siquiera debes —ataqué.

—Bien, tal vez no deba, pero sí puedo —contraatacó. Puse una de mis cejas en alto y di una risa irónica—. No es por presumir, pero el director es mi tío.

Vale, ya entendía.

—El director es el padre de Derek —afirmé.

Landon asintió con una sonrisa.

—¿Qué comes que adivinas? —se burló—. Creo que es demasiado obvio el Ainsworth de ambos, ¿no? Aunque yo no lo llevo, como te dije, somos primos por parte de su madre.

—Bueno, hay muchos que se apellidan así —justifiqué. En un solo día me enteré de algunas cosas y, sinceramente, ya no quería saber más, así que prefería desviar el tema—. Creo que sería más prudente el que me enseñaras, ¿no crees?

—Wow, wow, wow. —Dejó mi libro en su pupitre y puso las palmas de sus manos al frente mío, haciendo una seña de pausa—. ¿Ni siquiera nos conocemos bien y ya me estás pidiendo que te dé algún tipo de asesoramiento?

—¡Era una decente propuesta, a diferencia de la tuya que es absurda y anomalística! —chillé un poco ofendida.

Landon soltó una risa.

Dios, esto no podía ser real.

Era muy ruidosa, pero lo peor es que llegaba a ser contagiosa porque comencé a reír con él. Intentó calmarse y dio un suspiro.

—Ahora usas palabras intelectuales —murmuró, divertido—. En realidad, no habría ningún problema. Me encantaría ayudarla, señorita «Soy Justa».

Sentí las mejillas calientes y di una sonrisa diminuta.

—Gracias.

Unos chicos entraron al salón y creí que sería como Derek. No fue así. Cogió su mochila junto a mi libro para subirse al mesabanco; de esa manera, cruzó hacia el otro lado y se sentó en el lugar de su primo. Landon me guiñó un ojo y esbozó una sonrisa de oreja a oreja.

Dougie comenzó a correr por todo el parque apenas le quité la correa. Sabía que no escaparía, él siempre regresaba. Lo miré por un momento y me reí al ver que su pelaje se ondeaba por el aire haciéndolo lucir chistoso.

Él sería excelente modelo para algún comercial.

Lo seguí con pasos lentos. La gente en el parque era escasa, podía contar la cantidad de ellas con los dedos de una sola mano.

Mis ojos se detuvieron en una silueta que reconocí al instante. Él sintió mi mirada y giró la cabeza, de manera que nuestros ojos se encontraran. Las mejillas me ardieron al sentirme atrapada; cuando quise voltear hacia otro lado, me lo impidió. Derek comenzó a caminar hacia donde yo me encontraba de pie. Los nervios se presentaron e invadieron todo mi cuerpo. Aferré las manos a mis costados.

—¿Qué haces por aquí? —preguntó, poniéndose a mi lado.

—He venido a pasear a mi perro.

Sus labios se fruncieron y ladeó su cabeza, escaneándome.

—¿Vives por aquí?

—A una cuadra… hacia el lado izquierdo —contesté, señalándolo con mi mano—. ¿Y tú?

—Vivo del otro lado. La casa color amarillo que está por los árboles frondosos y aquel letrero de vulcanizadora.

Desvié mi vista, intentando disimular.

—Demasiado cerca —admití—. *Dougie.*

Quise contarle acerca de mi pequeño perro que corría frente a nosotros, sin embargo, me lo impidió.

—Shhh… Guarda silencio, Julie.

Apreté los labios, no muy convencida.

¿Por qué le hice caso? ¿De verdad iba a dejar que se saliera con la suya? La respuesta era un sí, por lo que dejé que el silencio nos encerrara a ambos, solo podía escuchar el crujir de los árboles al ser mecidos por el aire.

Aquel famoso olor a nicotina llegó a mis fosas nasales. Miré con el rabillo del ojo a Derek y supe que provenía de él, aunque no tuviera un cigarrillo. El olor no me molestaba. Mamá solía fumar cuando el estrés la consumía y se volvió algo a lo que yo me tuve que acostumbrar en todo ese tiempo que vivíamos con ella.

Quería hacerle muchas preguntas acerca de Landon y su padre, pero no pude. Debía respetar su privacidad, no quería que él pensara que era una metiche que intentaba desmantelar su vida. No, no, para nada. Si las personas no se abrían contigo para contarte acerca de ellos, podía ser porque querían mantenerlo de la misma forma.

Salí de mis pensamientos cuando su celular sonó, teniendo un tono demasiado ruidoso. Observé como lo sacó de su bolsillo y dio un vistazo a la pantalla.

—Julie —me llamó en voz baja, mirándome—. Puedo explicarte lo que no entiendas de algunas asignaturas. Estoy dispuesto a hacerlo.

No esperó por mi respuesta, él solo dio media vuelta y se alejó. Me quedé confundida.

—¡Derek! —le grité cuando recuperé la cordura.

Se detuvo al escucharme y me miró, enarcando una ceja. Por mi parte, corrí hacia él.

Quería decirle que su primo ya se ofreció, pero no lo hice. Lo único que salió de mi boca fue algo muy lejos del tema:

—¿Fumas?

Su sonrisa se mostró algo lánguida, como si aquel acto sencillo fuese algo tierno y burlón; pestañeó, de una forma morosa unas cuantas veces y habló:

—Detesto el tabaco.

4

Rompiendo el silencio

JULIE

Mis pasos se sincronizaban con el ritmo de la música que sonaba a través de mis auriculares mientras me dirigía a la Dirección con mi padre al lado. Estaba segura de que quizá decía algunas cosas sobre su trabajo, pero yo no era capaz de escucharlo. Venía a hablar con el director sobre mi ausencia para la próxima semana. Pronto saldríamos de viaje por un asunto sobre la demanda que tenía con mamá.

Nos detuvimos frente al escritorio de la secretaria, quien nos miró por encima de sus anteojos. Antes de que ella dijera algo, él se adelantó. Me vi en la necesidad de detener la música y ponerle atención a la situación. La mujer descolgó el teléfono y le informó al director sobre nuestra presencia; después de unos segundos, ella se puso de pie y nos dirigió a la oficina de él.

La puerta se abrió y los tres fuimos capaces de escuchar algunos reclamos.

—... Y que nunca tienes tiempo para mí —masculló Derek, echándole una mirada fría a su padre.

Volteó hacia nosotros y se detuvo en seco durante algunos segundos. Él se me quedó mirando fijamente, incómodo, como si estuviera pensando que lo arruinó.

—Lo arreglamos más tarde. Retírate —sentenció el hombre.

—Como sea —dijo Derek de mala gana, pasando a un lado de nosotros.

—Pueden pasar, disculpen las molestias. Estos chicos de hoy en día... —vaciló, irritado.

Apreté los labios, sintiéndome mal por Derek y la manera en que su padre, prácticamente, lo echó de su oficina.

Eché un suspiro. Papá fue el primero en entrar y tomar asiento, yo copié su acción.

—Buenos días, director Ainsworth. Es un gusto saludarlo en persona —le dijo junto a una sonrisa—. Quisiera tratar sobre un tema importante, se trata de mi hija...

Papá inició, dándole detalles de más que para mí eran innecesarios.

En toda la plática, no me contuve en hacer notar lo tan impaciente que me encontraba. Tenía clases y no podía faltar, no cuando me desvelé haciendo las tareas. Eché una ojeada al reloj que colgaba sobre una de las paredes. No sabía cómo decirles que debía ir a mi salón de clases, y que necesitaba hacerlo ya, así que opté por levantarme del asiento, llamando la atención de ambos.

—Necesito ir a mi clase —informé mientras apuntaba la puerta.

—Por supuesto, puedes retirarte. Terminaré de hablar con tu padre —el director se adelantó a hablar. Cogió un pliego de papel para después sellarlo y extendérmelo—. Si el profesor o la profesora no te deja pasar, se lo muestras.

Yo asentí, cogiéndolo entre mis dedos y despidiéndome en voz baja. Sostuve con fuerza la correa de mi mochila y giré la perilla de la puerta para salir y cerrarla detrás de mí. Volví a ponerme los auriculares, poniendo la música en aleatoria. Podía llegar un poco tarde y justificarme con el sello, sé que no debía hacerlo, pero disfrutaría un poco en mi trayecto.

Tarareaba la canción, sincronizando el repiqueteo de mis dedos contra mis costados cuando me tomaron del brazo, obligándome a detenerme.

Un par de ojos azul violáceo me miraron con cautela. Fruncí el ceño cuando él movió los labios y no entendí, su mano subió a mi oreja y se deshizo de mi auricular derecho.

—¿Por qué fuiste a la dirección? —cuestionó, confundido.

—Mi padre y yo saldremos de la ciudad la siguiente semana —respondí automáticamente.

Derek ladeó la cabeza y me soltó, alejándose unos centímetros de mí.

—¿Saldrás? —dudó. Yo asentí, confirmando. Él chasqueó la lengua en forma de negación y soltó un suspiro—. Eso quiere decir que no podré robarte comida —bromeó de buen humor. Me regaló una sonrisa y con la cabeza me indicó que comenzáramos a caminar. Lo seguí—. ¿Qué estás escuchando?

—*Coming For You* de The Offspring.

—¿Te gustan?

—Algunas canciones —admití, pasándome un mechón de mi cabello por detrás de la oreja.

Quería preguntarle acerca de su padre, sobre lo que escuché antes de entrar a la oficina, sin embargo, no lo hice. Porque todavía en mi mente seguía firme a mi pensamiento de respetar su privacidad. Él lo haría, si en algún momento quisiera.

Derek apretó los labios y me miró. Sus ojos comenzaban a gustarme demasiado, realmente eran muy lindos.

—¿Tienes alguna banda en especial?

—Hum... no, creo que no —pensé—. ¿Tú, la tienes?

Él se relamió los labios y se quedó mirando al frente, pensando, como si hubiera un debate dentro de su cabeza. Hizo un mohín y habló:

—Tengo demasiadas, por el momento tengo una obsesión por My Chemical Romance y Sum 41. Poco especial, eh.

Ambos nos detuvimos frente a la puerta del salón. Derek la tocó, chocando sus nudillos contra ella.

—Los he escuchado —recordé, soltando un suspiro. Me dirigí a él, ceñuda—: ¿Tú, cómo entrarás?

No respondió.

El señor Abdiel abrió la puerta, quedando frente a nosotros con una ceja enarcada, interrogativo. Parpadeé.

—¿Por qué llegan hasta ahora? Es tarde.

Yo le mostré el pliego de papel, el cual sujetó, echándole una ojeada.

—Vale, adelante.

Miré preocupada a Derek, quien se encogió de hombros, aburrido.

—Me mandó a hablar el director —se limitó a decir.

Él tenía poder. Lo sabía, pero no pude evitar mostrarle un gesto sorprendido. El señor Abdiel asintió, dejándole entrar.

Evité cuestionarle, y a él le resultó fácil no volver a dirigirme la palabra, ni la mirada.

—¿Entendiste algo? —Landon preguntó, moviendo su lápiz de un lado a otro evitando mi mirada.

Yo torcí los labios.

No, la verdad era que no comprendí nada de lo que me dijo.

Alcé la vista, con el ceño fruncido.

—No, yo… No entendí.

Él dio un suspiro y se rio, cerrando los ojos durante unos segundos.

—Julie… —arrastró mi nombre con pereza y abrió los ojos, conectando nuestras miradas—. El tema no es tan difícil… dime, ¿qué no entiendes? Podría ser específico, ¿en qué punto te perdiste? ¿Hay algo que yo esté haciendo mal?

Me mordí los labios y le di una mirada de cachorro. Era la segunda vez que intentaba enseñarme, pero en realidad mi cerebro no procesaba todavía por completo la información, la forma en que él me explicaba era apresurada, no podía ir a su par, por más que intentaba ponerle toda la atención, simplemente no funcionaba.

—Soy un asco para comprender. —Dejé caer mi cabeza sobre mi libreta, rendida.

Estaba perdida.

—Oye. —Landon acarició mi cabello e hizo un ruido con la boca—. Quizá estás un poco presionada, opino que dejemos esto para otro día. Intenta repasar. ¿Te parece bien?

—¿Estás seguro? —dudé.

Alcé la vista. Él comenzó a recoger sus cosas.

—Lo estoy. No eres un asco, solo déjame encontrar una manera más fácil de que entiendas. Buscaré una con la cual no te sientas tan abrumada, no le temas a los números, es divertido descifrar el resultado, es casi como un juego —comentó animando. Se levantó del asiento y me regaló una sonrisa de oreja a oreja—. Ahora me muero de hambre, ¿quieres ir conmigo a la cafetería?

Lo pensé.

—No, gracias. Prefiero regresar al salón, traje mi propia comida y no me apetece ir.

—¿Planeas estar dos horas allí? —cuestionó con una mueca en la boca, inconforme. Yo asentí sin más que responder—. Bien, entonces te veo cuando la siguiente clase empiece.

Sin otra cosa más que decir, Landon dio media vuelta y se marchó. Cansada, bufé y comencé a guardar todas mis cosas. Desde que inició el receso nos encontrábamos en la biblioteca, él dio esa propuesta y yo acepté. Avisaron de que la clase de lógica no la tendríamos, por lo que teníamos dos horas libres.

Me colgué la mochila por encima del hombro y me acomodé el uniforme para salir de la biblioteca. Caminaba perezosa entre los pasillos mientras pensaba en qué haría para pasar la prueba de matemáticas, aunque después mi mente se ocupó en la pequeña discusión que tuve con mi padre. Llevaba dos años lidiando con él y aun así no comprendía sus bromas. Por Dios, ya era un adulto.

Giré el pomo de la puerta del salón y entré, encontrándome con Derek en su asiento con sus auriculares puestos, tenía los ojos cerrados. Tarareaba una canción desconocida para mí. No quería arruinar su momento, así que decidí volver a cerrar la puerta, pero en ese momento él abrió los ojos, haciendo que nuestras miradas se encontraran. Me quedé quieta sin realizar ningún otro movimiento. El chico frunció los labios y entrecerró los ojos.

—¿Desde hace cuánto tiempo estás mirándome? —demandó con la voz neutra. Retiró sus auriculares y los colocó junto a su celular sobre el pupitre.

Parpadeé, entreabriendo los labios.

—No tiene mucho. Ya me iba, solo que abriste los ojos en ese preciso momento.

—Uh-huh. Entra y cierra la puerta, igual ya no seguiré escuchando. Cortaste mi inspiración.

Me sentí culpable durante unos segundos, aunque después su oración se repitió en mi mente, dándome cuenta de lo grosero que sonó; sin hacerle caso, me defendí.

—Yo no he arruinado nada —ataqué con el ceño fruncido—. El salón es libre para quien quiera entrar, no seas tan insolente.

Derek me miró detenidamente. Resoplé arrepentida e intenté cerrar la puerta.

—¿Qué trajiste de comer hoy? —preguntó, impidiendo mi dramática salida.

En ese instante, odié volverlo a encarar, tenía una pequeña sonrisa de lado, no era burlona, ni sarcástica, solo diminuta y tierna. Alargué un suspiro y entré cerrando la puerta detrás de mí para acercarme a él.

—*Nuggets* de pollo.

Su nariz se arrugó.

—Eso me agrada —admitió. Dudaba si tomar asiento a su lado o ponerme enfrente como él solía hacerlo conmigo, aunque pensar demasiado fue una pérdida de tiempo porque escogí la primera opción.

—¿Trajiste cátsup?

Yo fruncí el ceño ante tal pregunta por parte de él. Negué con la cabeza.

—¿Por qué habría de traer? —demandé, confundida.

Quizá sus gustos eran extraños, pero eso no me debía sorprender, Derek comenzaba a ser raro ante mi definición de personas con las que congeniaba. Enarcó una de sus cejas y, entonces, comprendí a qué se refería.

—Comes los *nuggets* con cátsup —declaré.

Él dio un asentamiento de cabeza y su rostro mostró una sonrisa satisfactoria ante mi habilidad de entenderlo, no podía negar que me sentía bien, puesto que, en tan pocos días de estar conviviendo, ya comenzaba a interpretar sus gestos y movimientos. Hice una mueca cuando me di cuenta del pequeño problema que se presentaba ante ambos.

—Yo los acompaño con mayonesa.

Y no fue necesario que Derek desplazara su lengua entre la boca para hablar, porque con tan solo hacer aquella mueca de asco y soltar un quejido en forma de desaprobación, su frase se estaba presentando ante mis pensamientos.

—Detesto la mayonesa.

Tomé una bocanada de aire para luego soltar una pequeña risa.

—¿Hay algo que no detestes? —Enarqué una ceja. Quería llegar más al pelinegro, era alguien de pocas palabras cuando se lo proponía.

¿Qué tanto ocultabas, Derek?

Sus ojos no abandonaron los míos. Por mi parte, desvié la vista hacia sus labios, que se mantenían en una fina línea, jugando con el tiempo; él los curvó en una sonrisa lánguida y se pasó el dedo índice por la barbilla.

—El silencio.

No comprendí. No lo hice, habiendo tantas cosas por decir, él escogió eso. Un factor, la ausencia de algo.

—¿A qué te refieres? —murmuré.

Con lentitud, saqué mi comida, poniéndola sobre la mesa.

—Me gusta el silencio —respondió, encogiéndose de hombros, haciéndome saber que no le tomaba importancia, como si fuese lo más común entre tanto—. Sin embargo, comienzo a dejar de detestar algo más.

Me acerqué a él para saberlo, como si de un secreto se tratase.

—¿A qué cosa, Derek? —susurré.

En mi interior gritaba el porqué lo hacía, puesto que no había nadie más en el salón. Éramos solo él y yo. Mantuvo un rostro serio, tan inexpresivo…

—A ti, Julie —confesó.

Y mi mente dejó de funcionar por varios segundos, su respuesta le dio acceso a un entrecejo fruncido de mi parte. Derek comenzaba con su juego de palabras que no eran más que monosílabos capciosos, y a pesar de que llevábamos algunas semanas como compañeros de pupitre nunca tuvimos una conversación normal como toda gente civilizada. Aún me preguntaba: ¿por qué no me siguió insistiendo en echarme del asiento?

Tragué saliva y me relamí los labios. No despegaba su mirada de mí, mientras yo trataba de evadirla durante ese tiempo que me parecía una eternidad.

—¿Cómo? —inquirí. Me di cuenta de mi pregunta y sacudí mi cabeza, formulándola mejor—. Trato de decir, ¿por qué lo dices?

—Dios, Julie —mascullό de mala gana—. Te he dicho que me gusta el silencio, y desde que tu trasero tocó aquel asiento no has hecho otra cosa más que detonar lo que tanto anhelo —explicó, irritado y cansado—. A eso es a lo que me refiero. Me agrada que lo hagas, así que… comienzo a acostumbrarme al ruido que estás procreando en mi vida.

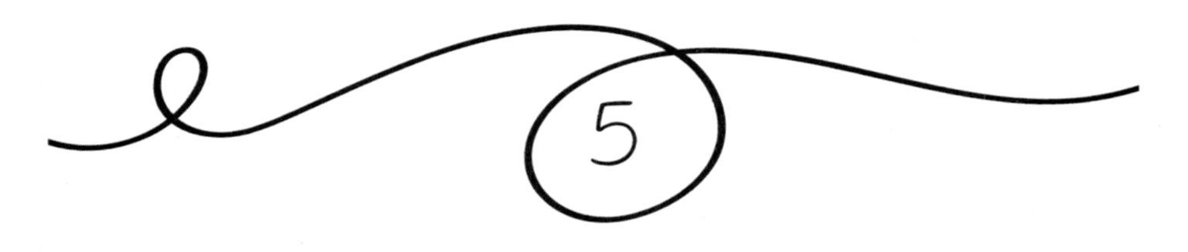

5

Shakespeare no se niega

JULIE

—¿Cómo van las cosas por allá? —le pregunté a Fabiola, mirándola morder una tostada sin mucho éxito a través de la pantalla.

Ella sacudió su regazo y se encogió de hombros.

—Igual, papá ya se acostumbró. Nosotras somos quienes luchamos por adaptarnos a esta nueva vida. —Suspiró—. En mi instituto los chicos son unos payasos, necesito urgentemente huir de aquí.

Me reí.

—Hablas como si tuvieran tres cabezas. ¿Tan malo es?

—No hay mucha diferencia —confesó—. Mejor cuéntame cómo has estado sobreviviendo sin mí.

Junté mis cejas y le di una mirada recelosa, Fabiola contuvo una risa y volvió a morder su tostada. Recapitulé los primeros días de clases, la mala actitud de Derek y la risa risueña de Landon.

—Le sigo teniendo miedo a los números —admití, echándome de espaldas hacia el cabecero de la cama—. Finjo entenderle, nunca he sido buena con las operaciones y no me alcanza para nada el poco tiempo que dan para entregar las tareas en clase. Necesito una vida entera.

—Terminarás sin cabello por tanto estrés —murmuró divertida.

—No lo dudo. —Limpié la pantalla del portátil con la sábana y volví a hablar—: Me siento junto a Derek, el pelinegro con pecas.

Ella enarcó una ceja, sorprendida.

—¿Y qué tal?

—¿De qué? Es un pesado —admití—. Me dice que me quite de ese lugar y luego me roba comida, no es algo normal, pero tampoco extraño... Supongo. También me he enterado de que es el hijo del director y que tiene un primo muy diferente a él. Landon sí es *cool*, ese es su nombre.

—Buuh, ¿por qué las cosas se vuelven divertidas cuando ya no estoy?

—¿Por qué las cosas se vuelven complicadas cuando ya no estás? —La corregí.

Fabiola negó con la cabeza, terminándose su tostada. Ella tragó antes de volver hablar:

—Cuéntame de Landon, ¿cómo sabes tanto?

Sonreí ante el último recuerdo que tenía de él, su risa contagiosa se proyectó en mi mente y la absurda idea de que fuera mi tutor agrandó aún más mi sonrisa.

—Es nuevo en el curso, se ha integrado al grupo en el segundo día de clases, parece un chico agradable. Fue él quien me contó sobre el parentesco entre Derek y el director, es algo comunicativo.

—¿Es igual de guapo que su primo?

Mis mejillas se acaloraron.

—Son… curiosos. Uno es pelinegro, el otro castaño; uno es más alto que el otro, Derek es de pocas palabras y Landon es muy expresivo.

—Quiero fotos de Landon. ¿Ya es tu amigo?

Lo pensé.

—Es mi tutor —dije avergonzada—. Lo necesitaba, era eso o meternos al sistema de calificaciones, ¡está loco!

La boca de Fabiola se abrió para después soltar una risotada.

—Cuéntame más, mi horario de sueño se pospone.

Me incorporé, tomando una mejor posición en la cama. Sabía que la conversación se alargaría, ella comenzaría a hacer pregunta tras pregunta para poder averiguar hasta el mínimo detalle.

Sería una larga noche.

Sujetaba con fuerza la sombrilla, aferrándome a ella para que el aire que azotaba no me la quitara de las manos, las pesadas gotas de lluvia la golpeaban, movía los pies con cierta rapidez para no mojarme los zapatos, aunque fallaba en el intento. Cuando creí llegar dentro del instituto para bajar la sombrilla, un fuerte viento la empujó. Quise ejercer más fuerza en el agarre, pero no lo conseguí. Cerré los ojos esperando a que comenzara a mojarme. Eso nunca pasó.

—Detesto la lluvia —la voz de Derek sonó a mi lado, abrí los ojos, sorprendida, y lo miré. Su cabello estaba ligeramente húmedo y su nariz se arrugaba—. Es en serio, detesto la lluvia. No sé qué le encuentran de bonita y romántica, sus clichés me tienen demasiado asqueado.

—Entonces, ¿qué te gusta hacer cuando llueve? —pregunté, comenzando a dar un paso al frente; él siguió sujetando la sombrilla por encima de nosotros y entrecerró los ojos como si estuviese pensando en algo realmente importante para responder.

Hizo un pequeño ruido con la boca y nos detuvimos una vez que estuvimos entre los pasillos; bajó la sombrilla cerrándola y la sacudió un par de veces para quitar un poco el agua de ella.

—Cualquier cosa, solamente que no me toque —confesó. Me sacudí un poco el cabello para quitarle el volumen y opté por atármelo en una cola alta—. Te ves realmente fatal con el cabello recogido.

Le di una mirada fulminante.

—No me importa, Derek —mascullé. Él me extendió la sombrilla acomodada y la tomé—. El aire lo ha enredado, no quiero que se haga nudos después —expliqué guardando la sombrilla en mi mochila.

Tenía suerte de que fueran aquellas que se podían hacer pequeñas, perfecta para mí. Todavía recordaba que fue papá quien me la compró hace unos meses en una tienda de bazar. Él amaba las tiendas de bazar.

Escuché que Derek echó una risa. Yo volteé a verlo y volví a tomar la palabra.

—¿Como qué cosas? ¿Ver películas? ¿Escuchar música? ¿Leer mientras tomas una taza de chocolate caliente hecha por la abuela?

—Mi abuela ya murió —farfulló, metiendo las manos a los bolsillos delanteros de sus jeans.

Mordí el interior de mi mejilla, lamentándome.

—Lo siento.

—Ajá. —Él comenzó a caminar hacia el salón. Me quedé de pie viendo cómo se alejaba y me sentí mal; sin embargo, se detuvo durante unos segundos y se giró hacia mí, su entrecejo se frunció—. ¿No piensas venir? —Solté un profundo suspiro y caminé hacia él para seguirlo—. En los días lluviosos me gusta ver películas, o quizá echar algo de mierda hacia cualquier cosa que se me venga a la mente. Realmente un poco de todo. Al azar. Sin tener algún tema de conversación con tal persona que te está escuchando; también dibujar, aunque soy un completo desastre para ello, así que mejor me quedo con lo primero que te he dicho. —Llegamos al salón, no había muchas personas, solo unas cuantas con la cabeza en el pupitre. Derek entró primero y después yo—. Dime, Julie, ¿a ti qué te gusta hacer?

Tomé asiento al lado de él, dejé en el suelo mi mochila y le dediqué una mirada interesante.

—Bailar —solté al instante—. ¡Y tocar el piano!

—Shhh —indicó poniendo el dedo índice encima de los labios—. Eres ruidosa, mujer. ¿Sabes tocar el piano? Vaya, eso es realmente sorprendente, ¿qué tan buena eres?

—Papá dice que soy excelente —confesé—. ¿Quieres que te enseñe?

Derek me regaló una mirada severa, dándome a entender que no hiciera tanto ruido.

—Aquí no hay pianos.

—En mi casa hay uno, papá lo compró cuando me vine a vivir con él. Era como un pequeño método de anestesia cada vez que me sentía mal, ha durado demasiado, aparte, es de un color chocolate muy bonito. ¡Oh, Dios! ¡Necesitas verlo! ¡Realmente *Milo* es muy hermoso!

Entonces, Derek soltó una carcajada estrepitosa, era ronca y suave a la vez, llena de vida y de alegría. Y esa fue una de las tantas características que me atrapó de él.

—¿*Milo*? ¿En serio le has puesto nombre a un piano? —preguntó, incrédulo y entre risas.

—¡Hey! ¿Qué tiene de malo? —rechisté ofendida, fingiendo—. Uno puede encariñarse con ciertas cosas, aun sean cosas muy simples, pero aquello tiene un gran significado. Eso es lo que lo hace especial.

Poco a poco calmó su risa y frunció los labios para darme una mirada con los ojos entrecerrados, sus pestañas se abatían, parecía como si se las hubiese quebrado. Me tomé el tiempo de escanear su rostro en ese pequeño tiempo, era como un placer estético.

—¿Acaso eres el tipo de personas que aún le den una envoltura de chicle la guardaría?

—Lo que parece ser insignificante puede ser lo que llene tu corazón. —Me encogí de hombros.

Hizo un gesto de asco y negó varias veces.

—Deja los jodidos libros de Shakespeare —pronunció, rodando los ojos. Desvió su mirada al frente. Reí divertida, ya que, nunca en lo que llevaba de vida, leí algún libro de él—. Te queda con exactitud tu nombre, Julie. Tus padres no se equivocaron al ponerte así.

Di un bufido por lo bajo y acomodé mi blusa del uniforme.

—No seas tan apático, Derek.

A diferencia de él, yo no quité la mirada de su cuerpo; de hecho, Derek se vio con la necesidad de regresar a mí. Le dediqué una sonrisa tímida.

—Entonces, ¿vas a querer estar presente para ver cómo seduzco a *Milo*?

Él no pudo esconder aquella sonrisa, así que optó por volverla lánguida.

—¿Cuándo? Se supone que tú te vas de viaje en dos días.

—Escoge tú —le di la opción.

—Podría ser hoy —indicó—. Es decir, creo que es el día perfecto, ¿no crees? —Enarcó una de sus cejas y fue inevitable dibujar una sonrisa de oreja a oreja. Asentí varias veces, entusiasmada.

No me equivoqué en sentarme a su lado.

El pasillo estaba vacío, caminaba hacia la biblioteca para encontrarme con Landon y estudiar un poco; para mi sorpresa, él ya se encontraba con compañía. Al sentir mi presencia, levantó la vista y me sonrió; el chico que estaba a su lado me miró.

—Hey, Julie —me saludó alegre—. Lo acabo de conocer. Su nombre es Eleazar y va al mismo curso que nosotros, solo que un piso abajo —Landon contó mirándonos a ambos.

—Hola —Eleazar murmuró con una sonrisa a medias, hojeó su libro unas cuantas veces para desviar la atención y yo tomé asiento. Él volvió a alzar su mirada hacia mí—. Sé que apenas los acabo de conocer, pero… ¿les gustaría ir a una fiesta este sábado?

—¡Por supuesto! —Landon soltó por lo alto sin pensarlo. Alguien al fondo lo silenció y en su rostro se plasmó un gesto de culpabilidad—. Es decir, tenía planeado ir con mi primo al puente a tirar huevos.

Miré a Landon.

—¿Tú y Derek iban a tirar huevos? ¿Acaso eso no es ilegal?

—Sí y sí —confesó encogiéndose de hombros—. Pero ahora que tú lo preguntas, suena más emocionante. Prefiero asistir a esa fiesta que escuchar las quejas de Derek cada vez que estrelle un blanquillo hacia alguna parte.

Yo solo di una risa y miré al rubio, Eleazar.

—No podré ir, saldré de viaje —dije apenada. Aunque en realidad, igual no iba a poder asistir, papá me lo negaría.

—Bien, no importa. —comprendió el chico.

—¿Te vas de viaje? ¿A dónde? ¿Por qué no me dijiste? —inquirió Landon, lanzándome una mirada confundida. Yo entrecerré los ojos ante su expresión.

—Problemas familiares —admití sin importancia. Él solo mantuvo sus ojos sobre los míos, entreabrió los labios, pero ninguna palabra salió de ellos—. Derek tiene problemas, ¿cierto?

El castaño con cautela se dejó caer contra el respaldo de la silla y se cruzó de brazos.

—Derek es raro.

—Tal vez.

—¿Tal vez? Hay muchas cosas que lo comprueban. No hagas caso, quizá se cayó de la cuna cuando era un bebé.

Intenté contener una risa.

—No lo ayudes mucho —murmuré en un tono burlesco.

—Ni siquiera lo intento —dijo de la misma manera que yo.

Me encogí de hombros y Landon puso los ojos en blanco, al mismo tiempo que echaba un bostezo. Eleazar apoyó sobre la mesa un libro con una calavera de portada y bufó murmurando lo tanto que odiaba literatura.

—*Hamlet* —Landon pronunció—. De William Shakespeare, ¿no?

Su amigo lo miró con duda y asintió.

—Así es. ¿Cómo lo sabes? ¿Lo has leído? Si es así, hazme un resumen de esto, por favor. Lo necesito.

Landon negó varias veces y soltó una pequeña risa.

—Oh no, yo no lo he leído. Conozco esa obra porque es la favorita de mi primo, esa entre otras más.

Quería ver cómo se encontraba mi rostro, qué gesto o impresión tenía ante lo que dijo.

—¿A Derek le gusta leer? —Mi voz sonó tan incrédula como si solo el hecho de lo que confesó fuese un descubrimiento que le daría un Premio Nobel.

—Sí, bueno, no es como si se la pasara todos los días en su habitación leyendo libros, solo lee los que él considere que valen la pena, como *Hamlet*, *El Evangelio del Mal*, *Fausto* y así. Detesta *Romeo y Julieta*.

Preferí no decir nada y regresé a mi posición.

En realidad, Derek era interesante, al igual que Landon, pero muy diferentes para ser familiares, tal vez eso los hacía especiales.

6

Días malos

DEREK

Odiaba despertar.

Qué fastidio, otro día más de vida.

—Derek, despierta. Ya es tarde —susurró Landon a mi oído, moviéndome de los hombros. Solté un gruñido y me incorporé para poder verlo.

Me mostraba una mirada de lado mientras hacía muecas. Pasé ambas manos por mis ojos y después coloqué una de ellas sobre mi estómago.

—Tu madre pregunta si quieres un poco de cereal o solo un yogur.

—Quiero que te largues de mi habitación —mascullé aún con la vista borrosa. Landon se rio. Fruncí el ceño y volví a tirarme en la cama tomando una gran bocanada de aire—. Cereal solamente.

Él se alejó.

—Debes estar en quince minutos abajo, sino juro que te patearé el trasero hasta sacarte a la calle. —La puerta de mi habitación chilló, pero antes de que la cerrara, él volvió a hablar—. Ah, casi se me olvida decirte… está lloviendo.

Esta vez, mis ojos se abrieron y obligué a mi cuerpo que tomara fuerza. Miré por la ventana confirmando lo que me dijo. Di un suspiro lento y troné mis dedos de las manos, me quedé en la esquina de mi cama mirando el suelo y repitiéndome lo aburrido que era tener la misma rutina, aunque con Landon ahora era un poco diferente.

Llegó de Vancouver a Toronto por asuntos que hasta ahora no me había dicho, mis padres lo sabían, pero ninguno me decía nada, fácilmente podría insistir a cualquiera de ellos, sin embargo, no lo hacía porque en algún momento Landon lo haría. Confiaba en él.

Lo escuché hace dos noches hablar por celular con su madre, al parecer estaban discutiendo sobre su decisión de continuar sus estudios aquí. Quise escuchar más, pero supe que no era lo correcto, por lo que terminé encerrándome en mi habitación a seguir estudiando.

Respiré hondo y me puse de pie para ir al baño.

Demonios, no debería tomar tanto líquido antes de ir a dormir.

Miré la regadera unos segundos, debatiendo en mi mente si bañarme o no, mi pereza me ganó, así que mandé a la mierda la higiene y fui hasta el lavabo para lavar mis manos, la cara y cepillarme los dientes. El sabor de la menta en mi boca causó una mueca en mi rostro, aunque fui un poco estúpido porque tosí y la espuma que estaba reteniendo fue a dar al espejo dejando una mancha demasiado visible.

—Joder —musité mordiendo mi labio, me enjuagué rápidamente y miré una vez más lo que hice, por lo cual dejé el espejo como estaba y salí dirigiéndome al armario.

El clima en este momento no estaba como me gustaba, así que tomé entre mis manos mi uniforme y un suéter gris, me cambié lo antes posible y cogí mi celular junto a mi mochila poniéndola sobre mi hombro para bajar hasta la cocina, brinqué las escaleras de dos en dos y me topé con Charlie, quien me miró con el ceño fruncido antes de hablar.

—¿Te has despertado con una erección o por qué tu mala cara? —cuestionó aún con su mirada confundida ante mí. Me planteé en frente de él para poder tener una cercanía justa.

Charlie era mi hermano mayor por dos años. Un poco más bajo que yo, quizá por algunos quince centímetros, pues él parecía ser el menor de los dos. Charlie tenía el cabello negro, los ojos de un color avellana, complexión gruesa y varios lunares en el cuello, él también heredó las pecas de mamá, estas se notaban por encima de sus mejillas, nariz y frente.

Estudiaba administración de empresas, algo que a papá no le gustó en lo absoluto, esperaba que terminara siendo un ingeniero en sistemas, pero Charlie decidió algo que pudiera llevar con tranquilidad y sin tener que vivir bajo el estrés, o en pocas palabras, una carrera universitaria con la que se sintiera bien sin importarle si complacía a nuestro padre o no.

Nos llevábamos bien, pero nuestra relación estaba llena de vacilaciones. Solíamos jugarnos bromas o intentábamos ofendernos con tal de que uno se rindiera ante el otro. En la mayoría de las veces, yo ganaba.

—¿Y tú despertaste sin cerebro? —Enarqué una ceja y reí—. Oh, cierto, que jamás has tenido.

—Eres un gran hermano —ironizó—. ¿Vendrás conmigo a la fiesta del sábado?

—No, haré tarea.

—Steven Ainsworth, eres un completo raro —confesó en una risa cuando entramos a la cocina.

Landon comía cereal y en frente de él había otro tazón. Supuse sería el mío.

—No me llames Steven, joder —mascullé irritado.

Detestaba que lo hiciera. Odiaba mi segundo nombre.

Charlie asentó una botella de jugo sobre el mesón y mantuvo sus ojos sobre los míos.

—Muévanse que debo llevarlos a la escuela.

Regresé mi vista a mi tazón y jugueteé con las hojuelas de cereal unas cuantas veces pensativo.

Quienes sabían que mi padre era el director de la escuela se preguntaban el por qué no llegaba con él o siquiera me iba cuando él lo hacía, creo que lo más normal es que llegáramos juntos, pero la realidad era que yo no quería eso, aparte de qué me tendría que levantar una hora más temprano, no me apetecía la idea de que supieran que era el hijo del director. Aunque bueno, eso ya no era novedad, casi todo el plantel lo sabía. Y todo era gracias a los profesores. Malditos lenguas largas que no podían concentrarse a lo que tenían que hacer: a impartir clases.

—¡Derek! —La voz de mi primo gritó causando que me sobresaltara—. Te está llamando tu mamá.

Dejé caer la cuchara y bajé del taburete odiando estar vivo. La mujer se encontraba al pie de las escaleras con los brazos cruzados dándome una mirada seria.

—¿Hice algo malo?

—Más bien que no hiciste —mencionó dándole énfasis al *no* en la oración, le di una mirada confundida—. No acomodaste tu cama. Cariño, ¿cuántas veces te tengo que decir que la tienes que tender siempre que te despiertes? Aún vayas a la escuela o sea un fin de semana, lo tienes que hacer.

—Ok, ahora subo y lo hago —indiqué decidido, pero ella me detuvo.

—Olvídalo, lo haré yo después. Anda, ya váyanse que se les hará tarde. Charlie, pasa a comprar lo que te he dicho —ordenó dándome unas cuantas caricias en el hombro, sin decir nada me alejé de ella y sujeté con fuerzas la correa de mi mochila.

—¡Vamos, vamos! —apuró mi hermano. Landon ya estaba a su lado, quien fue el primero en salir, seguido de mí y el mayor.

Algunas gotas se impregnaron a mi ropa.

Mierda, cuanto detestaba la lluvia.

En el camino, Landon venía platicando con Charlie en el copiloto sobre algunas cosas que yo hacía oídos sordos, no quería meterme en sus conversaciones, unas que no tenían sentido. Estaba pensando en ponerme los auriculares y escuchar un poco de música, aunque lo descarté al instante. No tenía ganas de escuchar nada, solo tener tranquilidad y silencio, sin tener que soportar ruidos que me estresaran al punto máximo de escupir mi veneno.

Estábamos a punto de llegar y maldecía en voz baja, pero en cuanto me encontraba insultando todo, el automóvil se detuvo, a regañadientes bajé y al cerrar la puerta la manga del suéter se atoró, entré en pánico pensando que Charlie arrancaría. Él se dio cuenta de mi torpeza causando una gran carcajada de su parte.

—Landon, adelántate, ahora voy.

Él me miró con el entrecejo fruncido, pero cedió a ello. Abrí la puerta para liberarme y le di una mirada recelosa a mi hermano, seguido, le saqué el dedo de en medio.

—Saca esa botella de jugo —indiqué—. No quiero beber tus bacterias.

Sin esperar respuesta por parte de él, me alejé. Al instante de girar, mi vista se posó en el pequeño cuerpo de Julie quien bajaba del auto de su padre y corría con una sombrilla en manos, el viento la movía demasiado, así que me acerqué hasta ella para poder sostenerla, lo cual fue un golpe de suerte porque esta se escapó de sus manos. Entonces no pude evitar soltar mi pensamiento.

—Detesto la lluvia —confesé. De inmediato la pelinegra alzó su vista sorprendida, la cual después fue sustituida por una mueca poco a poco—. Es en serio, detesto la lluvia. No sé qué le encuentran de bonita y romántica, sus clichés me tienen demasiado asqueado.

Y era verdad, muchos decían que era muy romántica, sobre todo para las parejas. Siendo honestos, por más que intentaba encontrarle ese lado, solo la negatividad y el asco llegaban como conclusión.

—Entonces, ¿qué te gusta hacer cuando llueve? —preguntó aún con sus ojos sobre mí.

Julie dio un paso hacia adelante y la seguí sujetando la sombrilla, lo hacía por dos cosas, una de ellas era porque de igual manera me cubría de las gotas siendo derramadas, y la otra, quizá era porque en realidad quería ayudarla con ello.

Entrecerré los ojos pensando en las cosas que hacía cuando el tiempo estaba así, una respuesta que la dejara satisfecha y no preguntara demás. Aunque con Julie eso no era un problema, le podía responder lo más mínimo y ella quedaba contenta con eso, no seguía insistiendo y guardaba silencio.

Hice un ruido con mi boca y me detuve cuando ella lo hizo, bajé la sombrilla para sacudirla varias veces.

—Cualquier cosa, solo que no me toque —admití al final. Sabía que eso no era lo que esperaba, ella me hizo una pregunta específica y yo le respondí algo que la dejaba de la misma manera. Miré cada uno de sus actos, desde que sacudió su cabello hasta atarlo en una coleta —. Te ves realmente fatal con el cabello recogido.

Mi pensamiento dejó de ser uno cuando se lo eché en cara, y es que, en realidad de esa manera no se veía para nada bien, con el cabello húmedo y colocado todo hacia atrás parecía a Neo de Matrix, pero versión fea.

—No me importa, Derek —mascculló. Le extendí la sombrilla para que la sujetara, y eso hizo—. El aire lo ha enredado, no quiero que se haga nudos después. —Guardó el objeto en su mochila haciéndola pequeña. Portátiles. Yo solté una pequeña risa—. ¿Cómo qué cosas? ¿Ver películas? ¿Escuchar música? ¿Leer mientras tomas una taza de chocolate caliente hecha por la abuela?

—Mi abuela ya murió —farfullé metiendo mis manos a los bolsillos de mi pantalón. No me costó soltar aquello porque en realidad casi nunca conviví con mi abuela, como lo hice con mi abuelo.

—Lo siento —murmuró apenada.

—Uh-huh —musité sin importancia.

Mordí mi lengua y comencé a caminar por el pasillo, pero me detuve cuando no sentí su presencia, giré sobre mi eje para verla parada en el mismo lugar donde nos encontrábamos antes. Fruncí el entrecejo cuando caí en cuenta que seguía apenada por lo de mi abuela.

—¿No piensas venir? —pregunté evadiendo el tema.

Julie entreabrió los labios, pero cedió al final acercándose hasta mí. Ambos veníamos en silencio y, por alguna razón, quería que hablara, sin embargo, ella no lo hacía, así que tuve que dar la iniciativa yo.

—En los días lluviosos me gusta ver películas o quizá echar algo de mierda hacia cualquier cosa que se me venga a la mente. Realmente un poco de todo. Al azar. Sin tener algún tema de conversación con tal persona que te está escuchando, también dibujar, aunque soy un completo desastre para ello, así que mejor me quedo con lo primero que te he dicho — comenté sin detenerme.

Llegamos al salón esperando a que Landon estuviera presente, pero no fue así, ¿dónde demonios se metió?

Me adentré primero con la chica siguiéndome el paso.

—Dime, Julie, ¿a ti que te gusta hacer?

Tomé asiento como siempre y ella a mi lado para darme una mirada.

—Bailar —confesó de repente, quería decir algo referente sobre ello, pero volvió a hablar—. ¡Y tocar el piano!

—Shhh —silencié poniendo mi dedo índice sobre sus labios, me irritaban cuando gritaban—. Eres ruidosa, mujer. ¿Sabes tocar el piano? —admitía que eso me sorprendió un poco, no esperaba que ella fuera de ese tipo de personas. Julie asintió con una sonrisa—. Vaya, eso es algo realmente sorprendente, ¿qué tan buena eres en ello?

—Papá dice que soy excelente —confesó—. ¿Quieres que te enseñe?

El entusiasmo en sus ojos se reflejaba y me gustaba el brillo en ellos. Traté de darle una mirada severa para que mi cara de sorpresa se desvaneciera.

—Aquí no hay pianos.

—En mi casa hay uno, papá lo compró cuando me fui a vivir con él. Era como una pequeña anestesia cada vez que me sintiera mal, ha durado demasiado, a parte, es de un color chocolate muy bonito, ¡Oh, Dios! ¡Necesitas verlo! ¡Realmente *Milo* es muy hermoso!

Al escuchar aquel nombre solté una carcajada.

—¿*Milo*? ¿En serio le has puesto nombre a un piano?

Me parecía gracioso que nombrara sus instrumentos.

—¡Hey! ¿Qué tiene de malo? —reclamó, ofendida—. Uno puede encariñarse con ciertas cosas, aún sean cosas muy diminutas, pero aquello tiene un gran significado. Eso es lo que lo hace especial.

Su oración se me hizo tierna y la manera en que defendía sus ideas era sin duda algo... bonito. Traté de calmar mi risa un poco y cavilé unos segundos lo que dijo, entonces una pregunta que se plasmó en mi mente tenía que ser respondida.

—¿Acaso eres el tipo de personas que aún le den una envoltura de chicle la guardaría?

—Lo que parece ser insignificante puede ser lo que llene tu corazón —soltó al instante encogiéndose de hombros, como si la simple oración no le costara absolutamente nada.

Eso me hizo recordar a un libro que leí.

—Deja los putos libros de Shakespeare. —Rodé los ojos y miré al frente preguntándome si ella leía esos libros—. Te queda con exactitud tu nombre, Julie. Tus padres no se equivocaron al ponerte así.

Oí como soltó un bufido.

—No seas tan apático, Derek —dijo. Sentía su mirada sobre mí, así que me vi con la necesidad de regresar mis ojos a los suyos. Me dedicó una sonrisa pequeña y tímida —. Entonces, ¿vas a querer estar presente para ver como seduzco a *Milo*?

Esbocé una sonrisa lánguida.

—¿Cuándo? Se supone que tú te vas de viajes en dos días.

—Escoge tú.

—Podría ser hoy —dije fácilmente, sin tener que darle tantos rodeos a esto—. Es decir, creo que es el día perfecto, ¿no crees?

Ahora era yo quien se veía curioso ante la pequeña Julie.

—Papá —lo llamé una vez más.

Miraba la hora en el reloj que tenía en su oficina a un lado para estar seguro de no llegar tan tarde a la clase. Aunque eso sería imposible, pues me seguía haciendo señas de que me esperara unos minutos puesto que hablaba por teléfono, resoplé en forma de rendimiento y me senté en la silla giratoria, dando vueltas en ella y cerré mis ojos durante ciertos segundos, cansado de lo mismo, me detuve, mirándolo fijamente.

—Papá, se hará tarde, ¿me podrías escuchar?

—¿No te puedes esperar solamente dos minutos, Derek? —masculló tapando la bocina del teléfono para que el otro oyente no escuchara—. Esto es importante, por favor, hijo.

Relamí mis labios, un poco frustrado de la misma situación, decidí seguir cada uno de sus movimientos. Sujetó el teléfono entre su mejilla y cuello para poder arremangar hasta sus codos las mangas de su camisa y balbucear algunas cosas.

Aquel hombre era mi padre, el de porte presentable y corbata anudada a la perfección, aquel que se veía con respeto por los pasillos de la escuela y ante los ojos de todos tenía una vida privilegiada, que se la pasaba revisando papeles y dando reglas a chicos que no eran nada suyo, aquel hombre de la imagen perfecta. Ese que contestaba llamadas y hacía papeleos importantes, aquel de peinado formal, pero, sobre todo, aquel hombre que tiene más atención para otros y no para su familia. El padre que tenía más tiempo para su maldito trabajo y no para sus hijos. Era ese padre con promesas vacías. Ese era mi padre.

La presión en mi pecho se hizo presente, cerré mis ojos para evitar cualquier sentimiento y miré el reloj. Ya era tarde. Tomé una hoja de papel y un bolígrafo para escribir en ella mi nota, dirigí mis ojos una vez más y negué lentamente, dejé el recado aplastado contra la perforadora y me levanté del asiento para salir de su oficina.

—Derek. —Su voz me detuvo y tuve las esperanzas de que me pidiera que le dijera el porqué de mi presencia—. Dile a Evelyn que no pase a nadie, estaré un poco ocupado.

Era demasiado iluso algunas veces.

Mordí mis labios y asentí con pesadez para cerrar la puerta detrás de mí y recargarme en esta soltando un suspiro. Esto era una mierda. Recordé que tenía que llegar antes de que salieran, pasé las yemas de mis dedos por debajo de mis ojos cuando me di cuenta de que estos se humedecieron.

Caminé hasta Evelyn quien sellaba algunas cosas, al notarme me dedicó una mirada suave y sonrió a medias.

—Dice el director que no pase a nadie, estará un poco ocupado —indiqué dándome la vuelta.

Acomodé mi suéter ya que me sentía un poco incómodo por la camisa del uniforme, detestaba usar estas cosas, parecíamos unos malditos clones, aunque claro, a algunos les quedaba bien el puto color café con amarillo. Y yo no era la excepción.

Troté hasta llegar al aula donde algunos ya comenzaban a salir, miré dentro de esta y observé a Julie quien venía sonrojada levemente con Landon a su lado.

Ya estaba sacando el colmillo hacia a pelinegra, ¿ella sabría que él era mi primo? De ninguna manera. Landon y yo quedamos de acuerdo en que ninguno de los dos diría algo.

—¡Derek! —Julie pegó un grito al verme, esbocé una sonrisa—. ¿Dónde estuviste?

—Uh-hm, me llamaron a la dirección —balbuceé.

Ella me dio una mirada confundida y después su ceño se frunció, sus ojos viajaron desde los míos hasta los de Landon repitiendo esa acción varias veces.

—Me tengo que ir —avisó él—. Quedé con Eleazar para ir a su casa a jugar videojuegos. Hasta pronto, Julie.

Se acercó a la chica para dejar un beso en su mejilla y mirarme, le advertí sin que ella se diera cuenta, por lo que me ignoró y se alejó.

¿Quién demonios era Eleazar?

—Mi casa está un poco lejos, ¿te molesta si tomamos un taxi? —preguntó comenzando a caminar conmigo a su lado.

—Julie, vivimos cerca, solo hay dos cuadras de diferencia —le recordé—. Pero si tú pagas, no me molestaría en lo absoluto —admití. Ella soltó una pequeña risa y asintió—. Era broma, pero si lo pagarás, está bien por mí.

No mencionó nada al respecto, salimos de la escuela y detuvimos un taxi, abrí la puerta de este e intenté subir primero, pero

Julie me empujó con suavidad por su hombro causando que me tambaleara un poco.

—Lo siento, yo voy a pagar.

Rodé los ojos con diversión y dejé que se adentrara para después hacerlo yo. Quizá esto sería romántico, si yo tuviera un automóvil y la llevara en él hasta su casa, pero la realidad se basaba en esta, en donde los dos éramos transportados por alguien más. Y lo mejor de todo, es que la verdad era que no había nada de romántico.

Los minutos pasaban y con eso los edificios de la ciudad a través de la ventana, tardamos un poco hasta que el taxi de detuvo poco a poco en un lugar arbolado y un portón blanco.

—Derek, baja. —rio empujándome, salí del auto mientras y me giré hacia ella.

En realidad, pagó. Sentí un poco de calor en mis mejillas sintiéndome culpable, no esperaba que se la creyera. No era tan patán para dejarla hacer aquello, pero ya lo hizo y no puedo revertir el tiempo.

Caminó conmigo siguiéndole el paso, abrió el gran portón y me estiró la mano para que yo entrara, pero esta ocasión la halé del brazo haciendo que ella lo hiciera primero.

—Yo entro primero cuando quiero, Julie.

—¡Eres un completo desquiciado! —gritó entre risas, estas eran contagiosas por lo cual me uní.

Aún en ese estado comenzó a correr a la casa y abrir, al instante que me adentré, mis ojos escanearon toda la casa. Era muy diferente a la mía, esta era más moderna, baldosas blancas, sofás de un color rojo llamativo y algunos objetos de bronce, cristal y cerámica fina. Todo parecía perfecto ahí.

—Ven, vamos al salón donde se encuentra *Milo*.

—¿Hay un lugar especial para un piano? —pregunté incrédulo ante ello.

Julie Levov soltó una risa. Demonios, reía demasiado.

Abrió unas puertas de color chocolate y el aire fresco chocó con mi suéter. Aquel lugar era el doble de mi habitación, blanca con objetos amarillos, cuadros de pinturas y fotografías, en una esquina estaba lo que supuse sería el piano, siendo cubierto por una manta blanca que fue desterrada por Julie.

—¡Derek, él es *Milo*! —presentó entusiasmada.

Miré el piano, que era uno de cola, y después a ella, tenía una sonrisa de oreja a oreja, el brillo en sus ojos era increíblemente notorio.

—Un gusto, *Milo*. —Le regalé mi sonrisa más sincera que pude haber tenido en todo ese tiempo.

Dio unos saltitos y se sentó, aplaudió unas cuantas veces y fruncí mi ceño por ello, puso sus manos encima de las teclas y en un segundo aquel instrumento comenzó a sonar. Tranquilo, sin prisa alguna. Mi entrecejo se fue suavizando con el tiempo que la melodía seguía. Dios, en serio tenía mucho talento. Se sentía orgullosa de sí misma, demasiado para ser honestos. Y entonces varias cosas vinieron a mi mente, la chica no aparentaba nada de lo poco que sabía. Tan humilde, y tenía la inocencia de una niña. Así como la gratitud y carácter de un ser no corrompido. En verdad no la conocía. Era más que gritos y sonrisas, más que poco procesamiento y un asco en matemáticas.

Julie se detuvo y me miró.

—¿Quieres que toque una de tu gusto? ¡Oh, ya sé! Dime varias canciones que te gusten, puede ser que conozca alguna.

—No —negué—. Mis gustos son más batería, guitarra electrónica y gritos desesperados.

—Eres raro —confesó llamando toda mi atención. Me acerqué hasta ella y me apoyé sobre *Milo* para tener una mejor visión de ella—. En serio lo eres.

—¿Por qué? —pregunté sin comprender.

—Dices amar el silencio y escuchas ese tipo de canciones. También cuando te pregunté si fumabas... olías a tabaco.

Rasqué mi barbilla cayendo en cuenta de que era cierto, asentí lentamente y me alejé de ahí para seguir observando el salón.

—Me has atrapado, pero suelo escucharlas solo cuando hay gente parloteando a mi lado. Pero son como los gritos del corazón que nadie puede oír a excepción de uno mismo —dije refiriéndome a la música. No tenía ganas de explicar lo del tabaco, porque se liaba mi padre y no quería mencionarlo, aunque sí podía evadirlo del tema—. Sobre el olor... En realidad, lo odio, no soporto la nicotina, detesto el tabaco; no es una de mis sustancias favoritas que quisiera ingerir. Solo que en mi casa fuman y se quedó impregnado el olor.

Julie se detuvo a mi lado, mientras yo miraba las fotografías y pinturas que había en esa pared.

—Al menos no recurres a este como una forma de liberación. Mamá lo hace y papá no. Cuando él se encuentra en estados de desesperación suele ser muy directo con sus palabras. Verlo en tal estado es un poco difícil para mí.

—Quieres mucho a tu padre, ¿no es así? —pregunté sin sonar tan entrometido, solo quería ver sus gestos al darme la respuesta.

—Es la persona que más amo en el mundo, aun cuando cada mañana se burle de mí o haga algunos de sus chistes —confesó mirando al frente, con un rostro neutro, pero con cada pizca de sinceridad en sus palabras.

Algo vino a mi mente cuando su frase se repitió, la persona que más amo, ¿qué ocurría con su madre al no meterla en esa frase? Decidí no decir nada al respecto, solo le regalé una sonrisa y seguí observando, algunas pinturas tenían mucho color amarillo, así como los objetos. Me quedaba en claro que aquel era su color favorito, no me molestaría en preguntarle para poder afirmarlo.

—Derek —me llamó, giré sobre mi eje y la miré—, dime con sinceridad, ¿por qué no hablas mucho en la escuela?

Mordí mi labio y medité su pregunta.

No era porque me sintiera especial o superior a los demás por ser el hijo del director, se debía a que la gente hablaba mucha mierda o cuando decías lo que sentías no sabían que decir solo un *ya pasará* que nunca pasó. Era mejor quedarse callado y no mencionar nada, si no ibas a ayudar. Así como decir tus problemas a gente que seguramente tenía más problemas que tú. Entonces, se resumía a que solo quería callar todo lo de mi alrededor para darse cuenta de la clase de basura que estaban hechas algunas personas.

Solté un suspiro entre mis labios y me acerqué a ella, la tomé de la mano para acercarla al gran ventanal de cristal que había, me puse detrás de su cuerpo y puse mis manos sobre sus hombros.

—Ignora los edificios, ignora que estamos en tu casa, concéntrate en las personas, pero ignora sus tallas, su altura, ropa, color de piel; ve más allá de lo que son, los sentimientos y las máscaras que todos usamos.

—Derek... —Ella intentó hablar, pero se lo negué.

—Solo observa a nuestro alrededor, Julie.

Se quedó en silencio unos segundos y me miró.

—Nada…

Y comprendió. Julie Levov lo hizo desde ese día.

«Iré a la casa de alguien, quizá podría contarte de quién, pero cuando te quise decir que conocí a alguien me dijiste que tenías que hacer un papeleo, pero no importa. Regreso a casa en la noche. Te quiero, papá.»

7

El chico de colores

JULIE

Papá me dijo que no iría con él, ya que no le agradaba en absoluto la idea de que yo presenciara como discutían de un tema que no era para nada agradable escuchar. En verdad se lo agradecía, yo tampoco quería ver como mamá agredía a papá, después de la situación que había ocurrido, ella le guardaba cierto rencor.

Dolía ver como dos personas que un día se juraron amor eterno ahora se odiaban a muerte.

En especial mamá, y de alguna forma se me hacía tan cínico e hipócrita de su parte. ¿Cómo podía tener siquiera el descaro de reclamarle a papá cuando él la demandó por adulterio en su propia casa? Yo no era nadie para juzgar a mi madre, pero sí sabía que lo que hizo no era para nada justo.

Solté un suspiro mientras arrastraba la maleta por la baldosa del aeropuerto mientras papá venía a mi lado comiendo una barra de chocolate, lo miré burlona mientras negaba varias veces por ello y él solo se encogió de hombros declarando inocencia por su parte.

—Has estado comiendo desde que dejamos el hotel, ¿cuántos tienes? —cuestioné alzando una de mis cejas.

Alcé la maleta hacia las escaleras eléctricas, comencé a subir y bajar el escalón repetidas veces.

—Compré unos seis antes de venir, sabes que calma mi ansiedad —explicó haciendo una mueca de vergüenza y yo asentí sin más—. Julie, deja de hacer eso.

—¿Por qué? Siempre lo he hecho —murmuré.

Solté una risa acercándome a él para abrazarle, apoyé mi cabeza en su pecho y la besó.

Me separé cuando las escaleras llegaron hasta su punto, volví a tomar mi maleta y buscamos el lugar donde se dejaban, la señorita revisó el peso, entre otras cosas. Cuando terminó, papá me tomo de la mano y nos encaminamos en busca de la puerta donde saldría nuestro vuelo, el pequeño tacón de mi zapatilla sonaba cada vez que golpeaba con suavidad el suelo, pasamos por el apartado de objetos, nos revisaron una vez más para después permitirnos la entrada. Con la vista busqué unos asientos vacíos y nos dirigimos hacia ellos, papá antes de sentarse revisó sus bolsillos.

—Ahora regreso —avisó—. Iré a comprar algo, ¿quieres algún refresco o alguna golosina?

—Un pan de canela estaría bien. —Le sonreí, él asintió alejándose de ahí.

Miré unos segundos a mi alrededor para darme cuenta de que había una cantidad moderada de personas, en tiempos de vacaciones el aeropuerto de Washington estaba realmente lleno, los murmullos se escuchaban como gritos, en ocasiones, cuando mencionaban el vuelo siguiente no se podía oír debido al parloteo de las personas, así como los reclamos y las quejas sobre sus equipajes, el atraso del vuelo, entre otras circunstancias.

Sentí como mi flequillo se movió cuando alguien se sentó a mi lado, con discreción giré mi cabeza para ver como un chico de cabello azul con morado rebuscaba entre su mochila algo, regresé mi mirada hacia al frente y él siguió con lo suyo. Empecé a jugar con mis manos dándole la semejanza de una chiquilla, nerviosa por la presencia de aquel chico desconocido a mi lado, aunque un poco cautivada por su cabello, por el rabillo del ojo pude ver que dejó de revisar su mochila, soltando un suspiro y mirar la pantalla de su celular, él movía un pie de un lado a otro, esperando por algo o alguien.

Tratando de disimular, poco a poco giré mi cabeza para observarlo bien, tenía una perforación en su ceja y varias en la oreja. Los pequeños accesorios eran de un color negro y resaltaban en su blanca piel. Era demasiado pálido, parecía un fantasma. Me dediqué a seguir cada uno de sus movimientos, agarró los auriculares que posaban encima de su pequeña mochila que había estado revoloteando minutos atrás y los intentó desenredar. De pronto, él se mantuvo quieto unos segundos y, de un momento a otro, desvió su mirada ocasionando que chocara con la mía. Sentí mis mejillas arder al instante queriendo que la tierra me tragara.

No ahora, por favor.

—¡Hey! —saludó, esbozando una sonrisa alegre y agradable. Sus ojos eran cafés acaramelados con un cierto brillo y los cuales se achicaron creando unas bolsas debajo de ellos

—Hola —murmuré, tratando de regresarle el gesto un poco tímida y avergonzada.

—Soy Mitchell —se presentó. Estiró su mano hasta la altura de mi pecho, mis manos divagaban aún sobre mi regazo con ímpetu.

Mi subconsciente me decía que si él fuera alguien grosero me hubiese dicho algo como *¿Por qué me estás mirando, loca?*, pero él estaba siendo todo lo contrario. Agradable.

Asentí, soltando todo el aire de mis pulmones.

—Julie —devolví, aceptando su mano.

—Bonito nombre —halagó. Regresó su vista a sus auriculares y continuó con su pequeña batalla—. Y Julie, ¿te vas de viaje?

Yo apreté los labios unos segundos, pensé que después de nuestra incómoda presentación ninguno de los dos volvería a hablar, aunque a pesar de todo me agradaba la idea de que él quisiera sacar una conversación conmigo.

—No. —Reí —. He venido de viaje a Washington.

Mitchell dejó a un lado sus auriculares y esbozó una sonrisa de lado.

—¿De dónde eres?

—Canadá. —Reí.

—¿Vas de regreso a Canadá?

Yo asentí, mis dedos comenzaron a jugar con la orilla de mi vestido, me sentía un poco nerviosa por su mirada, la atención que me proporcionaba me resultaba un poco incómoda, y aumentó más cuando se acomodó en la silla obteniendo una mejor vista de mí.

—Genial, yo también lo soy, sé que no has preguntado por ello, pero suelo ser muy hablador, espero que eso no te moleste y me calles diciendo que desaparezca de tu vista. Molesto mucho en ocasiones. ¿De qué parte eres?

No pude evitar soltar una risa por la manera tan rápida en que dijo todo.

—No, no te preocupes. —Negué varias veces, restándole importancia. Lo miré de nuevo y ladeé mi cabeza—. Toronto.

—¡No es cierto! ¡Yo igual!

—Oh por Dios, ¿es en serio?

—Sí, eso es *cool*.

—Bien, ahora yo tengo dos preguntas —indiqué, Mitchell hizo una seña con su mano para que continuara—. ¿En qué parte de la ciudad vives? ¿Por qué te teñiste el cabello de esos colores?

Él abrió la boca para poder responderme, pero alguien más lo interrumpió.

—No encontré de canela, solo habían glaseados, ¿te importa mucho? —mencionó papá, sentándose a mi lado con una bolsa de papel con los productos adentro—. He comprado chocolate blanco y te he traído uno por si querías.

Buscó mi mirada y después se desvió hacia Mitchell, él le dio una sonrisa sin despegar sus labios, papá frunció el ceño y regresó de nuevo a mí. Elevó una de sus cejas dándome a entender que me estaba interrogando sobre quién era.

Igual lo acaba de conocer, papá.

—Él es Mitchell, vive en Toronto —expliqué, apuntándolo con mi pulgar—. Mitchell, él es mi padre.

—Soy Patrick. ¿Quieres un chocolate?

Bajé la cabeza intentando reprimir una carcajada.

Por estas cosas amaba demasiado a papá, era muy agradable y no les ponía mala cara a las personas, mucho menos a quienes yo les presentara, sí él tenía una opinión acerca de alguien, siempre se sentaba a mi lado en aquel sofá rojo que le rogué que comprara, me tomaba de las manos y comenzaba a decirme todo lo que opinaba.

Era un hombre grandioso, no podía quejarme de él, solamente de sus chistes sin gracia que decía cada mañana que me iba a dejar a la escuela, siempre me he preguntado por qué lo hacía, si tuviera que escoger una palabra que pudiera definirlo quizá podría ser: maravilloso.

Mitchell comenzó a comer el chocolate que le aceptó sin pensarlo dos veces. De pronto, yo fui la que sobraba ahí, ambos comenzaron a hablar, papá parecía un chiquillo emocionado, pues Mitchell tenía algunos gustos musicales igual a los de él, aquellos clásicos que se oían por la radio o se solían reproducir en alguna escena de reencuentros.

—¿Y por qué tienes esta maraña azul violácea en la cabeza? —preguntó papá de repente, tomando un sorbo a su refresco y sin romper el contacto visual.

Mitchell tragó rápidamente lo que tenía en la boca y relamió sus labios.

—Uh-hm, me ha gustado el color que tenía al principio, ahora se ha desvanecido con las duchas —confesó rodando los ojos con diversión—. Me gusta teñirlo, es emocionante hacerlo.

Mi padre me dio una mirada confundida frunciendo su ceño levemente sin entender mucho las razones del chico, y en realidad no dijo ninguna que tuviera un gran significado.

Miré a Mitchell.

—¿Has venido solo?

Habían pasado alrededor de diez minutos y no veía a nadie que lo buscara o se acercara a él.

—Vine a visitar a unos familiares con mi madre, pero ella me ha regresado porque tengo clases. Igual tengo las sospechas de que estorbo en la casa de mi tía.

Apreté mis labios tratando de comprender, ya no quería hacer más preguntas, así que decidí guardar silencio. Papá habló.

—¿Dónde estudias?

—En la escuela privada de Toronto —musitó rascando la parte trasera de su oreja, abrí mis ojos un poco sorprendida, quizá papá estaba así, pero lo disimulaba mejor que yo.

Ahora sabía que vivíamos en el mismo sitio.

—¿En serio? ¿Cómo es la gente de ahí? —pregunté llena de curiosidad.

—Pues no te vayas a asustar, pero tienen dos brazos, una cabeza, dos ojos… — bromeó hablando como si de algún misterio se tratase.

—¡Mitchell! —farfullé fingiendo indignación, tanto mi padre como él, soltaron una risa—. Me refería al carácter, se dice que hay los típicos clichés.

La voz de la mujer avisando que el vuelo ya saldría ocasionó que el chico no respondiera, los tres no pusimos de pie y nos unimos a la fila de pasajeros en espera de entrar al avión.

—Honestamente los mitos son reales —susurró cerca de mi oído—. Está el típico mariscal del campo, los nerds en algunas materias, las chicas usando su mejor perfume, idiotas con músculos, los malos de la escuela, también el inadaptado que en ocasiones hace chistes y terminan sacándolo del salón. Ese soy yo.

Reí por lo bajo e intenté mirarlo por encima de mi hombro, pero me vi con la necesidad de levantar mi cabeza, ¿por qué todos eran más altos que yo? Por un instante Derek vino a mis pensamientos. Admitía que lo extrañaba un poco, sus miradas profundas e intensas, el azul de sus ojos, aquel flequillo que se dejaba y sobre todo que robara un poco de mi comida.

¿Acaso era posible acostumbrarse a una persona en un par de semanas?

—Creo que nos llevaremos muy bien —dijo él.

—Por supuesto que lo haremos.

Mitchell me cedió el paso para que entregara mi boleto primero y me adentrara, papá venía delante de mí y el chico detrás, lo detuvieron para interrogarle sobre el contenido de su mochila, él solo bufó mascullando que tenía su laptop y otras cosas. Regresó a mi lado dando unos cuantos insultos, al parecer estaba en la misma fila que nosotros, solo que en los asientos del lado derecho. Le pedí a papá que cambiara de lugar con Mitchell, solo me dio una mirada fingiendo que estaba ofendido, pero finalmente accedió y le regalé un beso en la mejilla.

—No me endulzaras con ello —afirmó antes de alejarse.

—¿Cuál te gusta? —Mitchell cuestionó cuando ya nos encontrábamos en los asientos.

Estiró su brazo dejándome ver todas las pulseras que cubrían casi toda la mitad de su antebrazo. Empezó a halar algunas y contarme la historia de cada uno, yo lo escuchaba atentamente.

—Está bonita esta. —Apunté una de color negro que parecía ser cuero sintético—. Pensándolo mejor, me gusta más esta. Tiene un mejor diseño.

Él asintió y con su otra mano la quitó, me sentí confundida cuando tomó mi muñeca y colocó la pulsera en ella.

—Te la regalo, de verdad me has agradado demasiado, Julie. Igual que tu padre.

—Gracias, Mitchell. Tú también me has agradado demasiado —admití.

El color carmesí se presentó en sus mejillas, al parecer, él lo sintió porque rápidamente cubrió su rostro con ambas manos. La ternura que causó en mí fue tanta que no pude evitar soltar una risita por lo bajo.

Entré al salón zigzagueando entre los chicos que se encontraban de pie para ir hasta mi lugar, Derek ya se encontraba ahí, al verme, una sonrisa se plasmó en su rostro, el azul brillante de sus ojos se proyectó, acomodó el cuello de su camisa y se dedicó a seguirme con la mirada. Yo tomé asiento esbozando una sonrisa boba.

—Hola —saludé, poniendo mi mochila sobre el pupitre—. He traído picadillo de frutas sin papaya.

Derek pestañeó como un niño pequeño.

—Eso me gusta, no sabes la necesidad que tenía de volver a tomar un poco de tu comida.

Yo negué un par de veces, divertida, entrelacé los dedos de mis manos sobre mi regazo sin eliminar mi sonrisa.

Después de aterrizar, Mitchell me pidió mi número de celular para que algún día saliéramos, quizás para ir al parque de diversiones o enseñarme a jugar boliche. Era demasiado agradable, no podía quejarme de él, parecía un gatito cuando se escondía detrás de sus manos siempre que se ruborizaba.

La voz de Derek me regresó a la realidad.

—Bonita pulsera —pronunció, posando su vista en mi muñeca donde estaba el pequeño accesorio—. ¿La has comprado en tu viaje? ¿Acaso me trajiste una?

—No —confesé riendo—. Me la ha regalado un chico que conocí en el viaje.

Derek arqueó una ceja, mirándome con interrogación, su semblante siendo pacífico y calmado. Me sentí un poco incómoda y me removí en el asiento de mal gusto.

—Vaya, qué lindo —admitió regresando su vista al frente, se inclinó sobre la mesa apoyando sus codos sobre ella y chocó su rodilla con la mía—. En realidad, que te has divertido.

No supe si fue sarcasmo o lo decía en verdad, así que lo ignoré.

—¿Y cómo te fue a ti en estos días?

Me miró sobre su hombro y se quedó así unos segundos, como si estuviese pensando o dudando sobre algo, parpadeó de una forma tan lenta y habló antes de volver a la pizarra.

—He regresado con mi exnovia.

¿Qué?

Sentí un peso en mi estómago, como si todos mis intestinos se apretaran creando una bola de demolición, ¿era normal sentirme así? Quería decirle que me alegraba por él, que en cierto modo era estupendo. Tenía que sentirme feliz porque tal vez eso para él era magnifico o genial, pero no podía, mi lengua estaba entumida y las palabras no salían de mi garganta.

—Y Julie, busca otro lugar —musitó firme sin verme.

¿Qué demonios ocurría con él?

8

Asesorías y diversión

JULIE

Mi cabeza daba vueltas y sentía como mi cerebro se deshidrataba con el paso del tiempo.

—Creo que ya sé cuál es tú problema —Landon inició, apoyando los libros contra la mesa de la biblioteca, creando un ruido. Él se encogió de hombros haciendo una mueca de disculpa, mirando a todos los lados, asegurándose que la encargada del lugar no se encontraba cerca—. No comprendes las cosas.

Lo miré incrédula.

—No me digas —agregué sarcástica.

—No seas grosera, Julie —regañó, fingiendo autoridad. Yo fruncí mi ceño y él se rio—. Solo bromeaba. Honestamente creo que eres muy inteligente, pero te afectan demasiado las operaciones cuando son fracciones —explicó posicionándose al frente de mí, desde el otro lado de la mesa tomó una libreta junto a un bolígrafo y escribió en ella—. Empezaremos con fracciones pequeñas. Esto es emocionante.

Me sentía horrorizada, ¿cómo podía decir que era emocionante? Nada lo era cuando se trataba de matemáticas y sus derivados.

Gruñí por dentro cuando Landon arrastró la libreta hacia mí, mis ojos se quedaron viendo fijamente aquellas dos operaciones que estaban escritas con tinta azul en el papel. Alcé mi mirada hacia los ojos de mi tutor, él esbozó una sonrisa tomando asiento, volví mi vista a la libreta y resoplé no muy segura de poder resolverlas. Tomé un lápiz comenzando a hacer mis cálculos, sentía la presión sobre mí y mis manos comenzaron a sudar, trataba de concentrarme en lo que estaba haciendo, dejando a un lado todos los pensamientos que amenazaban con inundar mi mente.

Fracasé.

El torbellino de dudas se hizo presente, entre esas estaba la misma, ¿en serio Derek regresó con su ex? De hecho, ¿Derek tenía novia antes? No es que me sorprendiera, pero con su actitud era difícil de tratar, él solía sacarle hasta el mínimo defecto a cualquier cosa que daban ganas de meterle un buen golpe para que dejara sus majaderías a un lado, pero quizá aquella chica era lo suficiente para que él fuese diferente.

De forma inconsciente mordí mi labio y dejé de mover el lápiz para apoyarlo a un lado, ignorando el hecho de que Landon me viera y me llamara la atención, tragué saliva un poco frustrada conmigo misma por darle más importancia a algo que no era asunto mío. Debía ignorar todo lo que tuviera que ver con Derek, puesto que a mí no me afectaba en nada. Mis ojos divagaron hacia la pulsera que Mitchell me regaló causando que sonriera a medias.

—¿Ocurre algo? —Sonó la voz del castaño, haciendo que disipara de inmediato todo lo que estaba en mi mente.

Levanté mi vista a él, quien me miraba mientras se inclinaba en la mesa.

—No —negué varias veces, moviendo mi cabeza de un lado a otro—. Solo que me he distraído.

Landon relamió sus labios y me dio una mueca de disgusto.

—¿En qué? —indagó, ahora cambiando su rostro a uno comprensible.

No sabía qué decirle, hablarle con sinceridad o mentirle acerca de todo lo que cruzaba por mi mente, pero me fijé en que no podía confesar lo que pasaba. Así que decidí la segunda opción, solté un suspiro y le regalé una sonrisa incómoda.

—Tengo hambre —mentí, encogiéndome en mi lugar. Me sentí un poco mal por mentirle.

—¿Quieres ir a comer? —propuso, pestañeando. Yo asentí sin tantas ganas de volver a hablar—. Bien, entonces vamos.

Comenzamos a guardar nuestras cosas con lentitud.

Me parecía una buena idea ir a la cafetería, traje comida, pero no quería ir al salón, no quería ver a Derek después de cómo se comportó conmigo. Caminé detrás de Landon con pasos lentos, él se percató y se detuvo, volteándose. Soltó una pequeña risa haciendo notar sus profundos hoyuelos, estiró uno de sus brazos pasándolo por encima de mis hombros. Lo miré un poco incómoda, pero después de caminar unos minutos en esa posición, lo ignoré por completo.

No había muchos alumnos en los pasillos, algunos todavía estaban en horarios de clases, a excepción de nosotros que teníamos dos horas libres los viernes. Landon abrió las puertas de la cafetería y nos adentramos. Frituras, pizza, entre otros alimentos, fueron los principales olores que inundaron mis fosas nasales.

Yo arrugué la nariz un poco, manteniendo el gesto así durante varios segundos.

—Quiero un sándwich de queso y un jugo de uva —murmuré hacia el chico, poniéndome de puntitas.

—Perfecto —sonrió—. Vamos por este lado.

Una vez más, él me guio, una vez que llegamos al sitio, Landon pidió por ambos. Él se limitó a comprar tres pedazos de pizza junto a una gaseosa, moví mi pie dando una pequeña señal de aburrimiento.

—Tengan. —La mujer pasó nuestros almuerzos en una bandeja y el castaño deshizo su agarre de mí para tomar nuestros pedidos.

—Gracias —le dijo—. Sígueme, Julie.

Acaté su orden, caminando a sus espaldas. Escogió una mesa no tan lejos, ni tan cerca de la entrada de la cafetería, colocó la bandeja sobre esta y tomamos asiento. Dejé mi mochila sobre mis piernas y tomé mi comida, destapando el sándwich con lentitud. Este tenía queso amarillo. Solté una risita cuando recordé el día en que Derek dijo que lo detestaba, ¿sería una de las razones por cual no comía aquí?

—¿De qué te ríes? —preguntó Landon.

—De nada —negué varias veces.

—Julie… —Sostuvo mi nombre al aire durante unos segundos y prosiguió—. ¿Quisieras acompañarme a una fiesta esta noche? —Dejé de masticar mi sándwich y lo miré—. Lee, un amigo, me invitó y como la otra vez no fuiste, pensé que te gustaría ir ahora… Conmigo. Si quieres.

Sabía quién era Lee. Lee Sallow.

Me quedé en silencio durante unos segundos para intentar procesar todo, ¿quería ir? Tal vez. Pero sabía que papá no me dejaría, a él no le gustaba ese tipo de fiestas, mucho menos si era a altas horas de la noche, era muy exigente con mis salidas. Y la única forma que me dejara es que le suplicara o Landon le fuera a pedir permiso, pero no lo conocía tanto, así que esto sería difícil.

—Me gustaría, el problema es que mi padre me deje ir.

—Inténtalo —animó—. Por favor, yo podría irte a buscar y, si gustas, también regresarte a tu casa.

Mordí mis labios y asentí.

—Te aviso unas horas antes.

—Excelente —concluyó, guiñándome un ojo y volviendo a comer otro pedazo de su pizza.

—¡Dime que sí! ¡Casi nunca salgo, lo sabes! —chillé nuevamente a mi padre —. Es decir, todo el tiempo estoy encerrada en mi habitación o sino en el salón donde se encuentra *Milo*, solo te estoy pidiendo que me dejes salir a una fiesta.

—Donde habrá chicos embriagándose, fumando o quizá drogándose —me interrumpió con el semblante serio. Tomó asiento y dio un suspiro—. No quiero que vayas, ni siquiera conozco a la persona con la que vas a ir.

—Papá, es solo una fiesta —mascullé tirándome a su lado en el sillón—. Tengo casi dieciocho años, prometo cuidarme y lo conocerás hoy. Es buena persona, por favor.

Él se giró para verme, mantuvo sus ojos fijos en los míos, mirándome con cautela y midiendo con severidad mis palabras. Tenía la esperanza de que me dejara, solo que él dudaba mucho sobre las otras personas a mi alrededor.

Talló con sus manos su rostro y echó un bostezo, se puso de pie cruzándose de brazos y sonrió.

—Está bien, Julie. Puedes ir. No te voy a prohibir muchas cosas, aunque también quiero dejarte claro que esto no será siempre así, ¿bien?

—Bien —dije emocionada, corriendo hacia él para abrazarlo—. Todo va a estar bien.

Me alejé y fui hacia mi habitación, tomé mi celular, avisándole a Landon que iría, él preguntó sobre mi dirección y me mandó un emoticón riéndose cuando se dio cuenta que estaba demasiado cerca cuando se la envié. Me indicó que estaría dentro de un par de horas.

Decidí tirarme en la cama y ver televisión. Si calculaba bien, apenas faltara menos de cuarenta minutos para la hora indicada, comenzaría a vestirme, por mientras desperdiciaría el tiempo restante con algunos programas o series que me entretuvieran un buen rato.

En las últimas dos horas me estuve quejando cada vez que el personaje tomaba una decisión equivocada, así como las rabietas que me hacían pasar. Me desesperaban demasiado.

Mi celular sonó y le di un vistazo a la pantalla. Fabiola.

—¿Desocupada? —Ella fue la primera en hablar.

—Saldré en un rato, ¿por qué?

—¿Saldrás? ¿Acaso me dejaste de contar algunas cosas? Los mensajes nunca son suficientes.

—Lo sé, pero no ha pasado nada que valga la pena decir, solo que sigo igual de mal con los números. Las fracciones me torturan. —Me giré sobre la cama para mirar el techo y continué—. Fui con mi papá a Washington por la situación en la que se encuentra con mi mamá y conocí a un chico en el aeropuerto.

—¿El de la pulsera?

—Sí, él —afirmé—.Te he contado. Ahora… iré a una fiesta con Landon, el primo de Derek.

—El guapo castaño —corrigió.

Me reí.

—Sí, el guapo castaño.

Le mandé unas fotos de Landon hace unos días que le tomé cuando estábamos en la biblioteca repasando, y luego de sus intentos de querer enseñarme como se usaba la exponencial, decidió que descansáramos un rato.

Él posaba por cada foto.

—Es guapo, pero las pecas de Derek son superiores —comentó—. ¿Quién de los dos consideras más atractivo?

—No lo hagas —supliqué.

—Julie —canturreó.

—Derek —solté rápido y cerré mis ojos, apenada por lo que dije.

Escuché que Fabiola soltó un grito.

—¡Te lo dije! El año pasado te dije que él era muy atractivo, ahora tú pudiste confirmarlo.

—Sí, pero solo eso.

—Te voy a pedir que no hagas triángulos amorosos, mucho menos con ellos siendo primos, destruirás los lazos familiares.

—¡Qué cosas dices! —Sentí mi cara arder.

—Me alegra que te estés relacionando con más personas. Eres un tesorito muy valioso, espero que nadie te haga daño o viajaré a golpear a quien sea que te haga sentir mal.

—Yo igual te adoro. —Me reí—. Dime, ¿alguna novedad en tu nueva vida?

—He hecho amigos, los necesarios para mantenerme viva. Mamá se metió al yoga y me quería obligar a ir, así que tuve que inscribirme a un curso de dibujo.

—Pero no dibujas.

—Tampoco hago yoga, era fingir mover el lápiz o todo mi cuerpo.

—Motivador —ironicé.

—A parte, me agrada el curso, conocí a una chica… es interesante.

Mis ojos se abrieron y una sonrisa se plasmó en mi rostro.

—¿No conociste a un chico también?

—También, pero ella me cautiva más.

—Lo lamento por el chico.

—Oye, puedo tenerlo guardado por si las dudas.

—¡Eres tremenda!

—¡Asegurando todo!

Negué varias veces, riéndome.

—A todo esto, ¿cómo es ella? Lo digo en general, Fabiola.

—Normal —dijo por lo bajo—. Se llama Gemma, dibuja hermoso y es muy atenta, le gusta hacer las cosas bien. Se nota que se esfuerza. No le he hablado, solamente llevo dos días en el curso, esperaré un poco más y me presentaré, el único intercambio de palabras que hemos tenido fue cuando me dijo que los materiales eran de libre uso.

—Qué romántico.

—Lo mismo digo contigo y Derek.

—¡Ahhh, guárdalo!

Miré el reloj. Tenía que colgar.

—Debo dejarte, me voy a bañar y no quiero hacer esperar a Landon.

—¡Triángulos no!

—¡Hablamos luego!

—De acuerdo —aceptó—. Te extraño, Julie.

Apreté el celular a mi oído.

—Te extraño más, Fabiola.

Ella colgó y dejé el celular sobre la cama.

No tenía idea de cuándo nos volveríamos a ver, solo esperaba que fuera pronto.

Apagué la televisión y tomé mi toalla para dirigirme al baño. El olor a fresas con kiwi que desprendía el *shampoo* me agradaba mucho. De pronto mis pensamientos comenzaron a revolver mi cabeza ¿qué me pondría? ¿Sería buena idea ponerme un vestido? ¿O unos jeans? Me quejé en voz baja un montón de veces antes de salir del baño y mirar dentro de mi armario, ahora mismo me odiaba por siempre dejar todo a lo último. Relamí mis labios y comencé en busca de algo que me hiciera sentir bien, alejé de mi mente los vestidos escotados y después los jeans, al final saqué un vestido negro con olanes y mangas de tres cuartos junto a unos botines.

Me vestí y miré mi reflejo, ¿me veía muy infantil? Llevé mi labio superior hacia afuera creando un mohín. No se veía mal. No para mí. Solté un suspiro e intenté atarme el cabello en una cola alta, hasta que la voz de Derek apareció en mi mente cuando me dijo que lucía terrible así, sin darme cuenta mi ceño se frunció y solté nuevamente mi cabello.

Idiota.

Coloqué un poco de base en mi rostro y brillo labial, mi celular sonó indicando que un nuevo mensaje llegó, caminé hasta mi cama para tomarlo.

Landon

¡Te aviso que ya voy en camino, oh, creo que solo me tomará cinco minutos estar ahí!

Eché mi celular dentro de mi cartera y salí de mi habitación, papá se encontraba en la sala viendo televisión y sintió mi presencia porque volteó a mirarme, me escaneó de pies a cabeza y entrecerró los ojos, rogaba en mi interior porque no me dijera nada por cómo me vestí.

—Ya vienen por ti ¿verdad? —cuestionó, poniéndose de pie y acercarse a mí. Traía consigo una barra de chocolate.

Yo asentí y mi celular sonó nuevamente.

—De hecho, creo que ya llegó —le sonreí.

—Te acompaño —se ofreció, tomándome de los hombros y caminar conmigo hacia la puerta—. Necesito ver el rostro del desgraciado que roba mi hija por esta noche.

—¡Papá! —reprendí, divertida.

Él igual lo hizo y abrió. Landon estaba en frente de nosotros, a punto de tocar la puerta con una de sus manos a la altura de su hombro.

—Uh… Lo siento —se disculpó —. Iba a llamar, bueno, tocar.

—Padre, él es Landon —inicié—. Landon, él…

—Soy Patrick —papá me interrumpió—. ¿Quieres un poco de chocolate?

No pude evitar reírme por esto, el castaño lo miró raro mientras veía la barra de chocolate que mi padre le extendía.

—Claro —aceptó, partiendo un pedazo y llevárselo a su boca.

—Bien. Supongo que ya deben irse —dijo —. Julie, hemos acordado la hora, eh.

—Por supuesto.

—¿La traerás de regreso? —se dirigió a Landon.

—Sí —afirmó, asintiendo con la cabeza.

Yo rodé los ojos.

—Estaré bien —susurré dándole un beso en la mejilla—. Te quiero.

Antes de alejarme de su lado, él me respondió con lo mismo. Comencé a caminar con Landon a mi lado, trajo auto, quería preguntarle si era suyo o de alguien más, pero preferí callar. Me abrió la puerta del copiloto para que yo entrara y después él. En el camino veníamos conversando sobre cosas sin sentido, entre esas salió el tema de los extraterrestres.

—No mencioné lo bonita que te ves —admitió, sonriéndome de oreja a oreja, los hoyuelos de sus mejillas se marcaron—. Demasiado diferente.

Sentí el calor apoderarse de mi cara que de forma inconscienteme cubrí con mis manos, escuché como carcajeó. Dios mío, que ridícula me vi.

—Tú igual —murmuré cabizbaja. Y era verdad, llevaba una playera gris con líneas finas horizontales color negro, junto a unos jeans negros y un chaleco del mismo color, pero de mezclilla—. Quizá se deba a que siempre nos vemos con el uniforme.

Me dio la razón y nos adentramos a la fiesta, había música a mucho, mucho volumen. Demasiadas personas, olor a alcohol y tabaco. Papá moriría tan solo de verlo y escuchar que alguien se lo describiera.

Mis ojos escanearon el lugar causando que me aferrara al brazo de Landon, él buscaba a alguien con su mirada, hasta que entró a lo que parecía ser la cocina. Me fijé que al otro lado de una gran mesa estaba Lee pasando cartones y más cartones de cerveza a otros chicos.

Esto se va a descontrolar.

—¡Landon! ¡Julie! —saludó. Le dijo algo al chico que estaba a su lado y él saltó por la mesa para acercarse a nosotros—. ¡Hemos comprado alcohol hasta para llenar la alberca!

—¡Grandioso! — le siguió Landon.

—Yup —musité.

—Bien, pueden tomar lo que quieran —indicó—. Solo no pidan comida porque eso es lo único que no ofrecemos. —Se rio y se acercó más a nosotros—. Es un desastre luego, hay personas que vomitan y otras que comienzan a lanzarla por el aire.

—Es espantoso —apoyó Landon.

La mirada oscura de Lee se desvió detrás de nosotros y enarcó una ceja.

—Pensé que no vendría.

Landon buscó a lo que se refería el chico y odié en ese momento que mi curiosidad saltara, copiando la misma que hicieron los dos. Derek se adentraba con unos pantalones negros junto a una playera completamente gris, sin embargo, toda mi atención fue a la chica de cabello blanco que se puso a un lado de él, tomándolo de la mano.

—Cuando me dijo que regresó con Blake pensé que era mentira —Landon susurró sin poder creerlo.

Desvía tus pensamientos y tu mirada, Julie. Regresé de nuevo a Lee.

—¿Lo conoces? —cuestioné, tratando de saber, así como también, ocupar mi mente en algo más que no fuese en la presencia de Derek y su novia.

—Lo conocía de vista y ahora sé más de él por Landon —explicó riendo—. ¿Quieren algo de beber?

—Creo que ella no…

—Sí —solté de inmediato.

—¿Vas a tomar? —inquirió con el entrecejo fruncido. Yo asentí—. Bien, trae dos cervezas.

Lee levantó los pulgares y se alejó de nosotros. Comenzaba a ponerme nerviosa. Eso equivalía a que mis manos sudaran y los suspiros se volvieran repetitivos, me liberé del brazo de Landon para tallar las palmas de mi mano contra la tela de mi vestido, comencé a jugar con mis uñas creando un ruido entre ellas, Lee llegó hasta nosotros y nos cedió los enormes vasos que contenían aquel líquido. Sin pensarlo dos veces, bebí de él.

—¡Derek! —Landon gritó.

Oh, Dios.

Volví a darle otro trago al vaso sin respirar y Lee carcajeó.

—¡Chica! ¡Tú sí que tienes una garganta muy fuerte!

—No pensé que vendrías con alguien. —La voz de Derek sonó a mis espaldas y volví a beber.

—Bueno, ya ves que sí. Su padre me ha invitado chocolate antes venir, ¿verdad, Julie? —La mano de Landon me dio la vuelta para que estuviera cara a cara con Derek.

El vaso de cerveza seguía en mi cara mientras intentaba tragar lo que tenía en la boca. El rostro de Derek mostró un ceño fruncido y me miró de arriba hacia abajo sin mover la cabeza y regresó a su primo.

—Genial —murmuró —. Les presento a Blake, mi novia.

Bebí lo último que quedaba del vaso y lo bajé mientras esbozaba una sonrisa a la chica quien me la devolvió. El castaño carcajeó y llevó su pulgar hasta las esquinas de mi boca para limpiar un poco con la yema de su dedo.

¿Por qué se sentía tan incómodo el ambiente?

—Lee, ¿dónde hay más? —pregunté, intentando salir de todo esto.

—Sígueme —indicó y sin pensarlo dos veces lo hice, alejándome de ellos tres. Llegamos hasta la mesa y Lee agarró mi vaso para llenarlo frente a mí. Yo me mantuve de pie.

—¿Flirteando con Landon?

Di un pequeño brinco al escuchar la voz de Derek, giré mi rostro para verlo a un lado de mí, se encontraba con las manos dentro de los bolsillos de su pantalón y los hombros caídos.

—¿Sabes que es mi primo? —volvió a hablar.

Mi ceño se frunció.

—No estoy flirteando con él, y gracias por decírmelo.

—¡Julie! —Lee gritó y me acerqué a él donde me tendía el vaso, le agradecí regalándole una sonrisa sin separar mis labios. Su mirada se desvió al pelinegro y le habló—. ¿Quieres algo?

—Una cerveza y un preparado —pidió. Bebí rápido una vez más sin importarme que podía llegar a casa con olor a alcohol y papá se enojaría—. No bebas de ese modo, te vas a marear más rápido.

Tragué con dificultad el líquido y lo miré.

—¿Por qué estás aquí? Se supone que no te gustan estas cosas.

Me sentía enojada.

—Vine acompañar a Blake —confesó—. ¿Y tú? ¿Por qué has venido?

—Porque me lo pidió Landon y quise salir un rato.

Me encogí de hombros sin darle tanta importancia.

—No llegaste al salón durante todo el almuerzo —recordó, ocasionando que los nervios me comenzaran a traicionar.

Busqué su mirada, sus ojos azules se clavaron en mí. En su rostro había ese toque sarcástico que me comenzaba a molestar, esperando a que yo dijera algo con lo cual él pudiera devolver.

—Estuve con Landon.

Su semblante cambió y esbozó una sonrisa lánguida, como si aquello le diera gracia.

—¿Y pensaste con quién te vas a cambiar de lugar, Juliette?

Todo se detuvo. Juro que todo se detuvo. Por completo. Era como si ya no escuchara la música y todo fuera un completo silencio, donde solo nos encontrábamos divagando Derek y yo, y las demás personas ya no existieran, pero esto no era para nada bueno. Algo en mi pecho se oprimió e involuntariamente di un paso hacia atrás, alejándome del chico para darle una mirada de pocos amigos.

—¿Cómo me llamaste?

—Juliette —repitió—. Ese es tu nombre, ¿no?

No sé si era por la cerveza que bebí de golpe, pero me sentía muy mareada.

—Yo me llamo Julie —afirmé, tratando de sonar de tal modo—. Juliette es el de mi madre. Y no te preocupes, el lunes ya no estaré más contigo.

Fue lo último que dije antes de darme la vuelta para ir con Landon.

Derek era un idiota.

9

Tierra, trágame y no me escupas

JULIE

—Conviértelo a decimal —susurró Landon a mi lado, empujando con su mano la mía que sostenía el lápiz—. Es más fácil y así no te complicas tanto la operación.

Él regresó su vista a su libreta, mientras yo mantenía la mía sobre mi regazo. Al final, me cambié de asiento, aquella noche antes de que me bajara del auto para entrar a mi casa, le expliqué el pequeño incidente que tuve con su primo, Landon solo rio diciendo que Derek era un poco inmaduro en ocasiones, pero después de mis suplicas, él aceptó con una sonrisa agradable.

Derek ni siquiera se sorprendió cuando me senté a lado del castaño, así dejando el asiento vacío como estaba hace unos meses atrás, antes de que Fabiola se fuera. Admitía que me hacía tanta falta, sus dramas y pláticas. Todo ella era un combo perfecto que yo apreciaba mucho.

Volví mi atención a los números que estaban escritos con tinta en mi libreta y di un suspiro agotador. Acaté lo que Landon me aconsejó e inicié mi pequeña batalla mental, obteniendo el primer resultado, lo festejé con un infantil movimiento de cabeza causando una pequeña risa por parte del chico. Sentí mis mejillas ruborizarse y bajé mi rostro hasta ocultarlo con mi cabello.

Debería dejar de hacer eso siempre que obtengo el resultado correcto.

A pesar de la lentitud con la que realicé cada ejercicio, terminé con todos, sintiendo orgullo de mí. Dejé el lápiz a un lado y levanté mi vista con una sonrisa en mi rostro en busca de la profesora, pero ella ya no se encontraba allí. ¿Dónde se metió?

—Julie. —El chico a mi lado habló—. La clase ya terminó.

Lo miré incrédula ante lo que dijo, esto debía de ser un chiste. Mi ceño se frunció, así como mi boca se abrió un poco indignada por ello, pero era verdad, ya no había tantas personas en el salón.

—¿Cómo que ya terminó? ¿En qué momento se fue? ¿Esto es en serio? Cuando creo triunfar en la vida, me lo quitan, así como si nada.

—Tranquila —pronunció—. Dijo que va a revisar la siguiente clase. La mayoría del salón no pudo realizar todas en una hora, dice que comprende la situación mental de cada uno.

—Eso fue una ofensa —demandé remarcando más mi ceño.

Una risa sonó desde la otra fila a mi lado, no había necesidad de que volteara para saber de quien se trataba.

—Qué novedad.

Sin embargo, rodé los ojos para girar mi cuerpo sobre la silla y darle una mirada de pocos amigos. Estaba algo enojada con él, no quería estar de tal modo porque detestaba no llevarme bien con las personas, no me gustaba para nada tener la enemistad.

Papá solía decir que la gente podía aprovecharse un poco de mi ingenuidad.

—Molestas.

—Trata de ignorarme. A la mayoría le funciona muy bien. —Sonrió con sorna, moviendo sus manos para quitarle importancia al asunto.

—Oigan — mencionó Landon levantándose de su asiento para colgar su mochila sobre su hombro con pereza—. Necesito que ustedes dos comiencen a llevarse bien.

—¿Por qué? —la voz de Derek y la mía sonaron al mismo tiempo que no pudimos evitar mirarnos como dos raros, el uno al otro.

El castaño esbozó una sonrisa de oreja a oreja haciendo notar sus profundos hoyuelos, pero ésta no tardó tanto porque fue sustituida por una lánguida y sarcástica a la vez. Los ojos del chico me miraron con cautela y después fueron hacia Derek.

—Podría ser tu próxima prima —indicó, ahora, guiñándome un ojo y salió del salón.

Mi rostro ardió por completo cuando entendí sus palabras.

Agradecí al cielo que Landon se hubiese ido para que así no se riera de la semejanza que tenía mi cara con un tomatillo. Traté de tranquilizar un poco mis emociones, así como el cosquilleo que invadió todo mi cuerpo, solté un gran suspiro y mordí mis labios durante un momento, hasta que el cuerpo de Derek se plasmó frente a mí.

Observé cada uno de sus movimientos, él me miró directo sin titubear ante la duda de que yo estaba un poco enojada, soltó un suspiro y pasó su mano por su labio. Ni uno de los dos decía algo para romper el silencio, todo estaba callado y la incomodidad se presentaba con el paso de los segundos. Mordí mis labios inquietantes ante el momento, rompiendo el contacto de sus ojos, deslicé mi mano por mi mochila en busca de mi comida.

Derek lucía despreocupado, tan relajado y como si el ambiente no estuviera algo denso, todo lo contrario, era eso o quizá yo lo estaba porque me encontraba en mis días. Tenía la suposición de que lo último ocasionaba mi nerviosismo.

—Lo siento.

Con la voz baja y sin mirar a otro lado que no fueran mis ojos, con una determinación firme, decidido ante sus palabras y no prestar ningún rastro de duda.

—¿Por qué? —cuestioné, segura de la razón por la cual lo decía, pero quería escucharlo admitir que su comportamiento estaba siendo algo insípido e inmaduro de su parte, tal vez no con las mismas palabras, quizá las disfrazaría, pero me sentiría conforme al menos.

—Por ser un poquito exigente al pedirte que te fueras del lugar —respondió, moviendo los ojos de un lado a otro. Yo enarqué una ceja por la cantidad que utilizó al llamar su exigencia.

—¿Solo un poquito? —intenté que mi voz saliera irónica, sin embargo, no lo logré.

El sarcasmo y la ironía no eran algo que se me facilitaran usar, siempre terminaba como un intento de las comedias infantiles.

Derek rodó los ojos y echó una diminuta risa mientras apretaba con sus puños las mangas del suéter.

—Por ser demasiado exigente y comportarme tan despreciable.

Sonreí ante su declaración, es lo que quería oír. No quise decir nada referente a esto, así que opté por abrir mi comida causando una mueca ante su rostro, volqué los ojos esperando a que su comentario disgustoso fuera liberado, pero no llegó. Llevé a mi boca un trozo de papaya observando cada gesto por parte de él, mis labios se formaron a una sonrisa divertida y suprimí las ganas de querer reír.

—Pruébala —musité.

—No —negó varias veces—. La última vez que lo hice terminé vomitando en los pies de mi hermano mayor.

—Solamente será una diminuta parte —alenté, pero no accedió. Hice un pequeño mohín y él me regaló una sonrisa sin despegar sus labios, puso su dedo índice en frente de mi cara y lo movió de un lado a otro, dejando claro que no lo haría. Di un bufido, rendida—. Está bien.

Derek entreabrió sus labios, quizá para decir que lo haría, algo dentro de mí se agitó con emoción, creyendo que se trataría de ello y que por fin lograría doblegar sus necios gustos hacia la comida. El sonido de su celular desvaneció todo lo que se comenzaba a concentrar en mí, él frunció su entrecejo y sacó el celular del bolsillo de su pantalón, miró la pantalla de este y sin dudar un segundo más, deslizó su dedo por la pantalla táctil.

—¿Qué pasó? —inquirió a la persona en la otra línea, relamió sus labios varias veces oyendo todo lo que esta decía—. Hoy no podré, tengo asuntos familiares. Y no, no puedes presentarte, Blake. Mis padres no saben que hemos regresado, por favor deja que yo lo haga.

Formé una línea con mis labios, escuchando todo lo que el pelinegro decía, varias preguntas se formaron en mi mente, las cuales las eliminé al instante que yo misma me preguntaba si en realidad me interesaban y la respuesta era no, un rotundo no. Solté un pequeño suspiro, no quería seguir captando con mis oídos todo lo que Derek le decía a su novia, tomé mi comida entre mis manos y me puse de pie. La mirada azulada de él rápidamente ciñó todos mis movimientos y enarcó una ceja, interrogándome por mi acción tan repentina.

Me encogí de hombros y con mi mano libre hice la semejanza del celular, esbocé un gesto de pena y avancé. Él seguía insistiendo a la chica sobre lo mismo. No sé a dónde iría ahora, quizá en busca de Landon para entablar una plática, sabía que se encontraría en la cafetería, era hora del almuerzo y siempre comía ahí. Al momento de salir, la voz de Derek me detuvo.

—¡Julie! —confundida, lo miré por encima de mi hombro —. No salgas del salón.

—¿Por qué?

Lo que dijo sonó como una orden, no era ni siquiera una advertencia, fue ecuánime con sus palabras y la fuerza con la que planteó cada una me estremeció. Su mirada se mantenía ante la mía sin perder contacto alguno.

—Blake, no estoy para darte explicaciones —farfulló molesto—. Es en serio, te llamaré luego… —dejó suspendida la frase para después dar una mirada incrédula hacia lo que la chica le hubiese dicho—. Amor, intento disfrutar mi almuerzo.

Mordió sus labios y cerró los ojos tomando una gran bocanada de aire, me cohibí inconscientemente y me rendí, llevé un mechón de mi cabello por detrás de mi oreja, puse todo mi peso sobre unas de mis piernas esperando la explicación del chico, la cual no llegaba y creí que seguía perdiendo mi tiempo, así que salí del salón.

Lo primero en lo que me fijé fue en la cantidad de alumnos que paseaban por el pasillo, entre carcajadas, gritos y parloteos, comencé a dar pasos cortos con intenciones de alejarme de todo el tumulto hasta que mi nombre fue pronunciado de nuevo en un grito.

—¡Julie!

¡Ay! ¿¡Qué rayos quería!?

Un brazo envolvió mi cintura atrayéndome al cuerpo de alguien más, mi espalda chocó con la pared fría y todo el aire en mis pulmones se escapó. El rostro de Derek estaba a centímetros del mío, sus ojos estaban mirando los míos, ahora era él quien tenía sus labios en una fina línea. De algo estaba segura y es que era lo más cerca que tendría a un chico, mi padre no contaba, él era... Mi padre. ¡No contaba en lo absoluto!

—¿Qué ocurre contigo? —dije en un tono aludido, confundida por su extraña actitud.

Él no mencionó nada, desvió sus ojos hasta su mano donde sujetaba el celular con la pantalla apagada.

—Mierda —maldijo con una expresión preocupada—. Le he colgado a Blake, se pondrá furiosa.

Su brazo seguía alrededor de mi cintura. Tragué saliva fuerte, mis manos comenzaban a sudar y sentía mi pulso algo acelerado. Miré a los lados para evitar fijarme en los pequeños detalles que había en su rostro. Nos encontrábamos en una escena que llamaba demasiado la atención, la mirada de los que pasaban por el pasillo se posaba en nosotros.

Regresé la vista una vez más hacia él, dándole a entender que se alejara de mí. Derek exhaló dejando caer sus hombros con pereza, alejó su mano de mi cintura y se separó tan solo unos centímetros de mí, con velocidad sacó su suéter y haló las mangas.

Mi mente estaba con muchas dudas, los signos de interrogación se plasmaron en mis pensamientos, sabía que mi rostro se encontraba con un aparente ceño fruncido mientras seguía cada uno de sus movimientos.

—¿Qué haces? —demandé cuando pasó su suéter por mi cintura, acomodándolo alrededor de ella con mucho cuidado.

Derek les prestaba toda la atención a sus acciones sin mencionar nada al respecto.

—Tuviste un gran accidente —murmuró.

Amarró las mangas sobre mi abdomen, tanteando que no anudara con fuerza y me apretara. Pude fijarme como su manzana de Adán subió y bajó, se alejó un poco más de mí y sus ojos encontraron los míos. Se mostraba serio, pero no tardó mucho así, pues una sonrisa lánguida se dibujó en su rostro, dio un paso largo hacia mí y llevó su boca a mi oreja.

—Te has manchado.

Y mi cara cayó de vergüenza absoluta. Sabía a lo que se refería.

Oh, cielos, él en este momento sabía…

Mis mejillas comenzaron a arder y después mi cara hirvió de la misma pena que sentía, quería hacerme tan pequeña para que no me viera, pero todo me atacó más cuando mi subconsciente salió a la luz.

—Y-yo lo si-siento —tartamudeé, sintiéndome aún más tonta.

Derek se alejó de mí y echó una pequeña risita.

—No intentes explicar lo que claramente ya sé. Tranquila, es normal, ¿no? Ahora hay una probabilidad de que mi suéter ya esté conociendo qué tipo de sangre eres —indicó—. Pensándolo bien, debería de disgustarme porque es sangre de… *ajá*, pero no.

No podía estar más avergonzada.

Quería irme de ahí, alejarme de su campo de visión para que este bochorno se esfumara, aunque era imposible. Sin embargo, sentí que me ruboricé aún más ante el gesto que hizo por mí. Cerré mis ojos como si eso fuese a desaparecerlo a él o a mí por arte de magia.

—Necesito ir al baño —musité, volviendo a abrirlos y mirar los dedos de mis manos que comenzaban a danzar entre ellos con nerviosismo.

—Te acompaño —pronunció.

Se alejó dejándome respirar con tranquilidad, alcé mi vista hacia él, se encontraba mirando a los lados del pasillo donde algunos alumnos seguían pasando. No quería rechistar en estos momentos porque temía que mi lengua se enredara con las palabras que quisiera decir. Derek soltó un suspiro y puso una mano sobre mi hombro incitándome a que me alejara de la pared.

—Vamos, te cuidaré las espaldas.

Entrecerré mis ojos por el tono burlón que utilizó y le di un pequeño golpe en el estómago que no lo inmutó en lo más mínimo. Comencé a caminar con él a una pequeña distancia detrás, sentía como su mano rozaba mi cintura con delicadeza. En realidad, me sentía demasiado incómoda.

Llegamos hasta el baño y lo miré por encima de mi hombro, hizo una seña con su cabeza indicándome que entrara y así lo hice. Una vez adentro hundí mi cara entre mis manos lamentándome por esto.

Después de crear mi drama, me dispuse a entrar a uno de los cubículos. El único hombre que vio esto era mi padre, ningún otro hombre, pero al parecer ahora eran dos, me decía a mí misma que esto era algo normal y debía tranquilizarme, no es que fuera algo del otro mundo, en algún punto todos sabían que esto ocurría en las mujeres, pero… ¡En serio, era muy vergonzoso!

Solté un gruñido mientras lavaba mis manos con jabón, tomé una gran bocanada de aire y apagué el grifo, ¿cómo me pudo pasar esto a mí?

Disipé todo de mi mente, y caminé hasta la puerta para salir y encontrarme con Derek apoyado contra la pared, al verme, me regaló una sonrisa cálida, no pude evitar regresársela.

—Gracias —admití, sonrojada.

—Descuida —dijo moviendo las manos para quitarle importancia al asunto.

Asentí insegura y él se acercó hasta mí, acomodó la camisa de su uniforme y paseó sus dedos por su cabello para despeinarlo un poco. Mi mirada seguía en él junto al pequeño sentimiento de ímpetu por mi desastre, Derek volteó hacia mí y sus labios se curvaron en una fina sonrisa.

—¿Todo bien?

—Todo bien —afirmé.

10

He perdido la cabeza

JULIE

Parecía una niña pequeña detrás de Landon y Derek, quienes caminaban a su paso normal mientras hablaban de cosas que yo quería escuchar, pero se me estaba dificultando porque cuando yo daba un paso, ellos ya habían dado tres más.

Me detuve al instante y golpeé con mi pie el asfalto, soltando un gruñido lo suficientemente fuerte para que los dos chicos me escucharan, para mi suerte, funcionó. Ambos voltearon a mirarme con el ceño fruncido, plasmándose en el rostro de cada uno sin entender mi acción antes hecha. Derek enarcó una ceja, como si exigiera alguna explicación sobre esto.

—¡Me rindo! —Elevé mis brazos hacia los costados para después dejarlos caer, hice un mohín muy infantil y solté un suspiro—. Se me hace imposible tratar de seguirles el paso. ¡Sus pasos son muy largos en comparación de los míos!

Landon sonrió de lado, burlándose por mi confesión, quizá sonaba muy bobo desde su punto de vista. A diferencia de él, Derek puso aún más en alto su ceja y me dio una mirada incrédula, incapaz de aceptar mi pequeña excusa para detenernos un instante. Caminé hasta ellos con pasos rápidos y el castaño no pudo evitar reír, me crucé de brazos mirando a ambos y el pelinegro relamió sus labios.

—Tú has aceptado venir con nosotros —recordó Derek, dejando todo su peso sobre una de sus piernas, quise protestar, pero él me lo impidió cuando prosiguió—. Deja de quejarte y camina, Julie. Solo faltan dos cuadras.

—¡Está lejos! —demandé. Contando las otras tres cuadras que habíamos pasado ya y aquel puente—. ¿Siquiera podrían ir a mi paso?

El ojiazul entreabrió la boca a punto de contestar, aunque no dijo nada porque Landon lo hizo primero, quitándole la palabra y tomándola él.

—Está bien. Tú puedes adelantarte, Derek.

Derek rodó los ojos y se alejó de nosotros de mala gana, me encogí un poco culpable por ello. Landon tomó una bocanada de aire para después soltarlo de una forma muy lenta, sobó su sien unos segundos y me miró esbozando una sonrisa.

—¿Se enojó? —pregunté. Teniendo en cuenta que la respuesta estaba demasiado clara, sin embargo, la afirmación por parte del chico se me hacía necesaria.

—Derek siempre se enoja. —Se rio. Hizo un movimiento de cabeza, indicándome que comenzáramos a caminar—. Solo que hoy está más irritable porque discutió con Blake.

Yo asentí, mordiendo mi labio. Aún me sentía un poco avergonzada por lo ocurrido con Derek a pesar de que ya pasaron tres días, yo seguía recordando el momento con incomodidad. Landon quería ir a los juegos del centro comercial después de las clases, ya que la presión se sentía puesto a que los exámenes se aproximaban, aún seguía teniendo dudas sobre la asesoría que Landon me brindaba, las fracciones comenzaban a ser un poco más claras ante mi mente y eso me alegraba un poco, sin embargo, no me quería confiar, cuando creía que iba a salir bien en alguna prueba, terminaba sacando menos de la nota adecuada. Así que mis ilusiones no volarían tan alto esta vez.

—¿Le caigo mal a Derek? —murmuré, mirándole con cautela.

El frunció el ceño sin remarcarlo tanto junto a sus labios, moviendo sus ojos como si estuviese pensando la respuesta concreta para no fracasar en el intento al decirla.

—No le caes mal, Julie. Solo que es un poco insípido, tal vez lo sacas de sus casillas, aunque no entiendo por qué —admitió encogiéndose de hombros y rascar la parte trasera de su oreja—. No es un secreto que la tolerancia no forma parte de él.

—Me he dado cuenta. —Asentí creando una mueca no satisfactoria—. No quiero que me odie. Él me cae bien.

—¿En serio? —preguntó incrédulo y carcajeó—. Con Derek no se puede tener una conversación decente sin que te insulte o diga algún comentario disgustoso. Es algo apática y seria su forma de ser.

—Lo sé —admití—, pero se me hace interesante. Me gusta saber las cosas que le gustan y las que no.

—Muy interesante, ¿eh? —vaciló.

Yo me encogí de hombros y lo miré de reojo. Landon lucía un poco más delgado que él primer día que llegó a clases, era muy notorio que estuvo bajando de peso, no sé si realizaba algún tipo de ejercicio o se encontraba haciendo dieta, pero sus clavículas comenzaban a notarse cada vez más.

—¿Practicas un deporte? —pregunté, moviendo mi cabeza de un lado a otro.

—No —respondió—. Me cansa el hecho de tan solo respirar, ¿crees que en realidad estaría realizando alguna actividad en la que tenga que moverme? Existir me agota, con eso es suficiente para mí.

—¡Landon! —Me reí.

—¿Qué? —dijo divertido—. Esa es la verdad, ¿por qué preguntaste?

Tomé un profundo respiro y negué.

—Parece que has estado bajando de peso.

Él me sonrió.

—Entonces si que ha estado funcionando el ayuno intermitente.

—¿Ayuno qué? —Mi ceño se frunció.

—Es confidencial, Julie.

—Landon —sentencié.

—¡Ups!

Dio un salto y me sujetó de la muñeca, tirando de ella para que me acercara. El frío aire acondicionado del centro comercial se coló por todo mi cuerpo una vez que nos adentramos. Nuestra conversación se terminó cuando se alejó de mí y comenzó a trazar su camino, yo lo seguí entre las personas mientras trataba de esquivar a estas mismas, asegurándome de mantenerlo en mi campo de visión.

Cuando llegamos al lugar, Derek ya se encontraba ahí, apoyado en una de las mesas de hockey con los brazos cruzados sobre su pecho, me dio una mirada antipática provocando que me cohibiera un poco. Desvié mi mirada con disimulo hacia el castaño que hurgaba en su mochila en busca de algo, para quitar un poco del nerviosismo que sentía, comencé a observar a mi alrededor, escaneando todo el lugar y cuestionándome sobre el uso de cada máquina.

—Julie, acompáñame —Landon habló ocasionando que lo mirara.

Él mantenía entre sus dedos una tarjeta y me hizo una seña para que me acercara, yo accedí acortando la distancia que había entre nosotros.

Le di una mirada rápida a Derek para darme cuenta de que este tecleaba algo en su celular. Regresé hacia Landon y nos encaminamos hasta el mostrador, donde un muchacho se encontraba, este le recibió la tarjeta al castaño y la pasó por el datáfono. Dejé de prestar atención para observar a Derek. Hablaba por el celular, movía sus labios con rapidez y cerraba los ojos durante unos segundos, supuse que se encontraba hablando con su novia.

Llevé mi mano hasta mi boca y comencé a morder mis uñas, escuché como el chico que atendía le decía algo a Landon, mientras este se quejaba, sin embargo, mi atención fue fija en el pelinegro quien alejó el celular de su oreja con brusquedad para apretarlo con su mano. Su rostro decía claramente que su estado de ánimo se encontraba furioso.

—Ahora vengo —avisé al chico sin mirarlo. No esperé una respuesta y me dirigí hasta Derek, sabía que era mala idea, pero había algo en mi mente que bloqueaba mi cordura en ese momento. En silencio, me puse al lado de él, juntando mis manos por debajo y divagué sobre qué decir—. ¿Has discutido con ella?

Mi pregunta fue un susurro que llegué a creer que no lo escuchó por todo el bullicio que se centraba en el lugar, miraba al frente temiendo por su mirada que no quería descifrar. Él no respondió y dudé si seguir ahí o regresar con Landon.

—Sí —respondió al final. Sentí como toda la presión en mi pecho se iba cuando lo oí suspirar y cambiar la posición en que se encontraba—. Soy un completo asco para tratar de ser romántico.

Fruncí mis labios al igual que mi entrecejo y ladeé mi cabeza, buscando algo que decir ante su confesión.

—No es que seas un asco, todos tenemos formas diferentes de serlo y la otra persona tiene que aceptarlo. No siempre vamos a encontrar a alguien a nuestra medida que cumpla todos nuestros requisitos.

—Encontrar a alguien así es difícil —farfulló con amargura.

—Realmente lo es. —Hice tronar mi lengua—. Hoy en día ya nadie corteja. Vivimos en un siglo donde ya no formamos parte del romanticismo antiguo y por desgracia nadie quiere revivir.

Derek se removió y sentí su mirada sobre la mía, esta vez, lo atisbé. Sus ojos azules me curioseaban con detenimiento y sus labios se curvaron. No sabía si aquella sonrisa era de burla, sarcasmo, sincera o normal, como esas que acostumbraba a dar haciendo referencia a una respuesta opcional.

—La mayoría piensa que nosotros deberíamos tener la iniciativa, creo que ambos deben de tenerla.

Lo pensé durante unos segundos, el rostro del chico se mostraba pesado aún con esa pequeña sonrisa, me removí en mi lugar y me llevé un mechón de cabello detrás de la oreja. Quería volver a decirle algo, que fuera algo… No lo hice. Landon venía hacia nosotros mientras miraba su mano, la abría y cerraba varias veces, levantó su vista y un ceño fruncido se presentó en su rostro.

—¿Ocurre algo? —murmuré acercándome hasta él.

—No —negó tranquilo y soltó una risa—. Solo que me he golpeado con el mostrador cuando tomé las manoplas y me duele un poco.

Agarré su mano entre las mías y dediqué un pequeño tiempo a mirarla para poder ver de dónde provenía el golpe, su dedo anular estaba rígido y colorado, Landon cerró su mano, pero el dedo no obedeció causando un gruñido por parte del chico.

—Sí, al parecer te lo lastimaste —musité mirándole con una mueca.

—Eso es grandioso —sonrió, fingiendo emoción—. Tengo una excusa para no hacer la tarea en la escuela.

Negué divertida y me alejé, él le dio una manopla a Derek, pasó la tarjeta para que el juego empezara y se pusieron en posición. Yo me quedé en medio de los dos observando a cada uno con sus movimientos, sin embargo, Landon se detuvo antes de colocar el disco encima de la mesa.

—¿Qué haces? —Derek inquirió elevando una de sus cejas.

—Se me ha ocurrido algo— pronunció divertido, dejó de mirar al pelinegro y desvió su vista hacia mí —. Si le gano a mi *Bozz*, tú serás mi pareja para el baile que se presentará el viernes en la escuela.

—¿*Bozz*?

—No empieces —Derek suplicó.

—Sí, *Bozz* es Derek. Bonito apodo, ¿no crees, Julie?

Evité reírme.

—Lo es, ¿por qué *Bozz*?

—Larga historia que pronto te contaré —dijo—. Ahora, quiero jugar y ganarle, necesito que seas mi pareja del baile.

—¿Baile? ¿Qué baile?

—Te gusta preguntar mucho, ¿no?

Mi ceño se frunció y miré a Derek de mala gana.

—Deja de molestarla —Landon me defendió.

—Como sea, pero mi padre aún no ha dado el aviso —murmuró Derek, poniendo los ojos en blanco.

Entonces, entendí que él ya era consciente de que yo sabía sobre la relación familiar que tenía con el director. Era algo obvio.

—Lo sé, pero se me hizo el momento adecuado para decirle —admitió sin culpa, encogiéndose de hombros. Yo me seguía manteniendo confundida—. Julie, habrá un baile el viernes por el aniversario de la escuela.

Me crucé de brazos y reí. Aún perdiera, si él me lo pidiera aceptaría igual, es decir, solo por ser un gran chico, no podría rechazarlo. Atisbé al pelinegro quien mantenía un semblante serio, mirando al frente sin ningún punto en específico tratando de ignorar a ambos, soltó un suspiro y le dio una mirada de pocos amigos a su primo.

—¿Podemos empezar? Quiero acabar con esto rápido —pidió apoyando la manopla sobre la mesa.

Ninguno volvió a decir nada y Landon colocó el disco para comenzar con el juego. A pesar de que dudaba un poco sobre la capacidad del castaño, le estaba ganando al pelinegro por dos puntos, pues su dedo seguía molestándolo y él soltaba pequeños quejidos para después disimularlos con burlas hacia su primo. Tenía en claro quien ganaría y así fue.

Derek soltó molesto la manopla, se apoyó contra la mesa y bufó. Landon solo esbozó una sonrisa de oreja a oreja con superioridad haciendo marcar sus hoyuelos, miró su mano y movió unas cuentas veces su dedo anular.

—Bien, Julie. Tienes una cita conmigo el viernes y… Ahora regreso, necesito ir al baño —avisó agarrando su mochila del suelo y pasarla por encima de su hombro—. Pueden jugar lo que quieran, tardaré unos minutos.

Y se alejó de nosotros.

Miré incomoda a Derek, quien relajó su expresión y tomó la tarjeta para caminar hasta mí.

—¿Quieres jugar a algo más? —propuso, quise hablar, pero él prosiguió—. No sé, como jugar al mini box y poder golpear tu bonito rostro —indicó y agregó rápidamente—. Ignora el adjetivo que he usado.

Mi entrecejo se frunció. Hablaba demasiado rápido, pero comprendí a lo que se refería y no pude evitar que mis mejillas ardieran por ello. Me dijo bonita.

—¿Este es de carreras? —cuestioné mirando las figuras que estaban dibujadas, aunque me sentí algo torpe ya que el juego tenía la forma de una cabina haciendo referencia a un auto de carreras.

—Sí, ¿sabes jugar? —murmuró. Yo negué—. Bien, súbete. Vamos a ver qué tan buena eres para entender el juego.

Me limité a obedecerlo. Mis ojos escanearon cada rincón del juego, la pantalla y también los controles eran demasiados curiosos, había dos volantes, sin embargo, estaban separados por cada asiento. El calor del cuerpo de Derek se hizo presente cuando me hizo compañía adentro y miró la pantalla.

—Con el volante vas a dirigir el auto, con ese pequeño rectángulo que está al lado de tu pie vas a acelerar, no hay niveles… —explicó apuntándome cada cosa, me fue diciendo para que eran los tres botones que estaban en medio del volante y el objetivo del juego—. Solo rebasa todos los que estén al frente tuyo y evita chocar ¿entendiste?

—Sí. —Asentí varias veces causando que soltara una risa.

El juego comenzó y no sabía qué demonios estaba haciendo. Solo oía como carcajeaba el pelinegro con mi intento de manejar y rebasar los autos, de pronto me veía apretando los botones una y otra vez recibiendo las quejas de Derek. ¡Esto en verdad era emocionante!

—¡Julie! —espetó él y lo miré. El juego terminó—. ¡Me chocaste! ¡Y tres veces!

Yo cubrí mi rostro tapando la vergüenza que sentía. Sin embargo, no pude reprimir una carcajada, separé mis dedos para poder mirar al chico con uno de mis ojos, también reía de la misma forma. Poco a poco bajé mis manos hasta mi regazo y mordí mis labios en un intento de tranquilizar mi respiración.

—¡No sabía quién de todos ellos eras tú! —chillé en esta ocasión y apoyé mi frente en el brazo de él, ocultando de tal forma mi mirada de la suya—. ¡No ha sido mi culpa!

Nuestras risas siguieron hasta el punto en que guardamos silencio y solo el ruido de los otros juegos a nuestro alrededor se oía. Ahora, me sentía extraña al estar así. Levanté mi mirada encontrándome con los ojos azules de Derek.

—Julie, ¿sería buena opción invitar a Blake al baile? No quiero que se vea tan cursi.

Toda tranquilidad que habitaba en mí se esfumó por completo ante su pregunta. Yo me removí y me incorporé alejándome de su cuerpo.

—No veo lo malo —confesé—. Es tu novia, después de todo. Sería un lindo detalle viniendo de tu parte.

Derek asintió.

—Ju —me llamó. Causando que algo se removiera en mí. Lo miré sin decir algo. En su rostro se colocó una sonrisa y, antes que saliera del juego, susurró—. Gracias.

—¿¡Dónde demonios estaban!? —escuché como Landon gritó—. ¡Los estaba buscando!

—Estábamos aquí jugando. —Derek echó una carcajada—. ¡Y Julie es un asco!

Traté de regresar a mi estado normal para darme el valor de salir y mirar a los dos chicos donde reían por algo que Landon vio en el baño. Me limité a observarlos y después mirar de reojo al pelinegro.

Esto no podía estar pasando. Derek Ainsworth estaba dañando mi cordura.

11

Lluvia y colores

JULIE

Las calles de la ciudad estaban mojadas mientras pequeñas gotas de lluvia descendían del cielo, mis pies salpicaban cada vez que pasaba un pequeño charco de agua. El ruido que hacía las llantas de los automóviles contra el pavimento era lo único que se escuchaba junto a los pequeños truenos que comenzaban a amenazar.

—Detente, Julie —Derek reclamó en un suspiro a mi lado. Yo me detuve en seco y me giré hacia él quien venía a mis espaldas, sus ojos encontraron los míos y ladeé mi cabeza, tratando de interrogarle la razón sobre su comentario—. Pareces una chiquilla fuera de control. ¿Dónde está tu botón de apagar?

—No te estoy molestando —me defendí.

—Pero haces que la gente nos mire —indicó pasando a un lado de mí y siguiendo con nuestra caminata. Tomé una gran bocanada de aire y giré sobre mi eje para correr con pequeños pasos hasta su dirección—. Solo apúrate, por favor.

No respondí nada, sin embargo, no pude evitar rodar los ojos y hacerle burla detrás de él sin que pudiera verme.

Íbamos al centro comercial en busca de Landon, se saltó las últimas clases junto a Lee y Eleazar. Derek estaba un poco enfadado con él por haber hecho aquello.

¿Por qué venía yo? Papá no estaría en casa, se quedaría a cubrir el turno de su amigo Marcos, antes de venir con el pelinegro le pedí permiso. Aceptó con la condición de que cuando él llegara; yo ya estuviese en casa.

El ojiazul se encontraba callado, sus pasos eran rápidos, por lo que yo solo intentaba aumentar más mi velocidad. Pensaba que Derek me odiaba, no tenía claro el porqué, pero era demasiado obvio que yo no le caía para nada bien. No obstante, la forma en que se comportó el día en que fue a mi casa para enseñarle a *Milo* actuó muy diferente a la careta que me mostraba justo ahora.

En mi rostro se plasmó una sonrisa de oreja a oreja cuando divisé un charco delante de nosotros.

—Ni se te ocurra. —La voz de Derek sentenció arrebatando la emoción que sentía.

—Arruinas mi momento —chillé por lo bajo. Él me miró y no supe qué pasó, pero una pequeña risa se escapó de su garganta. Relamí mis labios y lo atisbé—. Salta tú.

—¿Qué? —preguntó incrédulo.

—Salta. Brinca. Anda. Tienes un gran charco solo para ti —lo animé regalándole una sonrisa, enarcó una de sus cejas y negó varias veces—. Oh vamos, un poco de agua sucia no te hará daño ni arruinará tu imagen de chico frívolo.

—¿Frívolo? —me cuestionó—. No lo soy. Y no voy a saltar, sabes que detesto la lluvia y si no te has dado cuen…

Fue inevitable.

Tal vez era una gran equivocación y la poca —o quizá no había ni siquiera eso— empatía que tuviese hacia mí la eliminaría con esto, pero no me pude contener. Yo era como alguien hiperactiva en ciertas cosas y no podía mantenerme quieta. Sin esperar a que Derek terminara lo que estuviese por decir, lo empujé depositando toda mi fuerza en la acción.

Error.

Oh, Dios, no, no, no.

Mis manos rápidamente cubrieron mi boca que se formaba en una gran O y mis ojos miraban expectantes a los de Derek. Él tenía una mirada de pocos amigos y a la vez irradiaba sorpresa. Él no esperaba a que yo hiciese eso y yo no esperaba que aquel charco fuese un horroroso hueco.

—¡Lo siento, lo siento, lo siento! —Repetí varias veces mientras daba pequeños saltitos. Mis mejillas ardían de la vergüenza.

¿Dónde estaba el botón de revertir las cosas? ¡Oh por Dios! Me iba a matar o peor aún... ¡Le diría a su padre que me expulsara de la escuela!

Mis ojos se abrieron ante tal pensamiento.

—¡No puedes pedirle eso a tu padre! ¡El mío me mataría! ¡No tendr...

—¡Julie, Julie, cállate! —farfulló ahora con un gran signo de interrogación plasmado en su cara—. ¿Qué demonios no puedo decirle a mi padre? ¿De qué hablas?

Iba a responder cuando caí en cuenta de que aquello solo lo dije en mi mente, cerré mi boca al instante y me abracé a mí misma avergonzada. Derek estiró su mano a mí, dándome a entender que lo ayudara a ponerse de pie. Mordí mis labios acercándome para tomarla, sus dedos apretaron mi pequeña mano y me mostró una sonrisa lánguida. Ni siquiera me dio tiempo de procesar su acto cuando ya me encontraba a lado de él con el uniforme mojado.

—¡Hey! —me quejé indignada—. ¡Lo has hecho a propósito!

—Ha sido un accidente —corrigió con burla—. No es mi culpa que tú seas una debilucha y no pudieras sostenerme —indicó poniéndose de pie y volver a mirarme, ladeó su cabeza y echó una risita—. Mirándote desde este ángulo pareces un perro spaniel pequinés, pero mojado y desnutrido. Una versión fea.

Entrecerré mis ojos, ofendida, y le lancé un poco de agua. Esto era algo asqueroso, quería ir a mi casa y tomar un baño caliente mientras maldecía miles de veces al pelinegro, sin embargo, me retracté porque yo era la culpable. Suavicé mi rostro y solté un bufido, dispuesta a levantarme, aunque la mano de Derek se posó alrededor de mi cintura facilitando la acción antes empleada por mí.

Con inocencia, giré mi cabeza hacia un lado para tener una mejor visión de él. Lo primero que admiré fue su singular nariz, unos cuantos mechones de cabello húmedo se pegaban a su frente. Él se dio cuenta de mi observación y nuestros ojos se encontraron, sus pestañas tenían un leve rocío gracias a las gotas de la lluvia, amaba la forma en que sus iris acomodaban cada color y tono azulado.

Una de sus manos acarició mi mejilla enviando una sensación de escalofrío a través de todo mi cuerpo, sus yemas estaban frías.

—No te depilas bien las cejas, creo que una te quedó más delgada que la otra.

—Wow, te has fijado en la forma de mis cejas —murmuré sarcástica—. ¿Por qué eres tan fijón?

—¿Y tiene eso algo de malo? —me retó burlón.

Yo reí y negué unas cuantas veces, puse una mano sobre su pecho y lo alejé con cuidado para sujetar con fuerza la correa de mi mochila y continuar con nuestro camino hasta el centro comercial, el cual ya se encontraba a poca distancia. Sentí la presencia de Derek a mi lado, ninguno de los dos volvió a decir algo, medía en mi mente el tiempo porque se hacía una eternidad.

Por el rabillo de ojo visualicé al chico quien se sumergía en sus pensamientos y con la mirada al frente, al parecer se encontraba perdido en su interior. Quería hablar, tener una plática que fluyera con tanta normalidad.

—Dice Landon que se encuentran en la parte donde venden comida. Pregunta si quieres que te compre algo —mencionó con su ronca voz mencionó ganándose mi atención por completo.

—Sí —accedí, no negaría su invitación, mucho menos cuando moría de hambre—. Unas banderillas o…

—Compró pizza —cortó al instante, yo fruncí mis labios y después formé un mohín con ellos a lo que Derek sonrió—. Eres muy infantil ¿lo sabías?

—Solo un poco.

El frío clima del centro comercial me hizo tiritar cuando emanó todo mi cuerpo que era cubierto por mi uniforme húmedo.

—Mierda, me moriré de hipotermia —maldijo Derek—. Esto es tu culpa.

Le regalé una sonrisa inocente y volcó los ojos soltando un gruñido por lo bajo. Comenzamos a buscar a Landon para poder decirle que nos fuéramos o al menos yo le diría porque no podía seguir en este estado. Relamí mis labios mientras me aferraba aún más a mi mochila. Mi mirada iba de un lugar a otro hasta que me detuve en alguien que reconocí al instante, él igual lo hizo y se acercó hasta mí.

—¡Julie! —Mitch gritó por encima de todo el parloteo de las personas, llamando la atención de muchas.

Me sonrojé.

—¡Mitchell! —saludé entusiasmada. Cuando estuvo al frente de mí, su ceño se frunció, me miró de abajo hacia arriba y rio—. Tuve un pequeño accidente.

—¿Pequeño? —ironizó. Elevó su mano hasta mi mejilla y midió la temperatura de mi piel—. Estás helada.

—En realidad, sí, me muero de frío —confesé. Entrelacé mis dedos y abrí mis ojos con inocencia—. No es bueno jugar con los charcos ¿sabes? Mucho menos cuando estos te engañan y terminan siendo un gran hueco.

—Verdad —susurraron a mi lado.

Busqué el dueño de la voz y me sentí culpable cuando vi a Derek de pie mirándome a mí y al teñido. Lo olvidé.

—Oh, ¡lo siento! —me disculpé—. Derek, él es Mitchell y Mitch, él es Derek.

—Un gusto —habló con amabilidad el chico de ojos castaños, a diferencia de este, el ojiazul solo elevó una ceja.

¿¡Por qué era tan insípido!?

Mitchell regresó a mí y frunció sus labios.

—¿Quieres que te preste mi suéter? Podrías enfermarte.

—No te preocupes. —Me negué—. Estoy bien.

—En serio, Julie —murmuró—. Ni siquiera insistiré, te lo daré.

No me permitió rechistar de nuevo, él se quitó su suéter blanco con rayas negras y me lo tendió. Mis ojos fueron de la prenda hasta los de él, algo insegura por ello, arrugué mi entrecejo y lo cogí rendida, ganándome una sonrisa de su parte.

—¿Sabes? —Derek volvió a hablar—. Que te acompañe Mitchell al baño para que te lo pongas, iré en busca de Landon y sus estúpidos amigos —indicó haciendo énfasis en toda la frase, sin esperar alguna respuesta por parte mía, se alejó.

Me quedé allí de pie mirando su gran espalda, ahora fui yo quien puso los ojos en blancos e ignoré su actitud grosera para concentrarme en Mitch.

—¿Y qué haces por aquí? —pregunté comenzando a caminar hacia el baño.

—Vine por un nuevo tinte para mi cabello —respondió—. ¿No quieres ayudarme a elegir un color?

—¿En serio? —inquirí emocionada y con los ojos bien abiertos. Él asintió—. ¡Me encantaría! ¿Puede ser cualquier color?

—Cualquiera —afirmó—. Desde neones hasta pasteles, pero te diré los colores que ya me he puesto, ¿bien?

—Bien —accedí. Llegamos hasta los baños y Mitchell se apoyó contra la pared para esperar—. Ahora vuelvo.

Adentro, me miré al espejo durante unos segundos antes de entrar a uno de los cubículos, cerré el pestillo y me despojé rápidamente de mi blusa del uniforme, quedando solo en sostén, pasé el gran suéter de Mitch sobre mi cabeza, adquiriendo el calor de este al instante. El olor de su perfume fue percibido por mi nariz, era agradable y suave, para nada fuerte.

Enrollé mi blusa y la acomodé en mi mochila con la finalidad de que no se mojaran mis útiles, minutos más tarde me encontraba saliendo del baño y topándome con un Mitchell perdido en la pantalla de su celular. Él captó mi presencia y guardó el aparato, esbozó una sonrisa junto a una seña para que prosiguiéramos nuestro camino.

Me veía demasiado ridícula con la falda de mi uniforme que era casi cubierta por el gran suéter, sin embargo, no me molestaba en lo absoluto. Total, yo ya era un imán para ello, papá siempre me hacía pasar por cosas bochornosas.

—Ya me lo he pintado de verde, también de café, morado y violáceo que es el que traigo. —Empezó a decir a la vez que nos adentrábamos a una tienda de productos para el cabello—. El color rosa igual.

—¿Rosa? —reí—. Nunca se me hubiese ocurrido tal color, ¿cómo es que has tomado esa decisión?

—Cáncer de mama.

Miré enternecida a Mitchell causando que se sonrojara, cubrió su rostro con ambas manos y giró su cabeza como un niño pequeño. Era demasiado tierno. Volví a las cajas de tintes que se encontraban en uno de los estantes y pasé mis dedos por estas, había variedad de colores y eso dificultaba mi decisión.

—¿Qué te parece este? —Le pasé un tinte de color anaranjado—. Creo que se te vería muy bien, o el rojo. ¡Mejor uno blanco!

El chico echó una carcajada.

—Y yo pensaba que era indeciso.

Lo empujé con mi cadera y alcé los tintes para poder pensar cuál se le vería mejor, el blanco lo haría ver más pálido, aunque el rojo y el anaranjado resaltaría mucho su piel.

—Rojo. —Escogí asistiendo para mí misma—. Me gustaría verte con este color.

—Ese será entonces —concluyó.

Con el tinte en mi mano nos dirigimos hasta la caja, la señora nos atendió con una sonrisa agradable, nos dijo el precio y Mitch pagó. Cogió la bolsa y salimos del local. Ya no sentía tanto frío gracias al suéter del chico, ahora tenía dos prendas que no eran mías. Al recordar aquello, mi mente recordó a los otros chicos.

—Mitch —llamé su atención con un diminutivo de su nombre—. Necesito ir en busca de mis amigos.

—Claro. Te acompaño.

Fuimos hasta donde creía que estarían y así fue. Los cuatro chicos se encontraban en una de las mesas comiendo pizza, había tres cajas de esta junto a una gaseosa de toronja, cuando estuve cerca de ellos todos los ojos se posaron sobre nosotros. Lee y Eleazar hicieron un saludo con su cabeza.

—Hey, Julie —Landon habló alegremente—. Creí que nos dejaste varados.

—Para nada —negué—. Él es Mitchell, y ellos son Landon, Lee, Eleazar y… —Me detuve para mirar al pelinegro quien mordía perezosamente su pieza de pizza y jugaba con su vaso de refresco—. Bueno, a él ya lo conoces.

El pelinegro alzó su pulgar hacia el chico de pie y sonrió.

—Hey —mencionó.

—Hola —regresó Mitchell con sutileza—. Ehh, bueno, me tengo que ir.

—¿No te quieres quedar? —Landon le preguntó mientras mordía su pedazo.

—Me encantaría —confesó él —, pero debo irme, se supone que debía regresar a mi casa hace media hora.

—De acuerdo, será para la próxima —indicó el castaño con una media sonrisa reprimida.

—Bien, hasta luego —se despidió y me miró—. Nos vemos después, Julie, cuídate.

Se acercó y depósito un beso sobre mi mejilla, no pude evitar regalarle una sonrisa. Sin más preámbulos, se alejó. Parpadeé varias veces antes de volver a encarar a los tres chicos. Landon me daba una mirada pícara, mientras su amigo Lee se dedicaba a comer y Eleazar jugaba con su celular, a diferencia de ellos, Derek tenía un gesto serio.

—Es un gran chico —murmuré tomando asiento.

—Claro que sí —ironizó Derek para después guardar silencio.

12

¿Por qué se siente tan bien?

DEREK

Un suspiro salió de mis labios mientras con una de mis manos me apoyaba sobre el respaldo de la cama, los gemidos de Blake era lo único que podía oír entre las cuatro paredes de mi habitación. Mi respiración estaba agitada y la de ella igual.

Antes, nuestra relación era «linda», pero después de que me engañara todo cambió, sabía que regresar con ella era algo estúpido, sin embargo, acepté porque todavía la quería.

Todo se fue al carajo cuando golpearon con fuerza varias veces la puerta de mi habitación, y unos gritos se proyectaron desde el otro lado.

—¡Trato de ver televisión y la puta cabecera de tu cama choca con la pared! —Landon espetó.

Por su tono de voz, pude saber que se encontraba enfadado.

—¡Vete a la mierda! —Regresé de la misma manera y Blake soltó una risita.

—¡Es en serio! ¡Deja descansar a tu pequeño miembro! —se burló.

Cerré los ojos para que la rabia no me emanara, pero fracasé. Me alejé de Blake con brusquedad y me enrollé con una sábana hasta la mitad, me dirigí a la puerta y la abrí con enojo. Landon, al otro lado, me miraba con diversión.

—¿Quieres dejar de joder? —mascullé con el entrecejo fruncido. Estaba enfadado por haberme interrumpido de tal manera, lo quería ahorcar en ese mismo instante.

—Si tan solo me dejaras ver la televisión en paz. Es molesto e incómodo oír los gemidos de ambos —demandó, poniendo los ojos en blanco—. Luego la cantidad de obscenidades que se dicen el uno al otro. Me dan asco.

—Largo, Landon.

—Está bien —aceptó caminando de regreso a su habitación, antes que se adentrara, se detuvo y me miró divertido—. Me habló tu mamá hace quince minutos y me dijo que ya viene en camino, también que te ha estado llamando a tu celular, pero no le contestas. No te dije antes porque me daba pereza levantarme de la cama, eso quiere decir que dentro de cinco minutos ya estarán aquí.

—¿Qué? —solté incrédulo a lo que él esbozó una sonrisa burlona—. Eres un hijo de…

—Te recomiendo que la saques por la ventana —me interrumpió, refiriéndose a Blake—. Vamos, *Señor Bam-Bam.*

A sus pies, su feo felino gordo lo siguió.

Señor Bam-Bam era un gato blanco, gordo y feo. Yo lo odiaba, pero Landon lo amaba más que a sus padres. Ahora, tenía que aprender a convivir con dos cosas:

1. El insoportable de mi primo.

2. Intentar no patear a su obeso animal.

No hubo algo más de su parte, así que giró sobre sus talones y se encerró junto a *Bam-Bam*.

Miré atónito la puerta de su habitación.

¿Qué mierda? ¿Era verdad? Landon comenzaba a ser un completo estorbo para mi vida. Admitía que había días en que pasaba momentos buenos con él, pero a veces llegaba a molestarme más de lo normal.

Di un gruñido y entré, encontrándome con Blake en una esquina de mi cama, mirándome con detenimiento y un semblante serio. Oyó toda mi pequeña discusión con mi primo, no era ningún secreto que a Landon no le agradaba para nada la chica y viceversa.

—Te tienes que ir —murmuré caminando hasta donde se encontraba mi ropa para vestirme—. Como has oído, mis padres vienen.

—¿Y me estás corriendo? —inquirió incrédula—. Se supone que soy tu novia, ¿aún no les has contado?

—No, no lo he hecho —la miré, abrochando mi pantalón—. Y no empieces con tus reclamos, que aquí tú no eres la indicada para hacerlo. Te dije que me dieras tiempo, pero por ahora necesito que te vayas.

La mirada de la chica era escéptica, desvié la mía hasta mi playera y me la puse. Por el rabillo del ojo me fijé como empezó a vestirse, tomé una gran bocanada de aire y paseé mis dedos por mi cabello, tratando de peinarlo un poco y acomodarlo sin un orden exacto. No dije nada más, así que salí de mi habitación.

Sí, sentía un pequeño rencor por lo que me hizo, tal vez actuaba como un completo imbécil al tratarla mal, pero ella no era ningún ángel y yo no era su idiota.

Caminé hasta la cocina y saqué una botella de refresco, vertí un poco en un vaso transparente, el líquido de color negro pronto fue consumido, el frío que conservaba se sintió escalofriante cuando pasó por mi garganta causando que una mueca se formara en mi rostro.

—Ya me voy —la voz de Blake sonó a mis espaldas, me di la vuelta y la encontré apoyada sobre el marco.

—Bien —asentí—. Una pregunta ¿por cuánto tiempo te dejarás el tinte blanco? No se te ve mal, pero de alguna manera te ves rara con él.

Trataba de ser lo más sincero con las personas, pero al parecer eso les enojaba ¿qué se suponía que debía de hacer? ¿Mentir para estar bien con todos ellos? ¿Eso era bueno?

—Lo tendré el tiempo que yo quiera —siseó de mala gana—. Me voy.

Yo reí y elevé mi vaso dándole a entender que estaba de acuerdo con ello, Blake rodó los ojos sin humor y se fue dando un insulto al aire. Terminé de beber lo último que quedaba del líquido y lo dejé en el lavadero de la cocina.

Hice recordatorio en mi mente sobre las tareas que marqué para el día de mañana, eran algunas que... Bueno, realmente ninguna se me complicaba tanto.

Me dejé caer en el sillón y oí como bajaban las escaleras, Landon apareció a mi lado copiando mi acción.

—¿Por qué regresaste con Blake? —preguntó—. Y esta vez dime la verdad. No creo que hayas sido lo suficiente estúpido para perdonarle su infidelidad.

Giré mi rostro para encararlo, creí que el suyo mostraría burla, pero fue todo lo contrario, su semblante era serio y firme.

—Fue en un ataque de enojo conmigo mismo y alguien más, a parte, me suplicó lo suficiente para que me sintiera en presión y aceptara.

—Eso es… cruel. No creo que se merezca eso, solo regresaste con ella por lástima. En realidad, nadie merece eso, está bien, te engañó, aunque…

Comenzaría con sus malditos consejos, así que decidí cortarlo.

—Landon, la terminaré pronto, lo estuve pensando hace unos días —murmuré. Relamí mis labios y miré hacia el techo interrogándome si fuera bueno confesarle a mi primo mis dudas, pero no me retuve lo suficiente cuando ya me encontraba hablando de ello—. Creo que hay alguien más quien me llama la atención.

El chico se incorporó al instante en que terminé mi oración, estaba sorprendido y no me hacía falta mirarlo para comprobarlo. Conocía cada acción de Landon, era como mi hermano. Compartimos toda nuestra infancia hasta que mis tíos se mudaron cuando cumplió los quince años. Él siempre fue muy inquieto, extrovertido y simpático, mientras yo era todo lo contrario.

—¿Quién es? ¿La conozco? —empezó a lanzar varias preguntas, curioso—. ¿Es hombre o mujer?

—No seas idiota —reí—. Mira, es mujer, de hecho… es muy linda.

—¿Ah sí? —inquirió enarcando una ceja—. Dime quién es, joder.

—No, no lo haré —me negué poniéndome de pie e ir en busca de mi celular.

No le diría de quién se trataba. Siempre que le terminaba confesando el nombre de la persona, no paraba de molestar. Y la chica solo me llamaba la atención, no es como si quisiera algo completo con ella.

—¿En serio me dejarás con esta duda? ¡Un chiste se cuenta completo! Derek, Derek, Derek. —Su mano se aferró a mi brazo obligándome a que me detuviera—, yo…

—¡Llegamos! —Charlie gritó azotando la puerta de la entrada. Landon y yo dirigimos nuestra mirada a él, donde se encontraba extendiendo sus brazos a los costados.

—¡Charlie! ¡Que sea la última vez que estrellas de esa manera la puerta! —le reprendió mi madre, empujándolo con una de sus manos.

—Fue un accidente —mintió mi hermano.

—No hagas enojar a tu madre, por favor —mencionó papá, cerrando la puerta y dejando su saco sobre el mueble—. ¡Compramos comida italiana y china!

—¡Yo quiero italiana! —avisó él corriendo hasta donde se encontraba mi madre.

Miré a toda mi familia desaparecer por la cocina y volqué los ojos un poco cansado.

—¡No tengo hambre! —indiqué comenzando a subir las escaleras.

No tenía nada de apetito, solo sentía las ganas de tomar un baño, hacer mi tarea y dormir hasta mañana. Estaba cansado, quizá era el sexo que me dejaba tan agotado, pero por hoy no tenía ganas de nada. Iba a cerrar la puerta de mi habitación cuando el cuerpo de mamá apareció.

—Me asustaste —susurré.

Ella rió.

—¿Por qué no tienes hambre? ¿Te sientes bien, cariño? —asentí—. ¿Seguro?

—Oye, en serio estoy bien. No tengo hambre, ya he comido —mentí—. Quiero hacer la tarea.

—Te creeré —sonrió—, aunque igual te guardaré un poco de comida en el microondas sin que lo vea Charlie y Landon, luego se comen todo y no dejan nada.

—Gracias —alargué un suspiro, ella estaba a punto de irse, pero la detuve—. Mamá, ¿cómo reaccionarías si te digo que regresé con Blake?

La mujer frunció el ceño y me miró escéptica, se acercó hasta mí y posó una de sus cálidas manos sobre mi mejilla tratando de asimilar mi pregunta con detenimiento.

—Hijo —inició—, primero te preguntaría si eres consciente de lo que has hecho, pero si esa ha sido tu decisión no puedo hacer nada. Soy tu madre y te daré todos los consejos que crea bien para ti, pero no puedo obligarte hacer lo que yo quiera con tu vida amorosa. Eso lo decides tú y si quieres llevarte otra decepción, el resultado está en tus manos —musitó cuidando cada una de sus palabras con mucho tacto—. ¿Por qué? ¿Has regresado con ella?

Dudé. No muy seguro de responderle que sí, ella tenía razón. Aún no quería que se enterara de lo que hizo, solo respetaría mi decisión, pero no lo aprobaría.

—No, nunca lo haría —dije sintiéndome mal por ello—. Era una suposición nada más.

—Entonces, me parece bien —confesó sonriéndome—. Iré abajo a ver al par de caníbales que han de estar devorando toda la comida.

Me limité a reír mientras asentía en forma de entendimiento, mamá se perdió por completo de mi campo de visión cuando bajó por las escaleras, esta vez, entré en la habitación para dejarme caer boca abajo sobre mi cama.

Comenzaba a dudar sobre mi relación con Blake y mis sentimientos, que comenzaban a joder en mi estómago.

La bufanda comenzaba a molestarme, mi madre me obligó a que la utilizara porque según ella hacía mucho frío afuera, aunque me negué varias veces, terminó dándome una mirada amenazante, consiguiendo que yo aceptara sin rechistar nada más.

Golpeé mi casillero cuando el pestillo se atoró, rápidamente me acordé del día en que me confundí de casillero y Julie me reclamó indicando aquel era suyo. Sentí pena y vergüenza en ese momento, pero al repetirlo en mi mente, me causó mucha gracia porque el director era mi padre y yo no sabía que cambiaron los casilleros.

Mi estrés bajó cuando se abrió y metí las cosas que no utilizaría, saqué el libro de cálculo que tocaba a primera hora. Para muchos esa materia era un martirio, sin embargo, para mí no. La familia de mi madre tenía una buena capacidad para los números, a Landon y a mí no se nos dificultaba para nada. Había que destacar que cada uno era mejor en algo y nos ayudábamos mutuamente.

Me dirigí al salón de clases cuando terminé de intercambiar mi horario, era temprano aún. El castaño se perdió de vista cuando su amigo, Lee, lo saludó. Comenzaba a tratar con el chico quién era buena persona, se mostraba calmado, pero al hablar decía cada idiotez que no podías evitar reír. Me caía bien.

Sabía que no habría muchas personas en el salón, era temprano aún debido a que papá nos obligó a venir con él, pues Charlie llevaría a mamá a no sé dónde. Aflojé la bufanda y con mis dedos la acomodé, moviéndola de un lado a otro mientras hacía una mueca de disgusto. Entré al salón tomando mi asiento y dejar la mochila a un lado. Miré de reojo el asiento vacío a mi lado y me quejé en mi mente.

No entendía por qué a veces era tan estúpido con las personas, más con las que solo intentaban ser buenas conmigo, Julie era muy risueña y encantadora, algo molesta al ser un poco ridícula con sus pensamientos, así también con su manera de ser, tan táctil y racional. La vez que la llamé por el nombre de Juliette no tenía idea que era el de su madre, pero no entendí por qué reaccionó de tal forma, ¿a quién le molesta que la llamen por el nombre de su madre?

Mis pensamientos se borraron por completo cuando un estrépito ruido hizo eco por todo el salón, miré al frente y pude divisar a un par de idiotas que se encontraban riendo mientras la silla del pupitre reposaba en el suelo. Volqué los ojos, aburrido de la misma situación, los alumnos comenzaban a llegar, algunas chicas con la falda del uniforme demasiada corta, bestias con el pantalón entubado o la camisa bien ajustada con el escudo de la escuela bordado a un lado. ¿Por qué tenían esa fijación de deformar el uniforme a su manera?

Mi atención se centró por completo en el pequeño cuerpo de la chica que entraba, mantenía un par de libros abrazados contra su pecho, portaba un suéter gris que llegaba casi a la mitad de sus piernas. Fruncí el entrecejo al fijarme que su cabello era un desastre, siendo sincero, Julie era femenina, las semanas que llevaba conociéndola siempre fue cuidadosa ante su cabello, peinándolo de diferentes formas o cuidándolo de manera eficaz. Su mirada se alzó buscando a alguien. Landon.

Pero él no estaba aún.

Con disimulo me puse de pie para acercarme hasta donde se encontraba, ella giró su cabeza ocasionando que sus ojos encontraran los míos. Mierda.

La pelinegra tenía una mirada cristalizada, como si estuviese aguantando las ganas de llorar y, tal vez, así era. Tragué saliva con dificultad y me sentí mal al ver su aspecto. ¿Qué coño ocurrió? ¿Qué tenía? ¿Qué demonios pasó? De tan solo imaginarme las respuestas me sentí impotente.

Su semblante mostró melancolía y sus ojos verdosos se llenaron de lágrimas que fueron retenidas. Observé a mi alrededor dándome cuenta de que algunos ojos estaban posados sobre nosotros, solté un suspiro y cerré los ojos por unos segundos. Sin pensarlo una vez más, la rodeé con uno de mis brazos, atrayéndola a mi cuerpo, y depositar mi barbilla encima de su cabeza.

—Vamos —murmuré a su oído.

Se alejó de mí sin mirarme y la tomé de la mano para salir del salón, en ese instante no me interesaba que perdiéramos la clase, total, era cálculo.

—¿A dónde? —su voz sonó suave, pero ronca, desde antes ya estuvo llorando.

—A un lugar donde no haya mucha gente —contesté—. ¿O quieres que todos te vean llorar? La gente es muy chismosa y solo intentarán saber qué ocurrió por curiosidad, no porque en realidad les interese.

Julie no dijo nada, se mantuvo en silencio el resto del camino. Comenzamos a subir las escaleras y llegamos a una gran puerta roja, los alumnos no tenían acceso sin la supervisión de los profesores de botánica o al menos lo permitieran, pero mi padre no podía expulsarme ¿o sí?

El sitio estaba lleno de plantas, habían de varios colores, tamaños y textura. Los ojos de Julie admiraron el lugar con cuidado, mordió sus labios y se dirigió hasta mí.

—No podemos entrar aquí —musitó en un esnifo.

Me encogí de hombros indicando que en realidad no me importaba, metí una mano al bolsillo de mi pantalón del uniforme y la miré enarcando una ceja.

—Bien, puedes llorar todo lo que quieras —avisé—. Los únicos testigos de ello serán estas plantas y yo.

Julie sonrió a medias y apoyó su espalda contra la pared, no decía nada y yo tampoco. Esto era incómodo. Me acerqué hasta ella y me puse a su lado, mirábamos al frente donde solo había plantas por doquier. Siendo sincero, quería saber qué ocurría con ella, el interés a lo que fuera de lo que se tratase sus lágrimas era inmenso.

—Mis padres están volviendo a pelear —murmuró.

—Es algo normal en los matrimonios —mencioné tratando de restarle importancia—. No todo es perfecto.

—Ellos están divorciados.

Joder.

—Bueno... eso cambia las cosas, no sé qué se siente. —Rasqué la parte trasera de mi oreja sintiéndome torpe al no saber qué decirle—. Aunque comúnmente hay problemas así cuando terminan mal. Más cuando el padre tiene familia y...

—Vivo con él —cortó sin más, dejándome con la palabra en la boca—. Ma-mamá, ella... ella lo engañó.

En esta ocasión, la miré incrédulo y anonadado a la vez. No conocía a muchas personas que estuvieran con su padre por aquella razón. Y nunca me imaginé que ella fuera parte de ese grupo, ¿debía sentir lástima? ¿Arrepentimiento por el trato que le daba a Julie? ¿Conmoción por su historia o algo más? Porque no sentía nada de eso, y no, no es que fuera una persona sin sentimientos, pero no iba a ir por el mundo tratando de entender la situación de alguien.

—Demonios —maldije cruzándome de brazos—. Debe ser difícil.

—Síp —afirmó comenzando a caminar por las plantas, pasando sus dedos por algunas y sonreír por el tacto que mantenía en ellas—. ¡Girasoles!

Corrió hasta el fondo y la seguí rápidamente, no tenía idea que había girasoles, en realidad, no sabía qué tipo era cada una. Todo era monte para mí.

—¿Te gustan? —interrogué al llegar a su lado, Julie me miró con una sonrisa y asintió varias veces—. ¿Por qué?

—Mi color favorito es el amarillo —confesó y no pude evitar esbozar una sonrisa.

—Detesto el amarillo —solté entre dientes.

—No te pregunté —mofó y abrí mi boca con diversión, solté una risotada y la empujé con mi hombro.

—Hazte a un lado —demandé poniéndome en frente de aquellas flores, quizá los profesores que llevaban la cuenta de todo lo que habitaba aquí se fijarían, pero por ahora no era un asunto importante para mí. Con dificultad intenté jalar un girasol, escuché como Julie cuestionaba mi acción, aunque la ignoré, no supe cómo demonios lo hice hasta que al final el tallo se desprendió y tuve a mi merced la flor, me giré hacia la chica y elevé la comisura de mis labios—. ¿Aceptas salir conmigo el sábado?

Sus mejillas se tornaron a un color carmesí y no pude evitar el pensamiento de que se veía tan adorable.

—Esto es raro viniendo de ti —mencionó en una sonrisa—, pero… sí, acepto.

Julie tomó el girasol y el brillo en sus ojos verdosos hizo presencia. Llevé mi mano a su rostro y bajé hasta su barbilla para depositar una suave caricia.

Llegando a la conclusión ante todo esto, reafirmaba que Julie me gustaba. No me haría el tonto y no trataría de negar algo de lo que ya era consciente.

13

Pequeños halagos

JULIE

Pasar tiempo con Landon y Derek complicaba las cosas, sobre todo mis sentimientos.

—No me han dado los *nuggets* que pedí —reclamó Landon con la boca llena, alzando todas las cosas que yacían en la mesa y luego soltarlas sin ninguna intención de dejarlas en su lugar—. Iré a reclamar, ahora vengo.

Se puso en pie sacudiendo sus manos contra su pantalón del uniforme y se alejó, dejándome sola con Derek, quien se encontraba delante. Apoyaba su cabeza contra el cristal del local mirando hacia afuera.

Comenzaba a pensar que esto se estaba convirtiendo en una costumbre. Ir a algún lugar después de clases. Los tres, luego Landon nos abandonaba por momentos y me dejaba a solas con su primo.

Moví a un lado mi vaso de refresco y me arrastré con suavidad por el asiento para quedar justamente frente al pelinegro. Él dirigió sus ojos hasta mí sin alejar su cabeza del ventanal.

—¿Ahora qué sucede, Levov? —interrogó enarcando una ceja.

—Nada realmente —murmuré encogiéndome de hombros, tratando de restarle importancia—, solo que…

—¿No se supone que no era nada? —arrebató mis palabras con burla mientras repetía mi repuesta anterior. Mi mente trabajó rápido y le lancé una mirada recelosa.

—Bien, olvídalo —farfulló, tirándome hacia atrás y dejar caer mi espalda contra el respaldo acolchado.

Él rio.

—No lo decía en serio —confesó y soltó un suspiro causando que el cristal se empañara. Elevó su mano y con su dedo índice dibujó una estrella—. Dime, ¿qué ibas a decir?

Relamí mis labios y regresé a mi posición anterior, apoyé mis codos sobre la mesa y busqué su mirada una vez más.

—Estuviste distraído durante toda la mañana —inicié, sintiendo mis mejillas ruborizarse.

Traté de esconderlas detrás de mis manos, pero era tarde, Derek se dio cuenta ya.

—¿Lo he estado? —inquirió con un tono irónico—. Eres tú quien ayer estuvo llorando —mencionó y arrugué mi entrecejo al no entender por qué la mención de lo ocurrido. Estaba volteando las cosas para que yo no siguiera hablando—. ¿Has estado mejor?

Me sentí confundida ante su declaración y su pregunta. Sin embargo, comencé a pensar todo lo que pasó, papá estaba gritando por el celular en la sala la noche antepasada, al parecer con quién hablaba era mamá, pues le reclamaba sobre las demandas que le estaban llegando sin ningún motivo. Después de eso, se comportó tan insoportable, en la mañana me trató de una forma cruel y por primera vez pedía que dijera algunos de sus pésimos chistes, pero nunca lo hizo. En cambio, recibí regaños de su parte y otro insulto hacia mi madre.

Era un poco de presión para mí, yo amaba a los dos, no me importaban los errores que cometió. Pudieron equivocarse tantas veces y de las peores formas como lo hizo ella, pero yo la quería.

—Julie —Derek me llamó, pasando una mano en frente de mi rostro, parpadeé varias veces y me erguí—, ¿y dices que yo soy el que anda distraído?

—Yo… yo estoy bien —balbuceé al principio—. Solo estaba pensando en algo.

—Ajá, fingiré que tu mentira ha sido creíble y no insistiré —musitó copiando mi acción, poniendo sus codos sobre la mesa y dirigiéndome la mirada—. Tienes bonitos ojos —confesó. Sentí mi rostro arder y él sonrió—. También te ves bonita ruborizada. Pareces un pequeño tomate.

—¿Tomate? ¿No se te ocurrió algo mejor?

Él se encogió de hombros y dirigió su vista a su hamburguesa que no fue abierta aún, estiró una de sus manos hasta ella y la desenvolvió, creí que se la comería, pero no fue así. Solo le quitó el tomate y lo puso en frente de mi rostro.

—Julie, te presento a la pequeña rodaja de tomate —susurró y le di una mirada incrédula—. Señora rodaja, ella es Julie Levov.

Sin esperar a que yo dijera algo, literalmente, me abofeteó con la rodaja en ambas mejillas.

Mi boca se abrió con sorpresa sin poder creer lo que hizo. Derek carcajeaba con fuerza aún con el pedazo de tomate en su mano.

—Eres grandioso —murmuré llena de ironía.

Él solo hizo un mohín despreocupado sin importarle mucho la situación.

—¿Qué ocurre? —la voz de Landon demandó. Venía con otra bandeja llena, se sentó a lado de su primo y me miró, su ceño se frunció —. ¿Qué demonios tienes en las mejillas?

—Un tomate la abofeteó —respondió el pelinegro aun tratando de calmar su risa, dejó a un lado la rodaja y tomó una servilleta para limpiarse las manos ofreciéndome una.

—Literal —murmuré tomándola y pasándola por mi rostro.

—Ok. —Landon blanqueó los ojos—. He pedido más *nuggets* y papas fritas, oh, también unos helados, pero esos llegarán al final.

—Yo ni siquiera he comido mi hamburguesa —farfulló Derek.

—No me interesa —mofó el castaño metiéndose un poco de papas a la boca.

—Cállate.

—Cállate tú.

—Juro que si no lo haces te meteré esos putos *nuggets* a la boca.

—Quisiera verte hacer eso —retó el menor con una sonrisa burlona.

—Lo haré —sentenció el Derek.

—*Nope* —se burló el otro.

—Imbécil.

Después de eso, todo se quedó en silencio, solo se oían las voces de las demás personas y el masticar de Landon. Derek bebió un poco de su refresco por la pajilla y yo reprimí una sonrisa por la pequeña discusión que crearon.

—Uh... —Landon murmuró y volteó hacia Derek—. Deberíamos besarnos para romper la tensión.

—Eso es incesto —respondió de la misma forma.

Yo solo me limité a verlos, sabía que en cualquier momento estallaría en carcajadas. Definitivamente nunca vi a los dos bromear de tal forma.

—Pero lo pensaste. —Fingió una sonrisa seductora Landon.

—Igual he pensado cómo se te vería esto en la cara.

Ni el castaño ni yo vimos venir aquello. Derek estampó un pan de la hamburguesa contra la boca del chico y después soltó una risa, ocasionando que yo me uniera a él. Landon cerró los ojos durante unos segundos y agarró el pan alejándolo.

—Y me sigo viendo hermoso —sonrió.

Lo dejó a un lado y se limpió con una servilleta.

—Deja de golpear a las personas con piezas de tu hamburguesa —reclamé aún entre risas, Derek no dijo nada y volvió a beber un poco de su soda.

—Oye. —El castaño hablo girándose hacia su primo—. ¿Tienes alguna idea de cómo vestirte para el baile?

—No —cortó y luego rodó los ojos—. En realidad, no tengo pensado ir.

Yo fruncí el entrecejo, confundida ante su declaración, se supone que invitaría a Blake, ¿qué ocurrió ahora?

—Irás, quieras o no —siseó—. Juro que te amarraré con una soga y te llevaré arrastrando.

—Ajá, claro.

—Irá —murmuró Landon a mi oído.

Ayer durante la clase de metodología llegó una de las prefectas al salón para poner en la tabla de avisos una hoja blanca donde decía la fecha y hora del baile, no tenía etiqueta, solo mencionaba que podían vestir de una forma decente, pues el baile se debía porque la escuela entró a concursos nacionales sobre las materias más importantes. Aún no entendía por qué era un baile, mínimo, lo llamarían fiesta, convivio o algo así.

Ahora que repetía todo aquello en mi mente, recordé la fecha.

—¿Es mañana?

—Sí —asintió Landon.

—Oh… —murmuré—. ¿Ustedes representan alguna materia? ¿Cálculo? ¿Matemáticas? ¿Estadística? No sé, algo.

El más alto comenzó a negar, pero Landon habló al momento.

—Por lo general, Derek representa a toda la escuela —indicó mordiendo otra hamburguesa y mirar con burla al otro chico.

—Y estoy seguro de que no llegaremos a la tercera etapa.

—Habla por ti —atacó Landon y lo empujó con su hombro—. Iré por más soda, ¿alguien quiere?

Levanté mi vaso al instante ocasionando que él se riera. Derek negó meneando el suyo y el castaño se alejó una vez más.

—¿Por qué dijiste que no te gustaba Shakespeare?

El chico frunció el entrecejo y me miró, como si me interrogara sobre lo que acababa de decir, tal vez no se esperaba eso. Dirigió su vista hasta su primo que se encontraba esperando detrás de un grupo de chicos y regresó hasta mí con una expresión más suave.

—Landon. —Puso los ojos en blanco, explicándose a sí mismo cómo es que yo sabía eso—. Nunca dije que no me gustara. Solo leo las obras que llaman mi atención, pero en lo personal son mejores las de Charles Dickens.

Yo sonreí ante su declaración.

—Sinceramente, no creí que leyeras ese tipo de cosas.

—Ni yo me lo creo a veces —expresó fingiendo sorpresa.

Landon llegó y dejó los vasos sobre la mesa junto a una sonrisa.

—Vuelvo en un segundo —avisó Derek, poniéndose de pie.

Miré cómo se alejaba hasta perder de vista y volví a Landon. En silencio, observé cada uno de sus movimientos.

Todo tipo de sonrisa se esfumó, en su lugar, había una expresión que detonaba cansancio, como si tuviera mucho sueño, las ojeras comenzaban a verse más que otras veces y su piel tenía un tono pálido.

Algo no estaba bien en Landon.

Él talló su rostro y bostezó. Al parecer, se encontraba perdido en sus pensamientos porque ni siquiera se daba cuenta que lo observaba. Solo existía en ese momento. Me preguntaba muchas cosas y no tenía idea alguna si cuestionarlo estaría bien.

Guardé silencio por unos segundos, y luego me atreví a hablar:

—¿Estás bien? —La pregunta fue tan directa que me lamenté.

Landon alzó su vista y parpadeó, sonriéndome.

—Claro. —Asintió—. ¿Por qué estás preguntando eso?

Me removí incomoda y me arrastré por el asiento para quedar justo frente a él.

—Luces cansado y… las ojeras… se notan demasiado, ¿has estado durmiendo bien?

—Tranquila, me estoy desvelando porque he estado viendo una serie extraordinaria. Tal vez deberías de verla también, quizá te guste.

—Tal vez, pero era preferible que hubieses ido a casa a descansar. Parece como si te fueras a desmayar. —Reí—. A parte, no dormir tus horas completas te puede bajar las defensas. Eso es lo que he leído.

—Ah, ¿de verdad? —cuestionó divertido—. Ahora lees cosas que alimentan la mente.

—¡Landon! —chillé. A él le causó mucha gracia porque soltó una fuerte carcajada, llegando a contagiármela.

—Descuida, Julie. —Mordió uno de sus *nuggets* y se encogió de hombros—. Estoy bien.

—Pero duerme —insistí.

Landon guardó silencio, su sonrisa a medias se mantuvo mientras masticaba la comida y no se molestó en quitar sus ojos sobre los míos. Al contrario, los mantuvo en la misma posición con tranquilidad.

—Ok —habló al final—. Solo deja que termine mi serie y voy a descansar bien. Lo prometo. Esto será algo nuestro, ¿qué te parece?

Entrecerré mis ojos, dudando.

—¿Será como un *pinky promise*?

Su sonrisa se agrandó y estiró su brazo hacia mí, enseñándome su dedo meñique. Con esa acción, pude notar que su mano temblaba, podía resultarle difícil mantenerla estable. Él definitivamente no tenía pulso para ser cirujano.

—Como un *pinky promise* —murmuró.

Mis labios se elevaron con alegría y me convertí en su cómplice al sujetar su dedo meñique con el mío.

—No la rompas —señalé.

—Lo prometo —finalizó él.

El vestido color crema era demasiado simple, tenía solo dos volantes en la parte baja y en la parte de arriba se sostenía por dos delgados tirantes.

Decidí atar mi cabello en una cola alta mediante una cebolla no tan perfecta, delineé mis ojos y puse un poco de brillo en los labios. No me sentía incómoda usando zapatillas, pero bueno, en realidad no tenían un tacón tan alto, mínimo eran de ocho o siete centímetros.

Alguien tocó la puerta de mi habitación y seguida se abrió cuando indiqué que podía pasar, la cabeza de papá se asomó y sonrío de oreja a oreja cuando me vio.

—Eres preciosa —susurró con ternura.

—Gracias —musité, acercándome a él para abrazarlo y hundir mi rostro en su pecho. El olor a chocolate llegó hasta mis fosas nasales—. Deja de comer chocolate —indiqué seriamente—, sabes que eres propenso a diabetes.

—¿Quieres? —preguntó travieso e ignorando mi indicación.

En serio que a veces parecía un chiquillo.

A pesar de lo ocurrido hace días, lo podía entender. Me pidió disculpas por su comportamiento tan prepotente y rudo, solo que mamá le ponía el humor como los mil demonios, aunque muchas veces intentó ignorar las acciones de ella, siempre conseguía sacarlo de sus casillas, claramente, dañándome de igual manera.

Negué unas cuantas veces. Y me alejé de él para tomar mi celular, tenía un mensaje donde el nombre de Landon se podía leer.

—Ya vienen por mí —avisé.

—¿Es el mismo chico? —cuestionó enarcando una ceja, yo asentí—. Me parece bien.

El timbre sonó y papá me dio una mirada traviesa.

—Ni se te ocurra…

Sin embargo, no me hizo caso y salió de mi habitación. Solté un gruñido por lo bajo y corrí detrás de él con mi cartera, pude divisar como abría la puerta y rápidamente llegué a su lado, Landon portaba una camisa de botones negra de fuera junto a unos pantalones oscuros de mezclilla. Él me sonrió al verme.

—Julie —pronunció y regreso su vista a mi padre—, estará de regreso en cuanto termine todo.

—De acuerdo. —Asintió y su ceño se frunció después—. ¿Y la cita es de tres o qué?

—¿A qué te refieres? —inquirí confundida ante su pregunta. Él hizo una seña con su cabeza y dirigí mis ojos hasta donde los suyos miraban.

Mis labios se entreabrieron y no pude evitar que una sonrisa de oreja a oreja se plasmara en mi rostro. Derek estaba apoyado contra el auto con los brazos cruzados encima de su pecho. Vestía igual que Landon, la única diferencia que había es que el pelinegro tenía una camisa de botones blanca.

—Es mi primo —explicó el chico—. Igual irá, pero una vez que entremos al lugar buscará a su cita.

—Bien —aceptó el hombre poniendo unas de sus manos en mi espalda e impulsarme hacia adelante—. No se diviertan tanto.

Lo fulminé con la mirada y solamente me sonrió, Landon caminó conmigo hasta el auto y la mirada azul del mayor me escaneó de abajo hacia arriba.

—Tú vas atrás —Derek me apuntó con el dedo índice y yo elevé las palmas de mis manos con inocencia ganándome una sonrisa de su parte.

Landon rodó los ojos y me abrió la puerta de la parte trasera para que yo entrara y después ellos. En todo el camino el mayor venía tecleando en su celular, este creaba pequeños sonidos y me imaginé que se encontraba jugando algo. Entrelacé mis dedos dejando solamente los pulgares para poder jugar con ellos, Landon tarareaba la canción que sonaba y una que otra vez golpeaba el volante al ritmo de esta.

Al cabo de quince minutos, el auto se detuvo. Llegamos, no esperé a que el chico bajara para que me abriera, así que lo hice por mi cuenta. El sereno de la noche se sentía. Derek bajó después y miró a su alrededor, atisbé a Landon que aún se encontraba dentro del auto y me acerqué hasta la ventanilla.

—¿Ocurre algo?

—Creo que tengo fiebre —balbuceó pasando una mano por su frente—. ¿Tú qué crees?

Acerqué la mía hasta su rostro y toqué sus mejillas, estaba algo irritado, se sentía un poco caliente, pero no tanto.

—Sí, un poco. ¿Te sientes bien?

—Lo estoy. Solo que ya me hizo efecto. Ayer al regresar a casa, tuvimos una pequeña pelea de hielos Derek, Charlie y yo. —Rio—. Debí tomarme la pastilla que mi tía me dio en la mañana —declaró sacando la llave del auto—. Voy a abrir.

Me alejé de la puerta para que él saliera y pusiera seguro, el auto sonó dos ocasiones parpadeando las luces de atrás y adelante. Landon se acercó a mí y me impulsó para que comenzara a caminar, Derek venía al lado de él y seguía en el celular.

La música era calmada, luces de varios colores, también había mesas adornadas junto a sillas, la temática era sencilla. Nos abrimos paso entre la gente, yo solo seguía a Landon sin saber a dónde me llevaba.

—Ya los vi —mencionó apresurando más su paso, supe a quienes se refería cuando vi a un grupo y entre ellos al asiático, Lee.

—Hey. —él saludó por lo alto, esbocé una sonrisa y chocó puños con los dos chicos—. Esta mesa es para nosotros, pueden tomar asiento. Landon, ¿te conté sobre Iliana?

El aludido negó con el ceño fruncido y caminó hasta él tomándolo de los hombros, estos comenzaron a hablar entre risas y ojos llenos de sorpresa.

Genial, mi acompañante me dejó varada.

Solté un suspiro y tomé asiento, Derek se posicionó en frente de mi copiando mi acción y rio.

—¿Qué es gracioso? —cuestioné cruzándome de brazos.

—El que Landon te dejó por Lee Sallow —mencionó divertido, acerco más su silla hasta mí y miró su celular.

—¿No ibas a invitar a Blake? —me atreví a recordarle, suplicando en mi interior a que no comenzara con sus palabras a la defensiva como habitualmente lo hacía.

—Lo hice, pero me dijo que llegaría aparte —respondió sin importancia alguna.

—Es grandioso. —Sonreí y él fingió una sonrisa para después eliminarla al instante—. O creo que no. No, no lo es. Para nada. —Blanqueó los ojos y tomó una servilleta comenzando a jugar con ella, la doblaba y deshacía varias veces sin emoción. Me quedé viendo sus acciones, hasta que oí la canción que empezaba a sonar—. ¡Oh, Dios mío! ¡Amo esa canción!

—¿Cuál es? —inquirió, ladeando su cabeza—. La he oído, pero no recuerdo muy bien.

—*Yellow* —musité cerca de él—. De Coldplay.

—Oh ya —anunció enseñándome la palma de su mano y meneándola indicando que ya recordó, segundos después echó una risita.

—¿De qué te ríes?

—Recordé algo. Es irónico, tú color favorito es el amarillo y te gusta esa canción. Aparte, trata de amor, quizá el chico que se enamore de ti solo tendría que dedicarte esa para que lo ames aún más. Suele funcionar.

—Quizá —susurré teniendo en cuenta que él no lo escucharía. Él me dio una sonrisa de lado y lo miré, sus ojos estaban brillando por la tenue luz del mismo color.

No pude evitarlo, me acerqué un poco más a él y llevé mi mano hasta su rostro, sintiendo su piel suave y un poco tibia, con las yemas de mis dedos rodeé todo el contorno de su cara, tracé sus cejas y después sus ojos, fui hasta la parte trasera de su oreja y acomodé su cabello, el cual ya estaba largo y en algunas partes se formaban unas ondulaciones, sentía como esa parte de su oreja latía. Observé sus ojos, estaban cerrados con tranquilidad mientras respiraba de la misma manera, arrastré mis dedos hasta su nariz y dibujé la parte de su tabique hasta llegar a la punta. Tenía algunas marcas del acné, así como algunos puntos rojizos yacían en su frente, sonreí ante mi propio pensamiento de que, aun así, él seguía luciendo hermoso.

—Me gusta tu nariz —admití, usando mi tono de voz normal, ni tan bajo, ni tan alto.

Sus ojos se abrieron y observé como sus pestañas se abatieron entre sí tres veces seguidas.

—Gracias, Ju —musitó con el semblante serio. La pantalla de su celular se prendió, obligándolo a que dirigiera su mirada hasta ese mismo. Yo me alejé o mando una bocanada de aire—. Es Blake, ya llegó.

—E-eso es bueno. Vamos, no la hagas esperar.

Le regalé una sonrisa para hacerlo sentir seguro, aunque tal vez no lo necesitaba. Derek se puso de pie y lo copié causando que arrugara el entrecejo.

—Iré con Landon para no estar sola.

Derek asintió a mi explicación, antes que alguno de los dos comenzara con nuestro camino, él elevó la comisura de sus labios y tocó mi barbilla, haciendo un gesto cariñoso.

—Te ves hermosa.

14

Apoyo moral

JULIE

Mis lágrimas corrían una tras otra sobre mis mejillas, mientras me aferraba al celular suplicando que mi padre me contestara, pero después de dos tonos más me mandaba al buzón.

No sabía qué hacer, me encontraba desesperada. Traté de secar mis mejillas, aunque fue en vano porque volvieron a mojarse. Me puse de cuclillas frente a *Dougie* y lo moví.

—*Doug* —musité, él no emitía ningún sonido o se movía a excepción de sus pulmones llenándose de aire con dificultad—. Vamos, *Dougie*.

Esto no podía estar pasando, mi respiración estaba entrecortada y sentía mis ojos hinchados. Quería hacer algo, sin embargo, en ese momento mi mente no me estaba ayudando en nada, solo me hacía entrar en desesperación y causaba que mis sollozos aumentaran.

El timbre de la puerta principal sonó y sentí una ola de esperanzas, papá llegó, él podía llevarme a algún veterinario, mi perrito no podía morir… Simplemente me negaba a aceptarlo.

Corrí hasta la entrada y abrí, todo fue un giro tan diferente, sentí un mundo de emociones, desde sorpresa hasta decepción y entre otras. Derek estaba de pie frente a mí y yo no entendía nada sobre su presencia, él frunció de ceño al verme.

—¿Por qué estás llorando? ¿Estás bien?

Su voz sonaba preocupada, sin esperar alguna indicación por parte de mí, se adentró y llevó una mano a mi mejilla para obligarme a verlo con atención.

—E-es *Dougie* —hablé temblorosa.

—¿*Dougie*? —interrogó sin comprender.

Quité su mano de mi rostro y la sujeté para guiarlo hasta donde se encontraba mi pequeño perro. Derek al darse cuenta a qué me refería cambió su expresión.

—No sé qué tiene —chillé—. No-no se mueve, y papá no me contesta, yo-yo yo no sé qué le pasó.

El chico se puso de cuclillas y comenzó a moverlo, como si de alguna pieza mecánica se tratase.

—Está muerto —murmuró sin tacto.

Ahogué un jadeo y después mis sollozos aumentaron, llevé mis manos hasta los lados de mi cabeza y la sujeté tratando de no entrar en un colapso. Miré dolida a Derek y él se puso de pie tratando de acercarse a mí.

—Bueno, no sé, no estudié para médico —justificó—, ¿por qué no lo llevas al veterinario?

—Papá no me dejó nada de dinero y no contesta el celular. No puedo hacer mucho si el veterinario de *Dougie* no está en la ciudad —me quejé y esnifé para después tomar una gran bocanada de aire.

Derek asintió en forma de compresión.

—Trae una sábana, rápido.

No hice ninguna objeción por lo cual solo corrí hacia mi habitación a tomar la que se encontraba en mi cama, al instante que regresé, Derek la cogió y envolvió al pequeño perro tomándolo entre sus brazos. Yo simplemente lo seguí.

—Lo llevaremos con un amigo de papá —explicó saliendo de la casa, solo llevaba conmigo mi celular y las llaves de la casa, cerré la puerta principal y apresuré mis pasos—, no está tan lejos de aquí.

Moví mi cabeza de arriba hacia abajo, aunque él no me viese y tomamos el primer taxi que apareció enfrente de nosotros. Pronto se haría de noche y mi padre llegaría, aunque eso no me importaba ahora, pues mis nervios estaban de punta, mordía el interior de mi mejilla y sabía que pronto me lastimaría.

—Tranquila —susurró cerca de mi oído y puso una mano sobre la mía, la cual se movía con frenesí.

Si algo le pasaba no sabría qué hacer, crecí con él, lo amaba demasiado y era mi único acompañante siempre que me encontraba sola en casa. Solo quería que estuviera bien y que esto fuese un simple susto que recordaría con amargura.

—Llegamos —indicó el señor.

—Gracias —musité saliendo del taxi, observé como Derek le pagó y bajó a cuestas abrazando con un brazo a Dougie haciéndome sentir mal al dejarle toda la cargo—. ¿Qué hacemos aquí?

Fue lo primero que interrogué cuando me di cuenta de que nos encontrábamos en frente de una casa enorme.

—Esto será personal —confesó comenzando a avanzar hasta la puerta.

Tocó varias veces el timbre, después de diez segundos, un hombre de edad madura apareció y al vernos frunció su ceño.

—Derek…

—Necesito que lo revise —soltó haciendo una seña con sus ojos hacia el pequeño envoltorio en sus brazos.

El mayor desvió su mirada hasta la sábana gris que cubría a *Dougie* y lo desenvolvió. Su entrecejo se marcó aún más y miró incrédulo al chico.

—Soy doctor, no veterinario, Derek —mencionó confundido.

—No tú, tu esposa —mascculló rodando los ojos.

—Pero ella…

—Por favor —suplicó y apretó los labios formando una línea.

El señor soltó un suspiro y asintió, indicando que nos adentráramos sin más.

—¡Miriam! ¡Esto es urgente, ven!

Una mujer rubia apareció y al ver a Derek sonrió, se acercó hasta nosotros y con la mirada nos interrogó.

—Se está muriendo —hablé con la voz ronca—, no sé qué le sucede, solo está…

Negué sin poder terminar mi frase.

Ella lo observó y comenzó a revisarlo.

—Respira, pero sus pulsaciones son mínimas —informó—, lo voy a revisar bien.

Tomó a *Dougie* y se alejó de nosotros. No sé a dónde lo llevaba, pero solo quería que estuviese bien. Inconscientemente llevé los dedos de mi mano hasta mi boca y comencé a morder mis uñas.

—No hagas eso —Derek musitó alejando mi mano y tomarla entre la suya, impidiendo que siguiese con mi acción.

—Pueden tomar asiento si gustan —ofreció el hombre apuntando hacia el sofá de color rojo que se encontraba en la sala.

Asentí con detenimiento y el chico me guio para tomar asiento. Con inocencia, dejé caer mi cabeza sobre su hombro y di un respingo, aún papá no me devolvía las llamadas. Mis manos sudaban y mis ojos bailaban de un lado a otro, mi mente era un torbellino de pensamientos torturadores, *Dougie* estaba conmigo desde hace cinco años, el cariño que le tenía era inmenso, lo adoraba demasiado y no quería que le ocurriera absolutamente nada. Papá se molestaba con él cada vez que ladraba o mordía sus zapatos.

Jadeé en un intento de suprimir mis sollozos y sentí como Derek me rodeó con uno de sus brazos, dando suaves caricias. Cerré mis ojos tratando de mantenerme estable y pude percibir que olía a vainilla con una peculiar mezcla a granos de café, como si fuera un olor hogareño y tenía el poder de hacerte sentir en paz.

Los minutos pasaron como si hubiese sido una eternidad hasta que un sonido hizo que centrara toda mi atención hacia la dirección en que este provino, me puse de pie rápidamente cuando vi a Miriam acercándose hasta nosotros. Derek también se levantó del sillón y se puso detrás mío. Mi sentido de miedo e ímpetu comenzaron a invadir todo mi cuerpo de manera aleatoria.

—Cariño… —inició con la voz tan soluble y pasiva, haciéndome saber al instante que lo siguiente no era nada bueno— Lo siento tanto.

Mis ojos volvieron a arder y los cubrí con mis manos, negando varias veces sin poder aceptarlo.

—No, no, no… —murmuré, dejándome caer en el sofá y apoyar mis codos sobre mis piernas, creando un pequeño bollo.

—Se sofocó —informó. Alcé la mirada, teniendo una imagen borrosa de la mujer—. Al parecer estuvo en un lugar con un clima cerrado durante un largo tiempo, ¿tienes idea dónde pudo estar?

Arrugué mi entrecejo confundida, no recordaba. *Dougie* siempre se mantenía por toda la casa y la temperatura era soportable para él. Repasé en mi mente los lugares a los cuales se metía, pero ninguno parecía ser la respuesta. Solté un sollozo y cerré los ojos volviendo a recordar. La bodega.

—Ya sé —solté en un murmuro—. La bodega donde papá guarda las herramientas…

—No lo pudo soportar —afirmó Miriam. Su esposo estaba a un lado de ella con una expresión comprensible—. En verdad lo lamento.

Todo se silenció y solo podía oír mi propio llanto.

—¿Hace cuánto estaba contigo? —Derek preguntó refiriéndose a mi pequeño perro.

—Cinco años —musité—. Siempre estuvo conmigo y cruzó países junto a mí, en un sentido muy literal. Le daban miedo los aviones.

—¿Un perro miedoso? —se burló.

—Oye —me quejé—. Él era un poco raro.

—Estaban hechos el uno para el otro. —Su sarcasmo se notaba y le agradecía por ello porque causttó que soltara una risa—. Tú eres demasiado infantil en ocasiones. No sabes cuándo detenerte.

—Papá dice lo mismo —confesé.

Me removí un poco incómoda en el sillón, regresamos a mi casa después de despedirme y prometer regresar por *Dougie*. A penas crucé la puerta principal, volví a llorar causando que Derek se quedara. Apoyaba mi cabeza contra su pecho, podía sentir como vibraba cada vez que hablaba o reía, el olor seguía presente en él.

—Sin embargo, él también lo es.

—Eso es curioso. —Rio—. Normalmente los padres son muy estrictos. El mío lo es, no le gusta que falte a la escuela, tampoco que tenga quejas de los profesores sobre mí o algo que implique molestar en su área de trabajo.

—¿Te llevas bien con tu padre? —cuestioné curiosa, y tuve miedo de haber arruinado nuestra plática, aunque me equivoqué.

—Uhm, no llamaría bien a algo que solo se reduce a cruzar palabras de «pásame los papales de esto», «dile a tu madre que llegaré tarde» o «sal de mi oficina» —admitió—. Mucho menos a notas estúpidas que yo suelo dejar en su escritorio y lo más probable es que estas terminen en el cesto de basura.

Me sentí mal por él durante un momento, no me imaginaba una relación con mi padre de esa manera. Pero podía justificar al señor Ainsworth, pues era director de un plantel muy reconocido en la ciudad, quizá el estrés y la presión eran los factores principales de que actuara así.

—Al menos el tuyo no anda repartiendo chocolate. —Reí—. O dice malos chistes.

—¡Tú igual dices pésimos chistes! —acusó dando una fuerte carcajada y sentí su pecho vibrar.

—¡Eso no es verdad! —defendí dando un suave golpe sobre su pierna.

—Lo es —afirmó y proporciono un pequeño gesto a mi mejilla—, y espero nunca escucharte decir alguno de *knock knock*.

—A *Dougie* le gustaban —esbocé una sonrisa al recordarlo, siempre que entraba al salón donde se encontraba *Milo*, me tiraba al suelo con él y comenzaba a hablar como si en algún momento me respondiera—. Movía siempre su colita.

Derek me rodeó con su brazo y apoyó su barbilla sobre mi cabellera. Sabía que mi estado de ánimo volvería a cambiar y pronto lloraría, lo cual no se hizo esperar, mis ojos ardieron nuevamente y los cerré intentando evadir las lágrimas. Se creó un —para nada incómodo— silencio, podía escuchar la respiración del chico, así como de igual manera la mía. Los minutos pasaban y su olor a vainilla con café creaba sensaciones.

El comenzó a tararear alguna canción en un murmuro, manteniendo una melodía meliflua. Su voz era ronca, y tenía ciertas características que lo hacían aún mejor, la tonada que le daba causaba que no quisiera abrir mis ojos, quería mantenerme así un largo tiempo con él cantando.

Todo se fue haciendo cada vez un solo escenario y mi mente se disipó poco a poco, su voz se oía más lejana y lo último que escuché fue «*why don't we go talk about it somewhere only we know?*»

15

Nombres bobos

JULIE

—¿En serio estarás todo el día así? —Derek inquirió irónico, soltando un suspiro y enarcando una de sus cejas por lo alto. Yo no pronuncié nada, me limité a seguir con la mirada entre los dos chicos y después bajarla hasta mis dedos—. Bien.

Enterramos a *Dougie* por la mañana. Ayer por la noche cuando me quedé dormida entre los brazos de Derek en la sala no tuve noción del tiempo, lo único que recordaba era a papá acariciando mi frente diciéndome que lo sentía tanto por mi cachorro y no haber estado a tiempo. Me preguntaba que habría dicho sobre la pequeña escena que se presentó con el chico y yo.

Ahora nos encontrábamos en mi casa, Derek vino acompañado por Landon. Mi padre estaba en su oficina de trabajo, tenía que terminar algunos planos para la entrega de la siguiente semana y tenían que cumplir con todos los requisitos.

—*Dougie* hubiese sido un buen negocio —Landon murmuró a mi lado, giró su cuerpo sobre el sillón para encontrarse de esa manera frente a mí—. *Hot Dog* de perro, es algo que se viene oyendo en los últimos meses.

Yo alcé mi mirada con el entrecejo fruncido hasta sus ojos, los cuales me veían con diversión, mi boca se entreabrió indignada. Mi mente, así como también mis cuerdas vocales ya estaban preparadas para decir algo, si no fue, hasta que el pelinegro lo hizo.

—Cállate, Landon —atacó—. Deberías mejor vender a tu mugroso gato que solo sirve para soltar pelos por toda la alfombra de mi habitación cada vez que entra.

—*Señor Bam-Bam* solo intenta ser amigable —defendió el chico—. Él solo quiere que lo acaricies, sin embargo, siempre terminas siendo demasiado amargado y no-tan-cariñoso con él. Pobre de tu pescado *Fish*.

—¿*Fish*? ¿Quién le pone así a un pescado?

Por un momento dejé de un lado el tema de *Dougie*, oír todo lo que ellos estaban diciendo era entretenido cuando se trataba de cosas que no tenían sentido. Landon y yo dirigimos la mirada hasta Derek.

—En mi defensa diré que no tengo buena imaginación para ponerle nombre a las mascotas —justificó, paseando sus dedos por su cabello—. ¡Y estábamos hablando de tu gordo y feo gato!

—¡*Bam-Bam* no está gordo! —exclamó el menor—. Su pelaje lo hace ver pachoncito.

—Es lo mismo que respondes cuando te dicen que te ves gordo. —Derek rodó los ojos y Landon arrugó el entrecejo saltando del sillón para ponerse de pie—. No estoy gordo, solo es la ropa que me hace lucir así de pachoncito —pronunció imitando la voz del castaño.

—Eres igual de retrasado que tu pez —siseó el chico.

Solté una carcajada al ver lo gracioso e infantil que lucían peleando por sus mascotas y las ofensas que se decían entre ellos. Cubrí mi boca cuando mis risotadas se hacían cada vez más intensas por los gritos de ambos. Landon defendía a su gato insultando a Derek y este lo contraatacaba usando en su defensa algo contradictorio de lo que su primo decía. Ahí me daba cuenta de lo ingenioso y calculador que era Derek.

—Algún día lo voy a rostizar. —El mayor se burló refiriéndose a *Bam-Bam*.

—El tuyo te lo comerás en sushi —farfulló Landon tomando asiento nuevamente en el sillón.

—Que desgracia. No me gusta el sushi, de hecho, detesto la comida asiática. —El chico esbozó una sonrisa lánguida, a lo que el castaño solo se limitó a sacarle el dedo de en medio.

—Vaya… —solté en un murmuro—. Tú odiando algo, eso sí es sorprendente.

—Creo que lo único que no odia es la entrada triple de Blake —indicó el castaño mirándole jocoso.

—Eres un estúpido —espetó poniéndose de pie y caminando hacia la cocina como si conociera a la perfección cada rincón de esta casa.

Regresé mi mirada confundida hasta el chico que se encontraba a mi lado.

—¿Entrada triple? ¿A dónde? ¿O qué es eso? No entendí —cuestioné confundida.

Landon estalló en un estrepitosa y ruidosa carcajada, viéndose con la necesidad de aplaudir varias veces, su rostro se puso completamente rojo. Sus hoyuelos se marcaban con tanta profundidad y su sonrisa era enorme, ¿qué fue lo gracioso?

—¡Jesús! —exclamó tratando de respirar bien—. ¡Eres malditamente adorable!

—¿Por qué?

—Nada, nada. Ignora lo que dije anteriormente y mejor responde algo —recuperó su respiración normal y relamió sus labios durante unos segundos—. ¿Tu cita con Derek fue llevar a *Dougie* al veterinario?

Algo que tenían en común su primo y él, era que cambiaban los temas de conversación de un segundo a otro dejándote aún más confundida de lo que ya te encontrabas. Quizá después de todo si se parecían en una gran variedad de cosas.

Ladeé mi cabeza cavilando su pregunta y dejando algunas incógnitas en mi mente, que no se hicieron esperar y salieron por sí solas.

—¿Cita? ¿De qué hablas?

—Se supone que tú y él tendrían una cita el sábado. Es decir, ayer —mencionó obvio, tirándose hacia atrás en el sillón, pero sin perder el contacto visual conmigo.

Mis ojos se abrieron al instante en cuanto supe de lo que hablaba. Me sentí un poco mal por haber olvidado aquello, Derek venía con la intención de salir y yo no me acordaba. En pocas palabras; lo habría dejado plantado si no hubiese sido por el incidente con *Dougie*. Apreté mis labios con culpabilidad y me apoyé contra el respaldo del sillón, Landon se puso de lado y sonrió.

—Jamás imaginé que aceptarías salir con él —confesó soltando una risilla—. Pero mucho menos que fuera él quien te invitara. Lo oigo quejarse demasiado de ti que fue casi imposible creerle cuando lo obligué a que me dijera a donde iba ayer que se estaba vistiendo.

Sin evitarlo, me sonrojé al escucharlo decir aquello.

—Lo sé —musité—. Quedé en un estado de shock cuando me invitó.

—Julie, ¿te gusta alguien? —inquirió, ahora, tomando un semblante serio. Me removí incomoda ante eso y resoplé, dejando caer mi mejilla contra mi brazo que se encontraba en el respaldo.

—Uhmm… —balbuceé sin tener una respuesta en claro, ni siquiera yo sabía quién me atraía en esos momentos.

—Por favor, no digas que yo.

—¿Qué? ¿Tú? ¡No, no! —exclamé negando varias veces con la cabeza.

—Uff, ¡qué bueno! —celebró, llevando una mano hasta su frente y sacudiéndola como si sacara algunas gotas—. No quería verme con la necesidad de romperte el corazón y decirte que te veo como una amiga —indicó, guardo silencio unos segundos y acarició mi mejilla—. Te quiero, de eso puedes estar segura. Eres una gran chica.

—Justo en la zona de amigos. —Reí y él se unió conmigo—. No sé cómo sentirme respecto a eso, he sido rechazada sin siquiera dar motivos —murmuré y mi ceño se frunció cuando recordé varias cosas—. ¡Hey! ¡Tú eras el que insinuaba cosas!

—Soy muy coqueto —admitió abatiendo sus pestañas varias veces sin descaro alguno, le di un pequeño golpe en el estómago y él solo carcajeó —. Creo que Derek te está robando, ya ha tardado.

—¡Los chocolates de mi padre! —exclamé poniéndome de pie. Landon no se movió, solo me hizo una seña con la mano para que fuera.

Negué divertida y caminé hasta la cocina, entré sin hacer ningún ruido y observé como Derek se encontraba apoyado con un brazo sobre la encimera mientras hablaba por el celular, su ancha espalda era mi único campo de visión que tenía de él, la playera gris caía ligeramente sobre sus hombros y se oleaba en la orilla de esta misma.

Me preguntaba cómo se sentiría abrazarlo.

Sonreí ante mi pensamiento y apoyé mi espalda contra el refrigerador, sabía que era de mala educación escuchar conversaciones ajenas, sin embargo, no me moví. Tal vez sentiría mi presencia y se daría la vuelta para verme con un semblante fastidiado, y al colgar soltaría alguna que otra imprudencia.

Aunque quizás debí salir de allí al saber con quién hablaba. Hubiese preferido mil veces que se encontrara comiendo un chocolate de mi padre.

—No tengo ningún problema con ello —musitó—. Sí, está bien. Yo también te quiero.

Sentí una presión en mi pecho y me alejé del refrigerador para regresar con Landon, sin embargo, Derek giró sobre su propio eje y sus ojos azules se conectaron rápidamente con los míos. Su mandíbula se tensó y los nervios me invadieron.

—Queríamos saber por qué tardabas —hablé primero tratando de justificar mi presencia—. Lo siento.

Me di la vuelta tratando de pasar saliva con mucha dificultad y volver hasta la sala, pero Derek fue más rápido con sus movimientos y enrolló una mano alrededor de mi muñeca obligándome a que me detuviera. Quería ocultar el sentimiento de ímpetu, así que lo observé con tranquilidad.

Sus dedos se deslizaron hasta llegar a mi mano y sus labios se entreabrieron queriendo decir algo, aunque al final no pronuncio nada, era como si estuviese teniendo un pequeño lío con él mismo y su lengua no se moviera o se tropezara con ella misma. El color en sus iris era fascinante y pude observar cómo su pupila estaba dilatada.

Todo se removió en mi cuerpo y cada célula bailaba ante su mirada. Parecían como un vaivén en una nube.

Dejé de sentir el calor de su mano contra la mía y me fijé que deshizo el contacto que segundos atrás teníamos, dio un paso hacia atrás y tomó una gran bocanada de aire para después dejar salir todo mediante un suspiro.

—Me tengo que ir —avisó. Rascó la parte trasera de su oreja y se movió a un lado de mí —. Le preguntaré a Landon qué hará.

Yo solo asentí, no quería responder porque mi voz saldría débil y floja. Me sentía ¿desilusionada? ¿Decepcionada? No tenía idea, pero tenía en cuenta que era parecido al sentimiento de impotencia. Esperaba a que dijese algo como la otra vez en el baile, espontaneo y corto, sin embargo, no debía tener aquellos pensamientos. Él tenía novia y él la quería.

Junté un poco de fuerzas y caminé hasta donde los dos chicos se encontraban hablando, Derek le informaba sobre dejar mi casa y Landon, acostado en el sillón, le movía la mano en forma de aceptación.

—Anda. La casa no está tan lejos, puedo irme caminando.

—No me refería a ello. Solo que podrías traerle problemas con su padre.

—No te preocupes —interrumpí, tomando asiento en un pequeño lado libre que dejó Landon—. Mi papá no tiene ningún problema con él.

—¿Ves? Puedes irte tranquilo con Blake.

Derek rodó los ojos algo frustrado y se alejó de nosotros dirigiéndose hasta la puerta de la entrada, llevé mi dedo pulgar hasta mi boca y con detenimiento atisbé al pelinegro. Antes de salir, regresó su mirada a mí y apretó sus labios durante unos segundos, salió de la casa cerrando la puerta y el sonido del pestillo hizo eco.

Sentí mis ojos arder y volví mi vista al frente.

—¿Estás bien? —Landon interrogó incorporándose en el sillón. Yo negué—. ¿Qué ocurre?

—Extraño a *Dougie* —hablé por lo bajo. Mi voz tembló y sentí el peso en mi pecho. El chico no dijo nada al respecto, por lo cual me brindó un cálido abrazo.

Y en tan poco tiempo me encontré sollozando, sintiéndome mal porque mentí un poco al decir que era por *Dougie*, repasaba en mi mente todo y los iris azules de Derek era la imagen principal.

Lloraba de la impotencia que sentía al no querer admitir que lo quería. Descubrí que cada gesto tierno que me brindaba era especial por su forma de ser, usualmente no demostraba el afecto y quizá eso me aferraba a un sentimiento.

Y me dolía algo que ni siquiera existía, porque no había sentimientos rechazados aún, tampoco ninguna pérdida, ni mucho menos algo que fuese mío.

16

Un corazón cálido

JULIE

Detestaba ser tan sentimental porque cualquier cosa me afectaba demasiado, solía encariñarme muy rápido con las personas y había algunas que simplemente no valían la pena, sin embargo, seguía ahí. Aferrándome a cosas imposibles.

Quizá debía escuchar a mamá y hacerle caso cada vez que me decía *«todos son unos monstruos con máscaras y nadie merece tu blando corazón, no seas tan ingenua, hija mía»*, pero estaba claro que ella y yo no compartíamos los mismos pensamientos. Ella era muy dura cuando se trataba de otras personas, aunque realmente, lo era con todos.

Observaba a los alumnos que pasaban por el pasillo de un extremo a otro, algunos desviaban su mirada con confusión hacia mí, cuestionándose a sí mismos sobre el por qué me encontraba sentada en el suelo. Mordía mis labios un poco apenada por la escena que creaba en la mente de cada uno, papá me mandó un mensaje de texto avisándome que se tardaría en venir por mí, ya que una llanta del auto se descompuso. Acepté sin quejarme, igual no ganaría nada si lo hacía, así como también, no quería ser otro problema más.

Me acomodé en posición de flor de loto y puse sobre mis piernas mi mochila. Afuera se encontraba lloviendo, por lo cual no saldría hasta que él me dijera que ya llegó. No tenía ganas de empaparme y luego pillar un resfriado. No me gustaba cuando mi nariz se ponía roja al igual que mis ojos, mucho menos estornudar y sorber a cada cinco segundos.

Los pasillos del instituto se iban quedando desolados conforme pasaba el tiempo. Solté un suspiro y saqué de mi mochila la libreta de matemáticas para poder terminar los ejercicios que se suponía tendríamos que haber terminado en la clase. No quería utilizar mi celular, ya no tenía carga y lo necesitaba para tener la mínima comunicación con mi padre.

Landon, antes de irse, me dijo que repasaríamos los temas que la profesora explicó durante todo el parcial debido a que los exámenes serían dentro de dos semanas. Aún seguíamos con las fracciones y es que yo parecía de cabeza dura porque no comprendía nada de fraccionarios. A mi mente vino un vago recuerdo, se suponía que Derek me enseñaría de igual manera, eso acordamos el día que nos encontramos en el parque. Sin embargo, creía que era mejor el no tener que frecuentarlo, suficiente era con tenerlo en las clases y en la tarde junto a su primo, aparte, Landon era un gran tutor.

Miré la hoja de mi libreta e intenté seguir el ejemplo que el castaño me proporcionó en la clase, él tenía otra forma de realizar los ejercicios y eso me confundió un poco. Mi concentración —la cual se reducía a nada—, fue interrumpida por unos parloteos que provenían desde el fondo del pasillo a mi derecha. Sin disimulo alguno, giré mi rostro para darme cuenta de que se trataba del director, venía hablando por teléfono y debajo de su brazo izquierdo aguantaba unas carpetas.

Mi sorpresa se hizo presente cuando divisé que detrás de él venía Derek. Sujetando su mochila sobre su hombro y con una expresión aburrida, comencé a buscar a su primo, pero al parecer no los acompañaba. Su padre dobló en dirección a su oficina y el chico alzó su mirada, la cual colisionó con la mía. Su entrecejo se frunció durante unos segundos y después miró por donde su papá fue, regresó hacia mí y comenzó a acercarse.

En ese momento mis nervios comenzaron a presentarse y me maldije unas cuantas veces, quería desviar mi mirada, alejarla de la suya o ponerme de pie e irme de aquí, pero no lo haría por dos cosas, una de ellas es que era demasiado tarde y la otra es que esa acción sería muy rara.

—¿Qué haces aún aquí? —inquirió. Y aunque no perdió el toque firme que solía poseer en cada una de sus palabras, su voz sonó baja—. Hace más de una hora que ya salimos.

—Estoy esperando a mi padre —confesé, sabía que debía dejar mi respuesta hasta ahí, pero como era de costumbre, proseguí con ella—. Se le ha descompuesto una llanta del auto. —Él asintió en forma de comprensión—. ¿Tú?

Tal vez mi pregunta sonó tonta cuando podría tener una posibilidad del por qué su estancia en el plantel. Me preparé para su frase sarcástica, sin embargo, nunca llegó. Me llevé la estupefacta sorpresa al momento que dejó caer su mochila al suelo y apoyó su espalda contra la pared para después deslizarse hasta llegar al suelo y sentarse a mi lado.

—Mi padre quiere que lo ayude con unos papeles, creo que los necesitará porque habrá junta de profesores. No lo sé. No me interesa, realmente.

Yo solo asentí y desvié mi mirada de nuevo a mi libreta. Tener a lado a Derek ocasionaba que las palmas de mi mano sudaran, sentía de igual manera como mi estómago creaba pequeñas sensaciones, era como un hormigueo por dentro y luego se encontraba el nerviosismo ante mí. Ambos nos encontrábamos callados, creo que duramos así solo un minuto hasta que su voz haciendo eco en mi cabezo sonó.

—¿Qué estás haciendo? —cuestionó. Yo elevé mi vista hasta la suya, sus ojos azules miraban mi libreta con curiosidad.

Jamás me cansaría de decir que amaba su nariz.

—Los ejercicios de matemáticas que teníamos que resolver en la clase —murmuré algo apenada.

—¿Por qué lo estás haciendo así? —Enarcó una ceja y me miró ocasionando que el ímpetu creciera aún más en mí. Quise contestarle, pero me detuve cuando él rodó los ojos—. ¿Landon te enseñó hacerlo de esa manera? —Se rio—. No lo hagas. Él utiliza procedimiento más largos y complicados, tiene la costumbre de realizar las operaciones de la forma más extensa.

—Pero sí le he entendido con ello. Lo que me ha enseñado hasta el momento, claro.

—Lo sé —admitió y me hizo una seña interrogándome si podía agarrar la libreta. Yo accedí—. Pero al hacer el examen te llevarás toda la hora con tan solo dos operaciones. Eres muy lenta, Julie.

No dije nada. Tenía razón. Tardaba demasiado al resolver un ejercicio, y a este paso con el método de Landon me complicaría aún más el examen. No quería reprobar el primer parcial, no cuando la universidad a la que quería ir estaba en juego y todo dependía de mis calificaciones.

—Si se te facilita las fracciones en decimal, puedes seguir de esa forma, pero no hagas todo esto —indicó, borrando con la goma de mi lápiz todo lo que adelanté, no protesté nada y preferí prestarle atención—. Mira, para evitar hacer todo lo que te borré, solo simplifica la fórmula. Te la voy a anotar.

Él comenzó a escribir y en una esquina puso lo que suponía era la fórmula simplificada, usó uno de los ejercicios para desarrollarla, explicaba cada paso con detenimiento, me repetía dos veces las cosas y me preguntaba si entendí.

—¿Cómo sacaste este número? —murmuré confundida, haciendo notar mi ceño fruncido. Derek rio.

—De aquí, simplemente se multiplica y lo pasas de este lado. No te lo memorices, compréndelo. Memorizar y comprender no es lo mismo.

Mordí mis labios y desvíe mis ojos a sus dedos, lo cuales sujetaban con delicadeza el lápiz, me fijé que este reposaba entre su dedo anular y el de medio. A diferencia de mí, ya que yo lo sujetaba con el índice y el medio. El grafito seguía un camino de números y símbolos.

—Se hace una igualación a cero ¿no? —Él asintió—. Y después se utiliza la fórmula general.

—Exacto. —Su voz sonó alegre—. Solo se hacen dos métodos. Bueno, tres, pero la fórmula que simplifiqué no es mucho que digamos. Si lo hacías de la otra forma, tenías que realizar cinco pasos y eso es más cansado.

—¡Le entendí! —celebré alzando los brazos y mirarlo, Derek soltó una carcajada causando que su hoyuelo se notara.

—¿Quieres algo de comer? —preguntó de la nada, poniéndose de pie sin tener alguna intención de levantar su mochila—. ¿Pan, alguna fritura o una lata de refresco?

—¿Tú invitas? —cuestioné alzando una ceja.

—Algo así. —Se encogió de hombros. Entrecerré los ojos y él los volcó—. Vamos.

Me extendió su mano para que yo pudiese ponerme de pie, guardé todo en mi mochila y solo tomé mi celular, sujeté su mano que aún seguía en espera y me levanté sacudiendo la parte trasera de la falda del uniforme.

Comenzamos a caminar por los pasillos, donde aún había algunas personas, algunos eran alumnos que se quedaron a realizar trabajos, normalmente la escuela cerraba a las cinco de la tarde sus áreas de servicio. Subimos las escaleras y aunque quería decirle que la segunda planta ya estaba prohibida para el alumnado, decidí guardar silencio. Las reglas decían que solo se podía usar la biblioteca, las computadoras, el área deportiva, el salón de dibujos e instrumentos. Pero quizá no interesaba mucho, no cuando era el hijo del director ¿o sí?

—¿Quieres pan dulce o frituras? —ofreció, su voz sonó ronca e hizo eco por todo el pasillo, giro su cabeza hacia mi lado para conectar nuestras miradas.

—Pan dulce.

Él asintió y se acercó a una máquina expendedora. Miró dentro de estas y se detuvo en frente de la que tenía lo que yo pedí. Miro a sus lados y con una de sus manos comenzó a tocarla.

—¿Qué haces? —cuestioné soltando una risa. Me hizo una seña con su mano en forma de espera y metió su otra mano con cuidado detrás de la máquina—. ¡Te puede dar un toque!

Derek no se inmutó y bastó solo tres segundos para que las luces de la máquina se apagaran. La desconectó.

—Voy a inclinarla un poco, solo dale dos o tres golpes, los que sean necesarios para que las cosas caigan y así sacarlas con facilidad.

—Estás demente. —Me negué—. No lo haré, ¡eso es robo!

—Demasiado tarde. Ya has robado —murmuró con una sonrisa burlona.

—¿Qué? ¿De qué hablas? —inquirí confundida ante su comentario.

No tenía sentido lo que decía, o al menos yo no le encontraba uno en realidad.

—Nada. Julie, la voy a inclinar y si no lo haces juro que te sacaré de la escuela y dejaré que la lluvia te empape. No tendré compasión.

—No lo hagas —amenacé, pero fue en vano porque Derek lo hizo—. ¡Esto es una broma! —brinqué en forma de desesperación, él comenzó a reír y yo entré en un ataque, gruñí mil veces y caminé hasta donde se encontraba—. ¡Ni siquiera tengo tanta fuerza!

Comencé a darle unos cuantos golpes a la máquina mientras el chico gritaba «es más fuerte».

Al final, Derek se alejó y volvió a conectarla, metió su mano por el orificio cuadrado que aportaba la máquina y sacó dos paquetes de pan de chocolate junto a algo más.

—Grandioso. Hemos sacado más de lo pensado —dijo refiriéndose al paquete anaranjado, me extendió un pan y yo me negué—. Oh vamos, nadie nos ha visto. Ni siquiera es tan grave.

—¿Desde cuándo lo haces? —interrogué, tomando el pan, bien, tenía hambre y estaba segura de que papá aún no compraba nada.

—Hace tres semanas que lo hago con Landon cada vez que nos quedamos al final —admitió soltando una risa, le regalé una de la misma forma y después ninguno dijo nada.

Derek se puso de lado y comenzó a abrir el paquete azul metálico, no me molesté en guardar discreción al observarlo.

En serio que amaba demasiado su perfil.

—No hagas eso —musitó.

—¿Qué cosa?

—Mirarme así —pronunció mirándome y dándole una mordida al pan.

—¿Cómo se supone que te miro? —pregunté cruzándome de brazos.

—No sé —se encogió de hombros—. Solo no lo hagas. Me siento algo incómodo.

Lo miré enternecida y esbocé una sonrisa, sus mejillas se ruborizaron al saber mis intenciones. Era tierno sin querer serlo. Acababa de admitir que se ponía nervioso, y aunque a veces su carácter dijera algo más, esto confirmaba que si sentía presión ante las miradas.

—No creí que te hiciera sentir así. Honestamente eres más sarcástico y jocoso que tímido. Eres raro, Ainsworth.

—Lo soy cuando estoy a lado de Landon.

—¿Confianza? —me burlé y Derek arrugó el entrecejo negando varias veces, como no dijo nada, ataqué con otra pregunta—. ¿Dónde está?

—Con Eleazar, según él iría jugar videojuegos a su casa. Empiezo a creer que le gusta y no quiere admitirlo, son muchas señales, ¿no crees?

—¿Muchas? Solo tienes una.

—Dije muchas, Julie.

—Ajá.

Se acercó hasta mí y yo di un paso hacia atrás. Él avanzó otro y repetí mi acción, por lo que Derek también, pronto me veía corriendo sin importarme que trajera falda, a pesar de que él fuera más alto, no podía alcanzarme aún. Escuchaba sus risas junto a las mías creando una detonación en los pasillos por los cuales pasábamos.

—¡Basta! —agonicé, obligando a mis piernas que se detuvieran justo donde estaban nuestras mochilas, el chico llegó a mi lado, nuestras respiraciones estaban agitadas y sentía como mi frente tenía algunas gotas de sudor.

—¿Por qué corriste?

—Creí que me embarrarías chocolate en la cara —dije, tomando una gran bocanada de aire.

Derek no dijo nada, solo inhalaba y exhalaba. Miré la pantalla de mi celular para darme cuenta de que ya era demasiado tarde, no tenía ninguna llamada o mensaje de mi padre, ¿y si se olvidó de mí? Podría ser posible, pues cuando aún vivíamos con mi madre, ambos me olvidaron en la escuela a los diez años, sino fue hasta que la profesora los llamó para decirles. ¿¡Que podía esperar de un hombre que contaba malos chistes y comía chocolate como si no le hiciera daño!?

Gruñí en mi interior y alcé la mirada, mi atención fue hacia el final del pasillo en donde una silueta conocida me asaltó varias dudas en la cabeza. La voz de Derek se proyectó, repitiéndome lo que dijo anteriormente sobre su primo.

—¿Ese no es Eleazar? —cuestioné, señalándolo. Derek dirigió su vista hacia la dirección donde apuntaba mi dedo—. ¿Landon no estaba con él?

Mi ceño se frunció y parpadeé un poco confundida. Derek pasó a mi lado para acercarse al chico y lo seguí con pasos lentos. No me sorprendía que le hubiese mentido, pero no entendía la razón por la cual lo hizo.

—Eleazar —lo llamó en voz alta—. ¿Dónde está Landon?

—No sé. —Se encogió de hombros Eleazar—. La última vez que lo vi fue en la mañana cuando estábamos en cafetería, ¿se les ha perdido?

—Creí que estaría contigo. —El tono de Derek disminuyó—. Bueno, eso fue lo que me dijo antes de irse… que quedaron para salir juntos.

Las cejas de Eleazar se juntaron, confundido.

No te preocupes, todos estamos así.

—Entonces, supongo que desconozco a donde ha ido. Lo lamento, sí sé algo de él te mandaré un mensaje, no lo dudes.

—Sí, gracias —musitó Derek, antes de que Eleazar se alejará de allí.

Guardé silencio un momento y suspiré.

—¿Lo llamarás? —pregunté.

—No. —Negó con su cabeza—. Le preguntaré cuando vaya a casa. Tal vez quiera estar solo… es decir, yo… ayer.

Se detuvo de manera momentánea y gruñó.

—¿Ocurre algo?

—Ayer lo escuché discutir con sus padres por celular, al parecer quieren que regrese a Vancouver, pero él se niega a hacerlo. Quizá eso lo ha puesto de malas y quiere darse un respiro de todos.

—¿Has intentado preguntarle?

—¿Crees que debería?

Asentí.

—Lidiar con nuestros padres puede ser agotador. Quizá sea de mucha ayuda una pequeña charla contigo, deberías intentarlo.

—Bien —suspiró—. Lo haré.

Yo lo apoyé y nos volvimos a quedar en silencio.

Había muchas cosas que me hacían cuestionarme acerca de lo que sucedía con Landon. Esa pequeña sensación de que algo no estaba bien comenzaba a presentarse y no era algo que me diera buena espina. Simplemente… nada de esto cuadraba.

Y me preocupaba. Mucho.

Miré a Derek por unos segundos y mi subconsciente me trajo un vago recuerdo, haciéndome sentir apenada, le debía una disculpa a Derek por lo del sábado anterior con la supuesta salida. No sabía cómo iniciar con ese tema, así que resoplé tratando de llamar su atención.

—Uhm, oye —inicié. Él me miró—. Quería pedirte una disculpa porque los planes que tenías y no pudieron concretarse. En serio lo siento y, siendo sincera, no me acordaba porque sucedió con *Dougie*.

—No te preocupes —negó—. Era más importante tu cachorro. Y sobre lo segundo, no importa. Me gustó estar contigo esa noche, aunque no me gustó en lo absoluto verte llorar.

Quería decirle que podíamos salir otro día, remediar aquello y se diera cuenta que me interesaba y no quería pasarlo por lo alto, pero mis palabras —así como mi pensamiento—, se quedaron atravesadas. Mi celular vibró indicando que era un mensaje, rápidamente lo desbloqueé para leer y enterarme que el señor *Patrick-olvido-a-mi-hija-Levov* ya se encontraba afuera.

—Ya vinieron por mí —avisé. Derek parpadeó varias veces y asintió—. Mi papá está esperando.

—Te puedo acomp…

Sabía lo que iba a decir, sin embargo, yo no lo interrumpí, lo hizo una voz demasiado gruesa. Los dos miramos hacia la dirección donde provenía y dimos con su padre, el director.

—¿Dónde estabas? Necesito que vayas en este momento a mi oficina —reprendió por lo alto—. Parece como si le hablara a una pared.

—Ya voy —accedió el chico sin ganas, me miró y sonrió con dificultad—. También me tengo que ir.

—¡Derek! —vociferó el hombre y me sentí mal por él.

Él solo cerró los ojos unos segundos y los volvió abrir. No me quería despedir de esta forma, no así. Mi cuerpo reaccionó por sí solo; me acerqué hasta su mejilla y me vi con la necesidad de ponerme de puntas para dejar un beso sobre esta. Atisbé como la comisura de sus labios se elevaron un poco. Tomé mi mochila del suelo y me la puse de lado, por última vez, lo miré y agité mi mano en forma de despedida. Él lo hizo también.

Cuando mi rostro ya no estuvo más en su campo de visión, no pude evitar soltar una sonrisa tan boba e ingenua. Estaba cayendo.

17

La desdicha de uno

JULIE

Mi mejilla estaba apoyada contra el pupitre mientras Landon paseaba los dedos de su mano por mi cabello dando suaves caricias y con la otra intentaba escribir lo que el profesor Holding dejaba de tarea. Al parecer era un trabajo en parejas.

Estaba claro que él sería mi compañero de trabajo o al menos eso fue lo que me dio a entender cuando me lanzó una mirada cómplice a penas el profesor pronunció «parejas». Le había dado un asentamiento de cabeza para indicarle que así sería.

Minutos más tarde, la clase terminó, agradecía en mi interior que esta fuese la última porque no quería seguir culminando mi cerebro con más información de distintas materias, suficiente tuve con las seis que me tocaban hoy.

No me molesté en cambiar de posición, preferí mantenerme así observando como algunos se levantaban y salían del salón, mis ojos arribaron hasta Landon quien guardaba sus materiales —los cuales eran solo una libreta y un lápiz— en la mochila, palpó los bolsillos de su uniforme y su entrecejo se arrugó, él dirigió su mirada hasta el fondo de salón.

—¿Te di mi celular? —le preguntó a Derek.

—No —el menor respondió. Landon frunció sus labios y se quedó pensativo—. Revisa bien tu mochila —aconsejó Derek y el chico accedió sin protestar. El cuerpo del menor se hizo presente tomando asiento al frente de nosotros, me dio una mirada divertida y ladeó su cabeza—. ¿Te ocurre algo?

—No —negué, dando la respuesta como un susurro—. Solo estoy un poco cansada.

—Ok.

—No está aquí —intervino Landon soltando un bufido—. Mierda, ni siquiera tengo un año con él y ya lo perdí, ¿dónde demonios lo dejé?

Esta vez, solté un suspiro y me incorporé en el asiento, tallé mis ojos y escuché la pequeña risita de Derek. Lo miré confusa y él me sacó la lengua de una forma infantil, automáticamente esbocé una sonrisa.

—Tal vez lo olvidaste en la cafetería o la biblioteca —murmuré a Landon, elevando mi cabeza para poder ver dentro de su mochila que se encontraba abierta, solo tenía dos libretas y dos libros, papeles hechos bolas y tres cajas de chicle—. ¿Por qué tienes tantos chicles?

Derek dirigió su mirada hacia mí. Landon cerró con rapidez su mochila, como si intentara escondérselo a su primo. Eso solo me hizo generar más dudas que las de antes.

—Oh, ¿esas? —Se rio—. Tengo una adición con los chicles.

—No, no la tienes —contradijo Derek.

—Antes no la tenía —corrigió—. Justo ahora la tengo. Así que cállate.

Landon pasó por encima de su hombro la mochila y nos

miró a ambos, yo lo observaba confundida. Estaba segura de que mentía, las veces que estuvimos juntos no lo vi masticar chicle.

—¿Por qué demonios las tienes? —insistió él, poniéndose de pie y mirarlo con el semblante capcioso.

—Traigo droga. Y ahora quiero ir al baño para tomar unas anfetaminas.

Finalizó, dando grandes zancadas para salir del salón. Por un momento pensé que Derek lo seguiría y crearían una pequeña pelea, pero no fue así. Él se mantuvo mirando por donde su primo salió y después deslizó su vista hasta mí.

—¿En serio trae droga? —musité. El chico se burló y llevó una mano hacia su rostro negando varias veces.

—Por Dios —mencionó, blanqueando los ojos, caminó hasta la puerta del salón y salió.

Mordí el interior de mi mejilla sintiéndome culpable. Tomé mi mochila y la pasé por encima de mi cabeza dispuesta a irme. Mi celular vibró avisándome que un nuevo mensaje llegó, sin embargo, no tuve la necesidad de mirarlo. Sabía que era papá indicando que ya estaba esperando por mí en la entrada.

El cielo estaba nublado una vez que salí de las edificaciones del instituto, el frío viento estaba fuerte y abatía contra los cuerpos de las personas, divisé el automóvil de papá y troté para llegar más rápido, abrí la puerta y me dejé caer en el asiento soltando un quejido de cansancio.

—¿Cómo estuvo tu día? —preguntó encendiendo el motor, este rugió y comenzó a moverse.

—Normal —vacilé con mis palabras al inicio—. Estresante y cansado. Los profesores están comenzando a dejar muchas tareas y proyectos. No es como si algo prodigio me ocurriera ¿sabes?

—Quizá serás la próxima Virgen María —bromeó, se rascó la barbilla y carcajeó.

—Eres malo en los chistes —indiqué, volteando hacia la ventana y observar todo lo que pasaba en las calles, banquetas o edificaciones.

Me gustaba que el cristal se empañara y dibujar pequeños símbolos de notas de música.

—No lo soy —afirmó —. ¿Te cuento uno?

—¿Es en serio?

—¿Qué hace un médico cirujano dentro de un banco? —preguntó sin quitar su mirada del camino, llevé una mano a mi cara y negué por lo que diría a continuación—. ¡Una operación bancaria!

Él comenzó a carcajear y me uní, pero no porque el chiste fuera bueno, sino, que era tan malo que causaba risa. Mi padre celebró hacerme reír y se detuvo cuando el semáforo se puso en rojo.

—¡Eso ha sido pésimo! —exclamé—. ¿Qué se supone que haces en tu trabajo?

—Buscar chistes para hacer reír a mi hija —confesó, regalándome una sonrisa y proporcionar una leve caricia en mi cabeza.

Mis labios se curvaron y negué con ternura. Lo quería mucho y aunque sus chistes fueran pésimos, me alegraba verlo de esta manera.

Por la tarde, después de la escuela, pensaba que mi mejor método de calma —tanto mental como físicamente— era estar en el salón donde se encontraba *Milo*. Las yemas de mis dedos tocaban con suavidad cada tecla al ritmo de una melodía.

Frédéric Chopin era mi pianista favorito, me gustaba mucho como expresaba el romanticismo en su época, la técnica, refinamiento estilístico y la armonía en que trabajaba era brillante y hermoso. Fue una de las mejores mentes del romanticismo musical.

La melodía se detuvo y todo se silenció. Observé las uñas de mis manos y fruncí el entrecejo. Tengo que retocar el esmalte, pensé al ver como pequeñas partes del color amarillo desaparecieron.

Mi pecho se oprimió al recordar que *Dougie* ya no estaba más conmigo, él siempre era el que hacía ruido cada vez que todo estaba en silencio, extrañaba sus ladridos y las caricias que me proporcionaba, también cuando se enredaba entre mis pies y ladraba para que jugara con él. No quería ponerme mal, pero era muy imposible, sentí mis ojos arder y traté de retener las lágrimas que amenazaban con salir.

Estuve hablando con Fabiola la noche anterior, no me dijo mucho, solo la novedad de que ya era amiga de Gemma, le platiqué sobre cómo me sentía respecto a Derek y ella me consoló, igual por lo de *Dougie*. Yo la extrañaba, y la compañía que Landon me daba hacía que no me sintiera sola por completo.

Le pregunté cuándo nos volveríamos a ver. El silencio fue el que me respondió.

Tal vez era momento de aceptar que no sería pronto, que debía acostumbrarme a que nuestro único contacto sería por medio de una pantalla o una línea telefónica y sería así hasta que yo pudiera costearme un viaje.

El sonido de mi celular hizo eco por toda la habitación. Busqué con mi mirada el pequeño aparato y me reí interiormente porque no recordaba donde lo dejé. Este volvió a sonar y así di con él en la mesita de la esquina.

Arrugué mi entrecejo al ver el mensaje de un número desconocido. No lo tenía agendado y tampoco tenía ni idea de quién podría ser.

Desconocido:

¡Hey!

No me ignores

6:35 p.m.

Por un segundo creí que se trataba de Landon, tal vez compró algún celular barato para poder comunicarse.

Julie:

No lo he hecho, pero no sé quién es

6:38 p.m.

Quizá cometía un error al responder, ¿y si era un asesino que estaba buscando mi ubicación? ¿Un violador? ¿Un secuestrador? Comencé a lanzar preguntas muy dramáticas dentro de mi propia mente y, segundos después, me regañé.

Desconocido:

Ju…

06:38 p.m.

Julie:

¿Derek?

6:39 p.m.

Desconocido:

No.

Soy *Dougie* y vine del más allá.

Sí, soy Derek.

6:39 p.m.

Mi boca se abrió, indignada. Este chico no tenía ni un poco de sensibilidad.

Julie:

Eso dolió

¿Qué pasó?

6:40 p.m.

Desconocido:

Ábreme, va a llover

Por favor.

6:41 p.m.

Entreabrí mis labios con sorpresa y luego me confundí. ¿Estaba afuera de mi casa? ¿Qué hacía aquí? Dejé a un lado mis dudas y me aproximé a ir hasta la entrada principal, al momento que mi mano cogió la perilla, me detuve. Observé como estaba vestida y me sonrojé de mí misma, el camisón gris llegaba hasta la altura de mis rodillas y ni hablar de mis pantuflas que eran de conejitos. Él se reiría.

Eché la vergüenza al fondo de mi cabeza y tomé una gran bocanada de aire, dándome la valentía de abrir y encontrarlo en una condición peor que yo. Traía una sudadera negra y un *beanie* del mismo color junto a unos pantalones de mezclilla. Él alzó su mirada una vez sintió mi presencia y le indiqué que podía pasar.

—Hola —murmuró, regalándome una mínima sonrisa.

—Hola —regresé—. ¿Qué haces aquí? No pienses que me molesta, en lo absoluto, pero es algo… ¿Extraño?

—Lo sé. —Se encogió de hombros y no volvió a decir nada.

—Bien, puedes tomar asiento, Derek. ¿Quieres algo de beber? También creo que le tengo que avisar a mi padre que viniste, no quiero que piense otras cosas, aunque no lo haga, pero quiero evitarlo.

—Gracias. Y no te preocupes, no quiero nada.

El chico caminó hasta el sillón y se dejó caer en él con cansancio, quería preguntar qué le sucedía y que me dijera el por qué estaba aquí realmente. Debatí conmigo misma en un lapso y al final me rendí, camine hasta donde se encontraba y tome asiento a su lado.

—Te ves bonito con el gorrito —pronuncié, llamando su atención—. Me gusta cómo se te ve.

Logré formar una sonrisa más grande que la anterior en su rostro y me sentí bien con ello. Llevó una mano hasta su cabeza y se quitó el gorro, en mi rostro se formó la confusión por su acción, quise reclamarme, aunque me silencié cuando puso el gorro con ambas manos sobre mi cabeza.

—Tú te ves más bonita con él —habló en un tono aludido.

Fue imposible que las sensaciones de oleada y cosquilleo arribaran en mi estómago, quería abrazarlo y así esconder mi rostro ruborizado en su pecho, pero guardé las ganas de querer hacerlo. Solo lo miré y él a mí durante unos segundos, sus ojos brillaban, pero no para bien.

Estaban cristalizados.

—¿Qué tienes? —cuestione sin levantar la voz.

Derek relamió sus labios y desvío su mirada hasta la sala de estar, dejó que su espalda chocara por completo con el respaldo del sillón y soltó un suspiro, no sabía si era por enfado, cansancio o porque estuvo reteniendo el aire.

—Terminé con Blake.

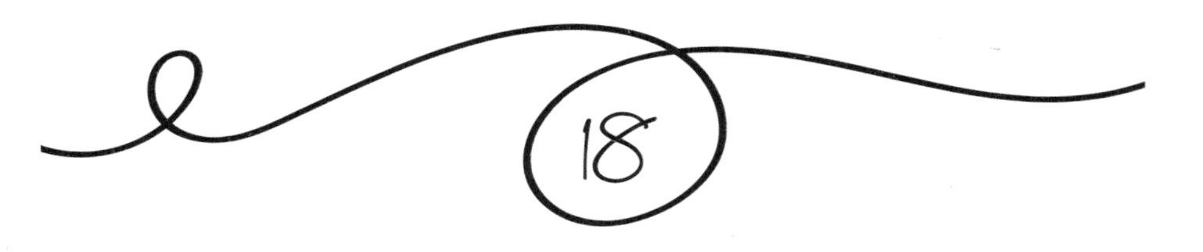

18

El ángel tiene un ala rota

DEREK

Sabía que yo podía ser un poco ingenuo, a pesar de crear una faceta dura, mi defecto es que era alguien fácil de manipular si sabías cómo. Me insultaba porque si ya me decepcionaron una vez, ¿qué les costaba a las personas hacerlo de nuevo?

Yo no podía andar por la vida con un carácter tan frívolo, si contestaba con monosílabos y decía las cosas directamente se debía porque en un cierto punto era honesto con algunas personas.

Después de que Landon se fuera del salón con las cajas de chicles y yo haber abandonado a Julie, tenía planeado ir a casa de Blake, quería poner todo claro, volver a reforzar nuestra relación e intentar ser lo que éramos antes.

Tenía claro que Julie era solo un gusto pasajero. Hablé con Landon sobre mi novia y me hizo entrar en razón con lo que ocurría con ella. Me preguntaba si aún el tinte blanco se esparcía por todo su cabello.

Me encontraba en el pórtico de la casa de Blake, sabía que sus padres no se encontraban —eso me dijo ella—, mis nudillos tocaban la fría puerta de madera, el clima aún estaba lluvioso y nublado. Mi pie derecho golpeaba el azafato en forma de espera. Repetía en mi mente lo que le diría y la forma en que me mostraría, tal vez le daría una sonrisa o un beso.

Pero nada de lo que planeaba hacer se hizo presente cuando ella abrió la puerta y la vi despeinada. Su semblante mostraba una expresión de sorpresa, no se imaginaba que vendría, normalmente no la visitaba.

—Derek —soltó, con la voz llena de incredulidad. Por un segundo creí que puliría una sonrisa, sin embargo, su rostro seguía igual que antes.

Fruncí mi entrecejo confundido y algo decepcionado. Mi vista se posicionó ante toda su anatomía y empecé un recorrido cauteloso, observando su vestimenta y la piel desnuda. Enarqué una de mis cejas y regresé a sus ojos.

—¿Qué estás haciendo? —inquirí, poniendo firmeza en mi voz para que tomara un tono demandante.

—Nada —ella dudó—, ¿qué haces aquí?

Me quedé en silencio unos segundos mientras la examinaba para después responder.

—Quería hablar contigo, ¿acaso no puedo visitar a mi novia?

Sus labios se curvaron formando una sonrisa diminuta, la cual fue eliminada cuando yo di un paso hacia ella. Blake sujetó con fuerza la puerta y se mantuvo en el mismo lugar, impidiendo mi paso. Si antes me encontraba confundido, ahora lo estaba aún más. Mi ceño se arrugó con intensidad y le di una mirada acusadora. Entonces, supe qué ocurría cuando su cuerpo se interpuso en mi camino una vez más.

—¿Quién está contigo?

—¿Qué? No, no, nadie.

¡Por supuesto que no le hice caso! Sin medir mi fuerza, con una mano la hice a un lado para poder adentrarme a su casa, la chica se quejó e ignoré por completo sus gritos de que detuviera mis pasos, con grandes zancadas comencé a caminar hasta su habitación.

Quería equivocarme. Quería que no fuera así. Quería que todo lo que estaba pensando en ese momento solo fuera producto de mi imaginación y que mi mente solo quisiera dejar mal a Blake, pero me sentí tan imbécil y estúpido cuando un chico castaño salió de su habitación con tan solo un bóxer.

Me detuve en seco y la presión en mi cuerpo se hizo presente. No sabía cómo describir lo que sentía en ese mismo instante. ¿Furioso? ¿Triste? ¿Decepcionado? Oh mierda, quería golpearlo, pero sabía que no valía la pena.

Los ojos de él me miraron extrañado y después los dirigió detrás de mí, giré mi cuerpo encontrándome con una Blake angustiada, esperando a que yo dijese algo. Quería hacerlo a pesar de que mi lengua se enredara dentro de mi boca esperando a ser liberada para decirle todo lo que pensaba.

—Déjame explicarte —inició con la típica frase que trataría de cubrir lo que claramente estaba sucediendo en frente de mí.

—¿Explicar qué? —arrebaté sus palabras—. ¿Qué me has vuelto a engañar? ¿Qué te burlaste una vez más de mí? ¿Qué el pobre ingenuo cayó? No, no quiero escuchar tus malditas mentiras.

—Derek, no es así, por favor…

—¡No, Blake! ¡No! ¿¡Qué intentarás remediar!? ¡No hay nada que puedas hacer!

—¿¡Por qué me reclamas!? ¡Si ni siquiera te interesaba nuestra relación! ¿¡Crees que no me daba cuenta de tu rechazo!? ¡Solo regresaste conmigo por compromiso!

—¡Al menos eso lo tienes en claro! —grité furioso, alzando mis brazos a los costados, mordí mis labios intentando tranquilizarme y así poder dejar de elevar la voz—. Aunque quería que nuestra relación fuera como antes, porque yo tuve culpa al inicio de esta al intentar utilizarte, pensaba que todos merecíamos otra oportunidad, pero ya veo que no. Si la cagas una vez, así se queda y ya.

—¿Qué? —murmuró.

—Como escuchaste, sin embargo, me doy cuenta de que no debería haber otras oportunidades. No debí dártela y no quiero escucharte.

Sus excusas comenzaron a oírse, pero no quería quedarme ahí. Ignorándola, pasé a su lado alejándome, ella intentó sujetarme del brazo, aunque con cierta brusquedad me deshice de su agarre.

No tenía idea alguna de que hacía en frente de la puerta de su casa. La de Julie. Pensaba que no me abriría por haberle mandado anteriormente el mensaje sobre su perro, pero me equivoqué cuando apareció al otro lado de la puerta con un pijama.

—Hola —saludé, regalándole una pequeña sonrisa.

—Hola —Julie respondió—. ¿Qué haces aquí? No pienses que me molesta, en lo absoluto, pero es algo… ¿Extraño?

—Lo sé.

—Bien, puedes tomar asiento, Derek. ¿Quieres algo de beber? También creo que le tengo que avisar a mi padre que viniste, no quiero que piense otras cosas, aunque no lo haga, pero quiero evitarlo.

—Gracias. Y no te preocupes, no quiero nada —corté, caminando hasta uno los sillones rojos que se encontraban en su sala y dejarme caer sobre uno de ellos.

Creí que iría con su padre hasta que apareció a un lado de mí y copió mi acción.

—Te ves bonito con el gorrito —ella habló, ganándose toda mi atención—. Me gusta cómo se te ve.

Aquello me hizo soltar una sonrisa aún más grande. Me gustaba que dijera las cosas con tanta inocencia, sin algún morbo o tipo de intenciones. Todo era natural en ella. Me pregunté en mi interior cómo se le vería el gorrito, así que llevé mi mano hasta mi cabeza para poder quitármelo y ponérselo con suavidad.

—Tú te ves más bonita con él —confesé, sin sentirme culpable o intentar retractarme.

Julie se ruborizó creando un gesto tan dulce por parte de ella, quería sujetar sus mejillas y apretarlas para hacerla reír. Sus ojos observaron los míos y me sentí decaído por lo que pasó con anterioridad, pensaba que no dolería dejar a Blake, pero quizá aún había un poco de sentimientos de mí hacia ella.

—¿Qué tienes? —preguntó por lo bajo, conservando el tono de voz y la calidad.

No quería hablar de ello, sabía que actuaría como un niño que ha perdido un dulce. Sin embargo, necesitaba sacarlo, decirle a alguien porque mi pecho no aguantaba tanta presión. Relamí mis labios y deslicé la mirada con cautela hasta el frente, me dejé caer en el respaldo del sillón mientras soltaba un suspiro.

—Terminé con Blake —solté, dejando mi vista en el mismo lugar sin querer conectarla con la de ella—. Todo es culpa mía, por ser tan idiota y dejar que… ¿Sabes? —La miré, mi vista ya comenzaba a nublarse y me sentí un completo idiota—. Se supone que no le rompes el corazón a la persona que amas y quizá yo no lo hacía como ella decía hacerlo, pero jamás lo hice. Al menos no al principio, nunca la hice dudar de lo que teníamos.

Cerré los ojos y pasé mis dedos por encima para alejar las lágrimas. No lloraría. No por alguien que ni siquiera valía la pena y se suponía que no quería ¿no lo hacía? ¿Entonces porque mierda me estaba doliendo?

—A veces las personas no saben el significado de amar —pronunció, utilizando un tono de voz bajo, como si fuera un secreto entre los dos. Abrí mis ojos de nuevo para mirarla, ella conservaba la suya sobre mí, y solo fueron necesarios tres segundos para que yo esbozara una sonrisa—. No llores, Derek.

Quizá si estuviera en un estado donde la razón no se presentará, la habría mandado al diablo mientras le decía que no podía decir eso si no estaba en mis zapatos, pero por algún motivo, no lo hice. De hecho, aquella pequeña frase de tres palabras se me hizo dulce viniendo de ella. Estaba llegando a la conclusión de que en realidad Julie sí era inocente. No de una manera tan santa, sino, de una manera neutral, donde el morbo no le incomodaba.

Nos mantuvimos de esa manera durante un largo tiempo, donde ambos guardábamos silencio y solo nuestras miradas se desviaban de un lugar a otro. Honestamente, me sentía raro estar en su campo de visión. Entonces, no quería afirmar una vez más que ella me gustaba y mucho menos pensar que solo era pasajero.

Julie me atraía y no de una forma sexual. No quería creer algo que estaba gritando mi subconsciente, Julie lograba ponerme nervioso con tan solo su cercanía, también me volvía tímido cuando hablábamos de nosotros.

Nosotros.

Todo se disipó cuando su voz se elevó por lo alto y fijé mi atención a sus palabras.

—Voy a avisarle a mi padre que estás aquí. Tal vez podríamos ir al salón de *Milo*, ¿quieres?

—Sí —asentí, indicándole que no había ningún problema con ello.

La chica se alejó dejándome solo en la sala. Tragué saliva con dificultad y me incorporé en el asiento, mi mente me lanzaba la probabilidad de que el señor Patrick me correría de su casa, pues aquella noche, cuando dejamos a *Dougie* con la amiga de mamá, Julie se quedó dormida sobre mi pecho y su padre llegó a los treinta minutos.

Estaba claro que le desagradó por completo la escena que se encontró. Él me miró con el ceño muy fruncido mientras yo solo buscaba palabras para poder explicarle lo ocurrido, recuerdo como susurró «¿quién eres tú y por qué mi hija está casi encima de ti?». Mi rostro se puso completamente rojo.

Aunque después de que él la llevara hasta su habitación, pude decirle lo que pasó. Solo me agradeció y se maldijo por no haber estado en esos momentos con su hija. Me preguntó dónde vivía y le respondí que mi casa no estaba tan lejos, sin embargo, no dejó que me fuera a esas horas de la noche y se vio con la obligación de llevarme hasta su auto.

Joder, si no hubiese sido por Landon, estaría en graves problemas con mis padres.

—Hola, Derek.

Volteé rápidamente mientras me ponía de pie y miré al señor Patrick al frente mientras acomodaba su corbata verdosa, Julie le ayudaba con su maletín café a un lado. Nervioso, relamí mis labios y solté una sonrisa, aunque más bien era una línea tensa.

—Hola, señor Levov.

—¿Cómo te encuentras? —inició, dando un paso hacia mí y estrechar su mano con la mía.

—Muy bien, gracias, ¿y usted?

Jamás en mi puta vida fui tan educado.

—De maravilla. Voy de regreso al trabajo por algunos asuntos. Julie me ha comentado que hay un concurso a nivel nacional y tú estás representando la escuela. ¿Eres bueno en las matemáticas?

Antes de darme la espalda, pidió disculpas y se dirigió al espejo que se encontraba colgado en una pared.

Miré a Julie arrugando el entrecejo dejándole en claro que me disgustaba que anduvieran hablando de ello. Ella solo pulió una sonrisa pequeña y rodé los ojos, me dirigí al hombre de traje y pensé las palabras correctas para hablar.

—Bueno, sí. Aunque es en general, es decir, en todas las materias que ocupa la escuela. No solo en matemáticas, y respondiendo a su pregunta, sí. Soy bueno en ellas. Es algo familiar.

—Brillante —pronunció, volviendo hacia mí—. Me alegra tanto que seas muy aplicado, Derek. Tus padres deben estar orgullosos de ti.

—Sí, lo están —murmuré.

—Yo lo estoy cuando Julie saca más de siete puntos en cálculo —se burló y no pude evitar soltar una carcajada.

—¡Papá! —se quejó Julie avergonzada.

—Mentira, sabes que te quiero, cariño —acarició su cabello—. Bien, me tengo que ir. Regresaré en menos de una hora... No quiero... Solo no quiero que vayan a otro lugar, al menos no tú, Julie —él se mantuvo de pie mirándonos a ambos—. Lo siento, sabes que te cuido mucho.

Se acercó hasta Julie y cogió su maletín, le dio un beso en la frente y regresó hasta la puerta principal, antes de cerrarla se despidió con un «no tardaré». Y lo entendí. No quería dejar a su hija a solas con un chico.

La observé unos segundos, quien corrió hasta mí para tomarme de la muñeca y halar de mi brazo e ir hasta el salón donde se encontraba *Milo*. El olor a lavanda se impregnó al instante que entré. Mis pulmones se llenaron de aquel aroma y observé la habitación, todo estaba exactamente igual.

Ella me soltó y cuando iba a dar el primer paso hacia el piano, fui más hábil porque la sujeté tendiéndola. Puse mi dedo índice en frente de su cara y le indiqué que esperara un segundo, pasé a su lado y caminé hasta *Milo*, tomé asiento y coloqué mis dedos sobre aquellos fríos teclados. Julie se acercó hasta la escena y se apoyó sobre la cubierta.

Recé en mi interior para que esto saliera bien, agradecía a mi padre por haberme obligado a ir a un curso para aprender tocar algunos instrumentos. Aunque haría como más de cinco meses que dejé de ir, todavía recordaba algunas cosas. Así que, solo inicié con la canción que me sabía a la perfección.

Me concentraba solo en la melodía, amaba demasiado esa canción, eran de las pocas de ese estilo que me encantaban.

—Sé cuál es esa canción —Julie murmuró, con lentitud desvié mi vista hacia ella y le hice un gesto que continuara—. ¿Quieres que cante? Mi voz es horrible, en serio.

Negó varias veces, a lo que yo reí por lo bajo mientras continuaba.

—*Cause all of the stars*… —inicié y como regalo recibí una sonrisa de oreja a oreja de su parte, continué con ambas cosas mientras ella me miraba tan atenta ante todo lo que estaba haciendo.

Me fui deteniendo, y cuando por fin finalicé, dejé mis dedos sobre las teclas, sin tener prisa alguna de quitarlos o alejarme del lugar. En serio que este tipo de música era más relajante que cualquier otra cosa. Me veía preguntándome por qué no continué con las clases de instrumentos hasta que Julie con su cadera me empujó obligándome a volver en sintonía con la realidad.

—Tienes una bonita voz —confesó—. No sabía que tocabas, ¿por qué no me dijiste?

—Creía que no era tan necesario o importante —admití—. Mi papá me inscribió para aprender a tocar una gran variedad de instrumentos.

—Eso sí es sorprendente, pero dime Derek, ¿cuál instrumento detestas?

—Detesto el saxofón. —Reí y ella se unió conmigo.

Elevó su mano hasta mi nariz y comenzó a tocar cada parte de mi rostro. Esto comenzaba a ser una manía por parte de ella. Últimamente acariciaba mi cara o jugaba con mi nariz, me examinaba con la mirada y el tacto, como si yo fuese algún tipo de objeto o pintura que merecía ser grabada con detalle.

Me tomé el tiempo de observar el suyo. Tenía la piel suave, era de un color carmesí, sus ojos brillaban como dos esmeraldas aceitunadas, sus labios tenían una forma peculiar, sus cejas aún se encontraban disparejas y aún pensaba que era bonita. Sus pestañas se las quebraba, y tenía algunas imperfecciones en su barbilla y en la parte de su frente.

Con mi mano derecha detuve su acción y alejando su tacto de mi rostro le sonreí a medias. No supe si fue por impulso, porque estaba desesperado de hacerlo o todo lo que ocurrió hoy me tenía de esta manera, pero bajé mi rostro hasta el suyo y besé su nariz.

—Besaste mi nariz. —Se rio.

—¿Estuvo mal?

—No —negó, aún puliendo una sonrisa en su rostro—. Pero pensé que me lo darías en la frente.

Yo sonreí de lado.

—Esos son solo de tu padre. Y él siempre será el primer hombre en tu vida.

Fue ahí cuando supe que nuestra historia inició.

19

Pelea de cerebros

JULIE

—La Orden de San Jerónimo es una orden católica, no una religión, la cual fue aprobada en el año 1353 —mencionó Landon, moviendo su lápiz en frente de mí, yo asentí y apoyé la punta de mi bolígrafo dispuesta a escribirlo.

—No anotes eso, Julie —Derek interrumpió, sujetando mi mano para detenerme—. La Orden fue aprobada en el año 1373 por Gregorio XI —indicó, apuntando a su primo para después sentarse a mi lado—. No veinte años antes.

—Estoy seguro de que fue en 1353 —el menor afirmó, Derek enarcó una de sus cejas y sonrió de manera lánguida—. ¿Quieres apostar? —demandó y prosiguió— Bien, me vas a decir para quien era lo que estabas haciendo ayer.

Miré de reojo a Derek, intentando saber a qué se refería Landon. El mayor me miró y después a su primo, deambuló sus ojos y asintió.

—Está bien, pero si yo gano, me invitarás a la comida durante un mes, eso o dejas de ser el tutor de Julie.

—¿Qué? —solté —¡Yo no participo en sus apuestas!

—Tranquila, Juls. —Landon sonrió, demostrando confianza y dispuesto a seguir con esto, me dejé caer contra el respaldo de la silla para soltar un suspiro al aire, el menor pasó sus largos dedos por las hojas de aquel libro que tenía al frente, se detuvo en una página y leyó en voz alta—. La Orden que seguía Sor Juana Inés de la Cruz fue aprobada en el año mil trescientos sete…

Se detuvo al mismo tiempo que dirigía su vista a Derek, quien se encontraba con los brazos cruzados y una gran sonrisa plasmada en su rostro.

—Jaque mate —expresó orgulloso—. Y si no me equivoco fue en octubre.

—Púdrete.

—Fue un placer apostar con usted, joven Fairchild. —Echó una risa él mientras el otro le sacaba el dedo de en medio.

Bien, ahora me quedé sin tutor, aunque también jamás se me olvidaría la fecha en que aprobaron la orden. El castaño dirigió su vista hacia mí, luego hacia Derek y frunció su ceño.

—No dejaré de ser el tutor de Julie —indicó—. No cuando los exámenes son la siguiente semana.

—¡Bah! —exclamó el mayor— Igual no lo decía en serio, tú nunca cumples cada vez que apuesta y resultas ser un completo perdedor. Eres una nena.

—Cállate —farfulló Landon y volvió a fruncir su ceño, seguido se puso de pie y se tocó la pierna con una mano, le lancé una mirada confundida—. Si tocan el timbre y no he vuelto; váyanse al salón.

—Igual lo iba a hacer con o sin tú indicación.

—Okay —finalizó, tomando su mochila y alejarse de nosotros a pasos rápidos.

Los dos eran unos raros, el comportamiento que portaba cada uno hacia el otro era uno que no se veía mucho entre primos, a pesar de todo lo que se decían o hacían, se podía sentir cuanto se querían y apreciaban. No me imaginaba cómo es que se separaron por un tiempo —ya que al parecer Landon no vivía aquí hasta hace poco— en todos los momentos que convivimos no me atrevía a sacar ese tema con una pregunta inocente y curiosa.

¿Landon tuvo problemas? ¿Por qué regresó a Toronto? ¿Desde cuándo se fue? Varias preguntas comenzaron a plasmarse en mi mente, procreando dudas y dejando un entrecejo arrugado ante mi rostro. Quería evadir todo, ya que normalmente no era una fisgona en la vida de los otros. Aunque Derek y Landon ya no eran personas comunes para mí.

Los quería. Les había tomado un gran cariño a ambos. Caía en la cuenta que me acostumbré a ellos, me moldeé a la forma en que ellos se trataban y analizaban las cosas a su alrededor. Observaba a cada uno y la diferencias que poseían. Sabía que eso sería un problema más adelante, pronto cada uno se iría a la universidad, cambiarían nuestras vidas.

Y yo odiaba las despedidas. Fueran temporales y —aún peor— definitivas.

Apoyé un codo sobre la mesa y posé mis ojos sobre Derek, quien, al sentir mi mirada, desvió la suya. Entrecerró los ojos durante unos segundos, como si estuviese detallando mi acción, seguido elevó una de sus cejas y relamió sus labios.

—¿Qué? ¿Tengo algo en el rostro por lo cual estés haciendo esto? —soltó, con un poco de desdén. Aunque sabía que aquel tono lo fingía.

Me percaté que actuaba muy diferente cuando estábamos en un escenario con personas a nuestro alrededor a cuando nos encontrábamos con pocas de ellas o a solas. Tal vez le gustaba enseñar su corteza de chico indiferente, no lo culpaba, muchos hacían eso por razones que uno no sabía y aun así nos tomábamos el tiempo de hablar sobre ello.

Me encogí de hombros, soltando un suspiro entre mis labios y después reír. Negué con lentitud y ladeé aún más mi cabeza, para obtener un contacto visual con él de manera en que a ninguno de los dos se nos dificultara mirar a los orbes del otro.

—Deberías comer más azúcar, estás todo amargado —susurré con diversión y rodó los ojos—. Vuelve hacerlo y los ojos se te quedarán así.

—¿Cómo? ¿Así? —Ahora, fue él quien empezó a burlarse, repitiendo la acción una y otra vez.

—¡Basta! —chillé, cubriendo mi boca con ambas manos para tratar de no reír.

Derek se detuvo e intentó ocultar la sonrisa que se le escapó de sus labios. Cubrió su boca con el dorso de su mano y estornudó, volteando hacia el lado contrario del que se encontraba. Solté una risilla al escuchar el sonido que procreó.

—¡Hey!, no te rías —regañó, regresando hacia mí.

—Fue chistoso —aclaré—, ¿y si lo repites?

—Calla, Julie.

—Tú no me dices qué hacer.

—Wo, wo, wo —se burló—. La pequeña Julie salió a la defensiva.

Aquello me hizo acordar la vez en que Landon exclamó lo mismo cuando le dije que me explicara matemáticas. Era demasiado increíble que ellos dos hasta tuvieran las mismas expresiones, ni hablar que en ocasiones terminaban las oraciones del otro. A veces, era raro, y otras, muy impresionante.

Toqué con mi dedo índice su frente y recordé algo, estaba segura de que él podría ayudarme.

—Derek —lo llamé—, ¿sabes de alguna obra que sea muy buena y que valga la pena hacer un reporte?

El mayor alejó mi mano de su rostro y se quedó pensando, sus ojos deambulaban por el techo de la biblioteca mientras recordaba alguna —o al menos eso quería creer que hacía— se detuvo y regresó a mí para asentir. Se puso de pie y con la cabeza indicó que lo siguiera. No dudé ningún segundo en hacerlo, por lo cual ya me veía como una niña pequeña detrás de él.

Nos detuvimos después de seis estantes, pasó sus largos dedos por la cubierta de todos los libros que se encontraban ahí y sacó uno de color bronce, seguido de otro del mismo color.

—Fausto, de Johann Wolfgang Goethe, se divide en dos partes la tragedia, aunque actualmente ya viene en un solo libro.

—¿Podré desglosar muchas cosas? De verdad quiero exentar este parcial.

—Podrás hacer eso y mucho más, si quieres puedo ayudarte a hacer el reporte. Claro, tú también tienes que leerlo, tú harías... Por así decirlo, la base, yo solo lo perfeccionaría.

—¿Estás seguro de que terminaré de leerlo antes del lunes? Hoy es jueves.

—Confío en ti, Julie. Sé que lo harás.

Con una mano revolvió mi cabello y me regaló un guiño juguetón. Volvió a dejar los libros donde estaban antes. Rápidamente reaccioné y le di una mirada confundida.

—¿Qué haces? Los voy a llevar —me quejé.

—Te voy a prestar el mío. Vienen los dos en uno solo. Así es más fácil de leer y pensarás que solamente es uno. Cuando quieras darte cuenta lo habrás terminado mucho antes de lo que pensabas. La obra es de un tema que a mí me fascina. Sé que te gustará, la forma en que se desarrolla…

Prestaba atención a todo lo que decía, me gustaba admirar cada movimiento y gesto que hacía. Era un delirio escucharlo hablar de cosas que lo hacían ver como un chico intelectual, como si siempre supiera qué decir, o tuviese el conocimiento nato de todo lo que hablaba y explicaba.

Me apoyé contra el estante y para obtener un mejor campo de visión. Una que otra sonrisa se escapaba cuanto más se adentraba al pequeño resumen que estaba haciéndome. Derek era ese tipo de personas que, con solo escucharlo, querías saber más. Despertaba tus ganas de querer realizarlo y te animaba a conseguirlo.

—Landon es un idiota.

—¿Ah? —Fue lo único que pude mencionar al oírlo decir eso. No sabía en qué momento metió a Landon en esto, me regañé a mí misma por desviarme de la escena y solté una risa—. ¿Por qué dices eso?

—Por eso, antes era muy *castroso*, pero ahora lo es aún más, está develando todo. Sé que él fue quien te dijo que yo leía libros de ese tipo —acusó y entendí por qué el chico entró en la conversación—. No es para nada bueno que tu primo llegue de la nada después que se fuera de la ciudad tres años atrás por sus padres. Ni siquiera sé el por qué regresó, y él solo. No me molesta en lo absoluto, lo extrañé demasiado. Crecimos juntos quince años, idealizamos y vivimos tanto que se convirtió como un hermano para mí, pero lo que me tiene confundido es que no haya avisado que vendría para terminar sus estudios. Ni mis tíos lo hicieron. Aunque no niego que estoy muy feliz de tenerlo de nuevo aquí.

—Me gusta la relación que tienen —confesé—. Él te aprecia mucho.

Derek esbozó una sonrisa.

—Y yo a él. Demasiado. Landon, siempre ha sido de esas personas que dicen «oh vamos, no tires la toalla, todo mejorará, no quiero verte caer» aunque él esté peor. Parece que no le importa nada con ese porte de chico rebelde, ¡y lo es! ¡Es muy rebelde! —Rio—, pero, cuando le preocupa, no teme en demostrarlo.

—Es muy lindo como te expresas. —Sonreí—. Él me dijo: «con Derek no se puede tener una conversación decente sin que te insulte o diga algún comentario disgustoso».

—Estúpido. —Echó una risa—. Nos conocemos demasiado. Mucho para ser real, tenemos apodos tan vergonzosos que solemos usarlos cuando estamos solos. Desde la infancia nos vienen persiguiendo. Aunque se equivocó: ahora mismo tú y yo estamos teniendo una conversación decente, solo en los comentarios disgustosos acertó, esos ya son parte de mí.

Mantuve la misma expresión mientras lo seguía observando.

Derek se hacía presente cuando no había personas a nuestro alrededor. Era aquel chico que se liberaba ante mí de una manera que podía admitir tantas cosas en tan poco tiempo.

Y desearía que fuera siempre así, pero al parecer ambos nos empezábamos a convertir en un secreto.

20

Realidad o ficción

JULIE

En la semana de exámenes podíamos ver a la mayoría de los alumnos con caras pálidas y decaídas, unas media lunas oscuras debajo de los ojos y los quejidos por parte de ellos en cada momento.

Por los pasillos iban de un lado a otro, algunos ideando alguna forma para poder darse copia, otros con los libros en la mano tratando de aprenderse lo que no hicieron durante todo el parcial, también podías ver a los que no les importaba si estaban en exámenes y, por último, se encontraban los inteligentes que no tenían cara de que les preocupara esta temporada.

En ese grupo se encontraban Landon y Derek, quienes jugaban con una moneda sobre el mesabanco, le daban vueltas una y otra vez.

—¿No deberías de estar estudiando en lugar de mirar como un par de idiotas se entretienen con una moneda? —Derek preguntó, desviando sus ojos del pequeño pedazo metálico que daba vueltas hasta mí.

—¿No deberías de hacer lo mismo? —ataqué, y me sentí un poco tonta por ello, esto no tenía sentido, no si se trataba de él.

Ambos echaron una risa, el castaño solo negó sin mirarme y el pelinegro pulió una sonrisa lánguida.

—Yo no lo necesito, Julie. No cuando aquí el inteligente soy yo. Sé muy bien cuando es negativo y positivo. No confundo la ley de los signos de matemáticas con la ley de física. Solo trataba de ser amable al preguntarte si no estudiarías, sabemos que lo necesitas y debes tener al menos un ochenta y cuatro por ciento en el examen para no irte a extra.

Me quedé en silencio mientras lo observaba, sus palabras tenían toda la razón, aunque fue un poco duro con ellas, la sonrisa que antes estaba en su rostro se fue borrando hasta que obtuvo un gesto suave. Soltó un suspiro y tocó sus sienes. Landon detuvo la moneda poniendo su mano contra el mesabanco y la cogió.

—Iré por una gaseosa y algún pan no tan nutritivo —avisó, poniéndose de pie—. Regreso antes de que Seltiz entre a poner los exámenes.

Ninguno dijo algo, así que Landon decidió alejarse de nosotros para salir del salón y dejar esta escena que creó un poco de tensión. Mordí el interior de mi mejilla, tomé asiento y dejé encima de mis piernas mi mochila. El ruido de una silla siendo arrastrada se oyó a mis espaldas, no me vi con la necesidad de voltear para saber que se trataba de Derek.

Él pasó a mi lado y pude oler su perfume, rodeó la fila caminando de nuevo hasta donde yo me encontraba y tomó asiento en la silla vacía a mi lado. En mi interior sentí una mínima felicidad.

—Ju —me llamó, con calma giré mi rostro hasta él para mirarlo—, lo siento. No era mi intención sonar de tal forma, es solo que... Me preocupa que repruebes.

—No importa. —Sonreí—. Suelo hacer cuestiones sin sentido.

—Un poco tontas —corrigió y se rio después que lo miré mal—. Tengo una idea—pronunció—. Nos quedaremos así, Landon estará atrás de nosotros y si tienes alguna complicación con algún problema solamente me haces una seña. El profesor Seltiz suele cuidar más a los de atrás y los del lado derecho.

—¿Estás seguro de ello? —dudé.

—Haré que saques más de ochenta y cuatro por ciento. El examen siempre lo dividen cada dos parciales. Una columna de opciones, cinco problemas. Puede ser que tenga opción múltiple, lo cual sería más fácil para ti porque te daría un resultado que esté entre las opciones, y si no lo es, pues tienes que desarrollarla tú. Y eso sería doble problema. El del examen y el que lo intentes.

—Gracias, Derek. —Sonreí —. Aplicaré todo lo que me enseñaron Landon y tú.

—Trata de no hacer los procedimientos largos —aconsejó.

Formé un mohín y asentí, apreté la manga de mi suéter observando mis pies y los moví un poco nerviosa. Las calcetas blancas eran largas, llegaban por debajo de mis rodillas, y la falda del uniforme me quedaba por encima de ellas, ¿quién traía calcetas largas en este grado? Pero, sobre todo, ¿por qué lo hacía?

—¿Me veo muy infantil con las calcetas? —me atreví a preguntar.

—¿Por qué haces esa pregunta? Siempre las has traído —murmuró, arrugando su entrecejo —. Pero no te ves tan infantil, te quedan bien.

—He tenido la duda hasta ahora —admití—. ¿En serio lo crees? ¿No te da pena que la gente te vea conmigo?

Él echó una risa.

—No me da pena, no cuando me vale una mierda lo que ellos piensen. Me agrada que alejes el silencio y no quiero que lo dejes de hacer, no por el qué dirán.

Y sonreí, mis mejillas ardieron mientras yo erraba de felicidad al sentirme especial. Porque lo que más amaba Derek era el silencio, y yo lo acababa de cambiar.

—Me gusta que seas la única detonación en mi vida.

Él pulió una sonrisa cálida y rascó la parte trasera de su oreja sintiéndose incómodo por lo que acababa de decir, yo no me atreví a responder algo, ni siquiera tenía algo en mente, simplemente me mantuve callada ante su mirada, la cual desvió segundos después de que los alumnos empezaron a adentrarse al salón.

Algo que pensé el último tiempo era que Derek no le gustaba demostrar afecto ante muchas personas. No conmigo al menos. Jugaba con la abstención de palabras como si no le costara algún esfuerzo.

Landon entró al aula con un paquete de mantecadas en la mano, mientras que con la otra peinaba su cabello hacia atrás. Llegó hasta nosotros y frunció su ceño al ver que Derek estaba sentado en su lugar.

—¿Qué ocurrió aquí? —inquirió con la boca llena.

—Pasamanos de exámenes —Derek murmuró, haciendo una seña no tan entendible con su mano.

—Vaya —soltó el castaño—, tiene tiempo que no hacíamos algo así. Aún recuerdo cuando cobrábamos por ello.

Landon dio una risa y tomó asiento atrás de nosotros. El mayor no mencionó nada, se mantuvo con la mirada al frente hasta que el profesor entró con un bloque de hojas mientras en su rostro se mostraba una sonrisa complaciente.

Nos tocaba latín y el profesor Seltiz impartía esa clase, aunque claramente no la tendríamos porque presentaríamos examen mientras él era el encargado de aplicarlo en su hora.

—Bien muchachos, el examen consta de tres hojas. No se asusten, solo son de una página, tienen cincuenta minutos para resolverlo, utilizarán lápiz para los procedimientos y bolígrafo para subrayar la respuesta. No se aceptan manchones, mala caligrafía y el uso de corrector —indicó, comenzando a tomar los exámenes para repartirlos—. Una vez dé la indicación para que inicien, lo hacen, y cuando diga que el tiempo se ha acabado quiero que dejen de escribir. Bien, comencemos y les deseo mucha suerte para que no vengan en vacaciones al instituto.

Se oyó un coro de risas, que no eran más que una mayoría de aquellas nerviosas. Entre esas, la mía que solo fue escuchada en mi imaginación, mis manos comenzaron a sudar y me repetí en mi interior que no me entrara uno de esos colapsos mentales.

Derek ya tenía en su mano el lápiz, preparado para iniciar el examen, por encima de mi hombro miré a Landon, quien solo jugaba con su bolígrafo entre sus dientes. Mi vista regresó al frente cuando el profesor estuvo al lado de mí y las hojas del examen se hicieron presentes sobre el pupitre. Con tan solo ver la cantidad de cosas que había en la primera hoja supe que no alcanzaría la nota.

Demonios, pensé.

—Pueden iniciar. —La voz del hombre retumbó entre las cuatro paredes de la habitación.

Mordí mis labios y sentí como mis manos comenzaron a sudar, estaba al borde del colapso. Las primeras operaciones las pude resolver, pero las dudas me estaban comiendo ¿el resultado era ese? ¿No me equivoqué? ¿El signo se cambiaba o no?

Como Derek dijo con anticipación, había opciones múltiples, sin embargo, se encontraban los resultados casi iguales, solo el signo era lo que se situaba remarcando la diferencia en ellos. En la segunda hoja eran columnas que se tenían que unir por medio de la descripción de cada función.

Pero yo no estudié teoría.

Tragué saliva con dificultad y recé en mi interior esperando a que un milagro pasara, pero sabía que no sería así.

Sentí la mano de Derek tomar la mía con la cual sostenía el lápiz, miré al profesor con rapidez para fijarme que no nos estuviera viendo y cuando confirmé que observaba hacia la ventana, giré mi rostro hasta el chico, arrugando mi entrecejo confundida por su acción.

—En el borrador están las respuestas de la teoría —murmuró, alejando su tacto de mí y volver a su examen.

Eché un vistazo a lo que estaba haciendo y me mareé con tan solo ver las operaciones que estaban escritas en su hoja.

Medité segundos después lo que dijo, y miré mi mano, en ella yacía un borrador cuadrado, ¿en qué momento lo tomé? Atisbé por el rabillo del ojo para cerciorarme que Seltiz siguiera con la vista en la ventana.

Respiré hondo y cogí toda la valentía para dirigir mi mirada a mi examen y después a la respuesta que había en el borrador. Sin esperar, comencé a responder por medio de lo que estaba escrito en el pequeño cuadrado tridimensional, la letra era tan diminuta, pero lo suficientemente legible para que yo pudiese entender cada una de ellas.

No sé cuánto tiempo pasó, pero sabía que ya quedaban pocos minutos para que el profesor avisara que recogería los exámenes. Me rendí sin más qué poder hacer, me llevaría a extra esta materia. Mordí el interior de mi mejilla y volví a repasar los ejercicios que ya tenía resueltos, máximo sacaría un sesenta, pero no lo suficiente para alcanzar la mínima nota.

—Entréguenme sus exámenes —el hombre ordenó.

Junté las palmas de mis manos y las llevé a mi boca para soltar un suspiro. Sentía que iba a llorar, nunca en mi vida escolar reprobé, mucho menos suspendido.

Varios se pusieron de pie y se comenzaron a amontonar alrededor del escritorio, la silla de Derek rechinó cuando la arrastró hacia atrás, él acercó su examen hasta mí y lo miré. Landon pasó por detrás de él y le susurró algo en su oído, antes de alejarse.

—Dame tu examen —masculló entre dientes.

—¿Para qué? —Negué—. Lo que sea que estés pensando…

—Lo que estoy pensando en este instante, es lo mismo que pensé cuando nos dieron el examen. Sé perfectamente lo que hago, no soy estúpido.

Desvié mi mirada hasta el profesor quien aún seguía entre el tumulto de alumnos, sentía mi respiración helada y no era por el clima. Regresé hasta Derek quien seguía con sus ojos clavados en mí.

Arrastré mi examen hasta él, quien lo tomó al instante, cogió el lápiz y comenzó a resolver los primeros problemas, apreté mis manos en puños sintiéndome muy nerviosa, Derek susurraba operaciones mientras escribía. Escuché la risa ruidosa de Landon y dirigí mi vista hasta donde se encontraba, estaba en frente del profesor junto a otros chicos bloqueando su vista hacia nosotros.

—¿Raíz cubica de setecientos veinte nueve? —preguntó mordiéndose el labio, se quedó mirando un lugar fijo y murmuró algunas cosas—. Nueve.

Anotó con prisa lo que dijo y alzó su vista hasta el escritorio. Sin pausas, arrastró su examen hasta mí.

—¿Qué? —cuestioné sin entender.

—Ponle tu nombre y entrégaselo al profesor. Yo pondré el tuyo en el mío ya que aún no escribes nada.

—No, no haré eso —susurré negando varias veces a su terrible petición—. Es tú examen, no el mío.

—Bien —aceptó.

Por un segundo creí que me regresaría el mío, pero fue todo lo contrario, dejó caer el lápiz y con una agilidad increíble, cogió un bolígrafo de tinta azul y puso su nombre en mi examen. ¡Su nombre en mi maldito examen!

Se puso de pie y caminó hasta donde se encontraba el hombre parloteando con los demás chicos. Quería detenerlo para que no hiciera aquel acto tan estúpido, pero si lo hacía nos iría aún peor. Nadie nos vio hacer aquello... O eso creía yo.

Tomé su examen y caminé hasta él con pasos apresurados, sin embargo, Derek ya puso las hojas junto a las demás, Landon lo miró y soltó una pequeña risa.

—¿Por qué has tardado tanto, Derek? —Seltiz demandó con una ceja elevada.

—Me confundí en dos procedimientos. —Se encogió de hombros—. Solo los corregí.

—De acuerdo —asintió, esbozando una sonrisa. El hombre posó sus ojos sobre mí y ladeó su cabeza—. ¿Usted, Levov? ¿No va a entregarme su examen?

—Si-sí. —Reí con nerviosismo, pasándoselo.

—No le pusiste nombre —Derek apuntó la línea en blanco que decía «nombre»—. La profesora te lo puede anular.

—Es verdad, pónselo que ya me tengo que ir a entregarlos a dirección —indicó el profesor, dándome su bolígrafo.

Asentí no muy segura, el chico rascó la parte trasera de su oreja despreocupado y se dio la vuelta para ir en busca de su mochila. Me sentí demasiado mal una vez que mi nombre estaba escrito en el examen de Derek. Seltiz se despidió de nosotros y dejó el aula.

—¿Saben? El viernes iremos a la fiesta de disfraces que habrá en casa de Eleazar. —Landon sonrió sujetando la correa de su mochila—. Oh, es verdad. Los trajes… —murmuró por lo bajo—. ¡Bien niños! Los veo después.

Igual que antes, salió de la escena dejándonos solo a su primo conmigo. Giré sobre mi propio eje y observé a Derek, quien estaba sentado encima de un mesabanco mientras me miraba con los ojos entrecerrados.

—¡Eso fue algo loco de tu parte! —exclamé elevando mis brazos a los extremos, él dio una carcajada— ¿De qué te ríes? ¡No te rías! ¡No es gracioso! ¡Arruinará tu promedio!

—Julie, ¿te quieres tranquilizar? —Sonrió—. No va a pasar nada, tal vez repruebe el parcial, pero de verdad es algo que no me importa. ¿Sabes lo que eso significa? ¡No iré al maldito concurso! ¡Ni siquiera quiero ir a ese estúpido concurso! Quizá decepcione a mi padre, pero estoy harto de la calificación perfecta.

Derek se puso de pie y caminó hasta donde yo me encontraba. Sus ojos estaban un poco llorosos, pero no lo suficiente para que derramara una lágrima.

—Pero tu padre solo se preocupa por tu futuro —murmuré.

—¿Futuro? —Rió—. Lo que a él le preocupa es el título de su escuela. El apellido de la familia y su estúpido trabajo, ¿crees que le importa que saque buenas calificaciones para que tenga un buen futuro? Le preocupa solo que ganemos ese puto concurso.

No sabía si se sentía enojado, triste, estresado o melancólico, di dos pasos hacia él y lo tomé de la orilla de su suéter.

—Los padres se suelen equivocar —justifiqué—. No tengo una idea de cómo sea el tuyo, pero deberías hablar con él.

—No es tan fácil, Ju —suspiró—. Mira esta escuela. Guarda silencio y observa a tu alrededor, dime, ¿qué ves, Julie?

Hice caso a su petición, miré cada rincón, las mesas, las sillas, el suelo, las ventanas y como se mecían los árboles afuera. Regresé hasta sus ojos, aquellos azules potentes y mordí mis labios. No veía algo que fuera como un acertijo a su pregunta, así que solo me encogí de hombros.

—Exacto, no hay nada, pero mi padre ve toda su vida en cada centímetro de este instituto. Y eso es lo que ve en mí, solo quiere presumir mis calificaciones en las cenas donde siempre vamos, les dice a todos que estudiaré ingeniera aeronáutica. ¡No quiero ser ingeniero!

—Entonces, ¿qué quieres estudiar? —pregunté con calma.

—No sé. No tengo aún mi plan de vida, no he pensado en uno con tanta presión a la que me somete mi padre —negó, mirándome—, pero sí sé que quiero justo ahora.

Fruncí mi entrecejo.

—¿Qué cosa?

—Besarte.

Y sentí como la presión se me bajó.

21

Las estrellas lloran por ti

JULIE

No sabía si lo que decía era en serio o mentira, mi mente estaba un poco bloqueada, sin embargo, eso no fue una excusa para que las famosas mariposas no comenzaran a revolotear en mi estómago.

Derek dio una pequeña risa y negó.

—Lo siento —murmuró, aunque sus ojos no dejaron de observar a los míos—. Tienes las pupilas dilatadas.

Yo no podía decir nada, a pesar de que él intentara aligerar el ambiente con sus palabras, estaba en un estado de shock que me impedía hablar. Mis labios se entreabrieron, aunque nada salió de ellos, solamente el poco aire que se colaba. Sentí como mi mano apretaba algo. El suéter de Derek.

Con mi otra mano libre, toqué su rostro, comencé a acariciar su mejilla para recorrer hasta su frente y quitar el flequillo que la cubría, con mi dedo índice bajé el puente de su nariz y me detuve en la punta de esta misma, segundos después, mis dedos hicieron contacto con los labios de Derek, él cerró los ojos y delineé con mi dedo anular la comisura de cada uno.

—¿Por qué haces eso? —cuestionó por lo bajo, con la voz un poco ronca.

—Me gusta admirar hasta el más mínimo detalle —respondí—. Sobre todo, cuando algo se vuelve especial para mí.

Él abrió los ojos poco a poco y me miró, con tranquilidad, mientras una mínima sonrisa se comenzaba a trazar en su rostro.

—¿Tratas de decir que soy especial para ti?

Yo le regalé una pequeña risa.

—Sí. Eres lento, Derek.

—Oh, claro, ahora yo lo soy. Entonces, soy especial y te gusta admirarme, ¿te gusta mi acné?

Comencé a reír y escondí mi rostro en su pecho un poco avergonzada por su pregunta. Intenté tranquilizarme y tomar el valor para volver a darle la cara.

—Esos son los pequeños detalles —admití—. Como lo delgadas que son tus pestañas, la poca barba que está volviendo a crecer, la diferente forma que tiene cada una de tus cejas, las manchitas que parecen pecas y están esparcidas por debajo de tus ojos y encima de tu nariz, el color de tus ojos y la manera en que el azul está difuminado en todo el iris. Y el ángulo que más me gusta de ti es cuando te encuentras de perfil, porque es la forma más hermosa de poder admirar tu nariz.

Derek me observó con detenimiento, elevó ambas manos para sujetar mi rostro entre ellas. Ya no hubo ninguna sonrisa, solo la seriedad misma. Cuando sus ojos se desviaron hasta mis labios y regresaron a mis orbes, en ese instante, supe lo que estaba pasando por su mente.

—¿Te puedo besar? —él preguntó.

Quizá desde un punto de vista parecía muy tonto, porque… ¿Quién en pleno siglo XXI pedía permiso para besar? Si hubiese sido otra persona, robaría el beso y sería un completo apasionado, pero él fue la excepción porque para mí eso fue lo más tierno, me gustó.

Yo asentí solo una vez. Y me besó.

Mi corazón se aceleró. Sus labios eran tan quietos, pero aun así hacía que varios huracanes se formaran en mi interior. Desarmando todo en mí, intercalando mis emociones y disipando los pensamientos que unos minutos atrás se crearon.

Me aferré aún más a su suéter y sus manos a mí. Derek movió sus labios y entonces, cuando los míos solo se mantuvieron quietos sin saber qué hacer a continuación, caí en la cuenta de lo que acababa de ocurrir.

Él se separó de mí y me miró con el entrecejo levemente fruncido. Irradiaba sorpresa con una mezcla de alegría.

—Julie —inició—. ¿Eras virgen de los labios?

Lo descubrió.

Sentí como mis mejillas ardieron de la pena, intenté ocultarme de su campo de visión, bajando mi mirada hasta mis pies que se movían con nerviosismo, dejé de apretar su suéter y alejé mi mano hasta ocultarla entre los tablones de la falda del uniforme.

—Sí —susurré—. Pero eso no se pregunta.

—¿Por qué te pones así? —cuestionó—. ¿Te sientes avergonzada?

Elevé mi vista hasta la suya y mordí el interior de mi mejilla para después soltarla.

—Un poco.

—¿Por qué? —Enarcó una ceja—. Está bien. Yo me siento feliz, demasiado para ser honestos, ¿sabes por qué? —preguntó y me encogí de hombros sin saber la respuesta—. Porque soy tu primer beso.

Olvidé por completo que su comentario fue un poco gracioso y me concentré en las últimas cinco palabras que confesó. Para ser sinceros, a mí me agradaba la idea de que él fuera mi primer beso, porque sabía que sería algo imposible de olvidar.

Derek me rodeó con sus brazos y me proporcionó un cálido abrazo, olí su perfume, el mismo que utilizaba y a mí me encantaba. Miró su reloj de muñeca y se separó de mí, dejó un corto beso en mi nariz y caminó hasta su asiento, dejándome sola al frente, de pie y confundida.

La puerta del salón se abrió y varios alumnos comenzaron a entrar justamente cuando el chico se dejó caer sobre la silla, actuando como si nada hubiera ocurrido. Mordí el interior de mi mejilla y solté un suspiro, no sabía qué hacer, sin embargo, Landon entró cojeando con una mueca de dolor.

—Jamás en mi puta vida vuelvo a subir corriendo las escaleras —masculló entre dientes—. Me resbalé y me duele horrible.

—¿Por qué subiste corriendo? —interrogué, acercándome hasta él.

—Porque vengo por mi mochila —indicó—. Me tengo que ir.

Landon se dirigió hasta su lugar y rápidamente lo seguí, Derek y yo lo miramos con el ceño fruncido sin saber a qué se debía su acción.

—¿A dónde vas? —el mayor demandó.

—Me escaparé con Eleazar —confesó sacando la lengua, pasó la correa de su mochila por encima de su hombro y nos miró—. Solo iremos a comer al centro comercial, ¿quieren que les traiga algo?

—Si mi padre se entera…

—Si tu padre se entera me vendría valiendo un carajo —lo interrumpió—. Es mi vida y no es como si hiciera algo tan grave, apuesto que también lo hizo y míralo donde está; es el director de esta escuela.

—¿Con Eleazar? —cuestionó Derek.

—Sí, Eleazar.

—¿Seguro?

—Al grano, ¿qué quieres?

Derek se quedó en silencio.

Por un instante, pensé que ya habían tenido esta charla en la que Landon le mintió sobre a dónde iría, pero al parecer ninguno de los dos tocó ese tema. Ahora, la tensión se podía sentir. Landon no era tonto, sabía perfectamente que las preguntas de Derek eran una introducción para señalarlo de manera acusatoria.

—La vez anterior dijiste que irías con Eleazar y no lo hiciste —soltó sin rodeos.

—Bueno, me confundí de nombre. Era con Lee —dijo sin descaro alguno—. ¿Acaso es un pecado?

Derek frunció sus labios y suspiró, poniendo los ojos en blanco.

—Olvídalo. Eres imposible.

—Claro, yo lo soy —vaciló Landon—. Nos vemos más tarde.

—Como sea. Solo llega a casa antes de que mi padre lo haga, por favor —pidió Derek.

—Lo haré —prometió y volvió a sonreír—. Acuérdense que tenemos una fiesta de disfraces el viernes.

—Hoy es jueves y mañana viernes —hablé, afirmando la fecha.

—Waoh, Julie, qué inteligente eres —dijo con sarcasmo Derek y lo miré mal, él regresó a su primo—. Estás loco si piensas que me pondré un ridículo disfraz.

Landon sonrió con burla y caminó cojeando de espaldas hasta la puerta.

—Eso ya lo veremos —concluyó, saliendo del salón.

El *flash* de la cámara de papá me cegó por unos segundos, viéndome con la necesidad de abrir y cerrar varias veces los ojos para poder recuperar mi vista. Él se acercó hasta mí y acomodó mi cabello con una resplandeciente sonrisa.

Estar disfrazada de una dona no fue mi decisión, era la de mi padre quien lo compró sin mi consentimiento, aunque creía que esto era una forma de «propuesta», yo iba a la fiesta con los dos chicos y él escogía mi disfraz.

—La foto irá enmarcada —informó, dando unos pasos hacia atrás.

—Creo que es algo grande —rechisté—. Me veo tan ridícula, cumpliré dieciocho años dentro de poco y estoy usando esta cosa.

—Te ves adorable, amor.

Yo bufé y miré mi flequillo que comenzaba a crecer, estaba casi picando y cubriendo mis ojos. El timbre de la casa sonó, y automáticamente sentí mis mejillas ruborizarse, papá caminó hasta la puerta principal y la abrió.

Esto era una broma.

Solté una gran carcajada al ver cómo iba Landon y él al verme, lo hizo de igual manera. Cubrí mi boca con ambas manos y me acerqué hasta él, mi padre nos miraba con el ceño fruncido como si fuésemos dos locos.

—¿Un Cubo Dink? —demandé aún entre risas.

—Y aún no has visto a Derek —carcajeó, giró sobre su eje y apuntó hacia el auto—. ¡Sal del auto y ven para acá!

Por un segundo creí que el mayor le contestaría con algún vocabulario grosero, aunque no fue así, la puerta del copiloto se abrió y de ella bajó un Cubo Dink rosado.

—¿Qué rayos?

Escuché como mi padre susurró.

Juro que no aguantaba la risa, lloraría, o peor aún, me orinaría ahí mismo. Derek caminó hasta nosotros con un semblante de fastidio y avergonzado, sus labios se encontraban fruncidos y sus mejillas rosadas, él me escaneó de pies a cabeza, su ceño se frunció y miró a su primo, el cual intentaba ocultar su sonrisa traviesa.

—En mi defensa, mi primo me chantajeó para ponerme esto. —Derek se dirigió a mi padre—. ¡Hizo que gastara en otro disfraz!

—¡No! ¡Yo te dije que tú serías *Bozz*!

—¡Pero no especificaste si el *Lightyear* o el de Cubeez! ¡No creí que fueras capaz de hacernos venir así! ¡De cubos, Landon! ¡Cubos!

—Oigan, tranquilos —intervino papá—, ¿por qué esas caras tan cuadradas? ¿Entienden? Caras cuadradas porque son unos cubos, ¿si entendieron?

—No lo hiciste… —susurré—. Papá, tus chistes ahorita no.

—Yo sí entendí. —Landon alzó la mano—. Mi primo tal vez no… Ya sabe, tiene la misma mente que su pez *Fish*.

—¿*Fish*?

—Idiota —Derek farfulló.

—¿Yo? —dijo mi padre, frunciendo el ceño.

—¡No, usted no! ¡Me refería a Landon!

—¡Derek! ¡Esa boca! —reprendió él.

Yo cerré los ojos y reí negando.

—Bien, padre. Creo que ya es hora de irnos, no quiero que ambos terminen peleando enfrente de la casa y los vecinos llamen a la policía.

—De acuerdo. —Se rio—. Cuídense mucho. No consuman nada de alcohol, mucho menos drogas.

—No se preocupe. La traeremos de vuelta a penas veamos que la fiesta se comience a salir de control.

Sabía que mentía, ya que él era el primero que terminaba embriagado, caminé con ambos chicos hasta el auto, Derek sin mirarme, subió primero. Mordí mis labios intentando evadir el sentimiento de decepción y me centré en Landon cuando me abrió la puerta incitándome a entrar.

—Derek, tienes que aprender a manejar —habló después de que entró—. Sobre todo para comenzar a independizarte, a pesar de que me des miedo al volante, tú lo traerás de regreso.

—Sé manejar —gesticuló—. Solo que no me sirve para nada porque no salgo mucho, y no lo haré.

—Me voy a emborrachar tanto que no podré conducir y te verás con la obligación de hacerlo —se burló.

—Hijo de…

Escuché como Landon soltó una risita, por el espejo observé que Derek rodó los ojos y miró por la ventana. Todo se quedó en silencio, el estéreo no estaba encendido, ni siquiera el aire acondicionado. Miré por el espejo retrovisor a Landon, su semblante cambió por completo, un ceño fruncido se mostraba mientras sus ojos estaban clavados en el camino, jamás vi tanta seriedad en él.

Desvié mi vista hasta mis manos, que jugaban con algunos adornos que yacían en el disfraz de dona, yo me reí en mi interior y luego miré a los dos chicos.

Cambiaron mi vida por completo.

La música externa comenzó a sonar más fuerte conforme el auto se iba deteniendo, estábamos en frente de la casa de Eleazar. Ahora que lo pensaba mejor, ¿sus padres nunca estaban? ¿Les avisaba? ¿Ellos le daban permiso? ¿O vivía solo?

Las preguntas se disiparon cuando la puerta se abrió y un Derek rosado me indicaba con una seña que bajara, obedecí su indicación y solté un suspiro cansado. Landon se encontraba revoloteando en el maletero, sacó su mochila y con pesadez la arrastró hasta nosotros.

—¿Para qué la llevas? —El pelinegro enarcó una ceja.

—Haré unas pequeñas bromas. —Dio un paso hacia su primo y acercó su boca hasta su oreja—. Y entre las víctimas estás tú.

—Ah, ¿sí? —dijo sin expresión. Derek se alejó y se dio la vuelta, antes de irse, con una mano empujó a Landon ocasionando que este cayera de lado hasta el césped y se quejara en un jadeo—. Suerte para levantarte.

Y se fue.

—Demonios, eso dolió. ¡No me puedes dejar aquí! ¡Ayúdame, imbécil!

Él comenzó a patalear y resultaba graciosa la escena, porque era un cubo azul en el suelo gritando por ayuda. Me acerqué y como pude lo ayudé a levantarse, quería grabar esta escena, una dona rescatando a un cubo.

—¿Estás bien?

—Lo estoy, gracias, Julie —suspiró y me sonrió—. Entremos.

Sujeté a Landon del brazo cuando nos adentramos a la casa, ya debería estar acostumbrándome a este tipo de fiestas, donde la cerveza está esparcida por el suelo, botellas de licores varias por esquinas de la casa, música demasiado alta, personas gritando y…

—¡Mitchell! —grité con todas mis fuerzas al ver al chico, quien ahora estaba teñido de negro, iba disfrazado de Edward Scissorhands y lo hacía lucir magnifico.

—¡Julie! —devolvió, acercándose hasta mí y regalarme un abrazo— ¿Por qué eres una dona?

—Mi padre me obligó. —Rodé los ojos con diversión.

—Eso es raro, pero te ves demasiado tïerna.

Él acarició mi cabello.

—Y tú te ves muy bien con el traje de Eduardo.

—¡El joven manos de tijera! —Landon nos interrumpió, haciéndose notar—. ¡Y yo soy un cubo!

—¡Oh mierda! ¡Amaba esa serie desde que era niño igual que los Teletubbies! ¡Eres Dink, ¿no es así!?

—¡El cubo todo drogado! ¡Ese soy!

Ambos estallaron en carcajadas y me uní a ellos.

—¿Tú eres Landon? —preguntó y el chico asintió—. Y mi profesora de lógica dice que no tengo buena memoria.

Quería preguntar que hacía aquí, pero creo que estaba de sobra, los tres comenzamos a caminar hacia la cocina, donde encontramos a Derek, Lee, Yayo y Noah, estos dos últimos eran nuevos amigos del castaño. Llegamos hasta ellos y saludamos a cada uno, el mayor se quedó mirando a Mitchell de pies a cabeza y solo le hizo una seña en forma de saludo para después regresar a su celular.

Derek era ese asocial que se la pasaba en una fiesta con su celular.

La mayoría comenzó a tomar, los amigos de Mitchell se unieron y en tan poco tiempo los gritos eufóricos del grupo comenzaron a oírse más que la canción. Miraba a todos mientras reía con cada cosa que decían, algunos burlándose, otros criticando y después los que dábamos una pequeña opinión acerca de todo el parloteo.

—¿Ella es tu novia?

Un chico de piel morena le preguntó a Landon mientras me apuntaba.

—¿Por qué todos piensan que es mi novia? —Rio—. ¿Hacemos bonita pareja?

—Lo hacen —afirmó Lee—. Dinos, Julie, ¿te gusta Landon?

—No, no me gusta. Es solo mi amigo.

—Entonces, ¿quién te gusta? —Derek demandó, metiéndose en la plática después de que se mantuviera en silencio durante mucho tiempo.

—¿Y a ti, Derek? ¿Quién te gusta? —Landon atacó y todos comenzaron a reírse viendo esto como algo gracioso, aunque la realidad era otra, esto era súper incómodo, sobre todo para mí.

—¿A mí? A mí no me gusta nadie, hace poco salí de una relación, ¿crees que quiero otra? Es estúpido.

—Tú eres estúpido —masculló Landon y soltó un suspiro.

Yo no dije nada, solo me mantuve de pie, sujetando mi vaso que contenía una gran cantidad de alcohol, miraba a Derek y él a mí, su gestó cambió a uno arrepentido, se apoyó contra la barra y bebió de su vaso sin quitar sus ojos de mí. Bebió demasiado y sabía que estaba mareado.

—Las relaciones no son estúpidas —Mitchell intervino e hipó—. Creo que todo está en las personas, ambas tienen… tienen que dar para que eso funcione.

—¡Totalmente de acuerdo! —Noah lo apoyó y el de mirada verde alzó sus manos como si hubiese ganado.

—¡Pues yo no! —Eleazar atacó.

Comenzaron una discusión entre ellos, lanzándose palabrotas no tan decentes, yo reí y volteé para ver a Landon, sin embargo, él ya no estaba, lo divisé caminar entre las personas hacia la puerta principal. Mi ceño se frunció al ver en la forma en que caminaba, arrastraba los pies como si le costara trabajo, ¿estaba borracho?

Giré sobre mi propio eje y quise seguirlo, sin embargo, Derek me detuvo por el brazo.

—¿A dónde vas? —inquirió en un balbuceo, su aliento alcoholizado se pudo sentir demasiado.

—Ahora vuelvo, quédate aquí —ordené—. Está tomado y no quiero que haga una de sus tonterías.

—¿Y por qué vas tú? —demandó—. Te voy a acompañar.

—No seas impertinente y mantente aquí. Lo digo en serio, Derek.

Él elevó sus manos en forma de inocencia y caminó hacia atrás, volviéndose a apoyar contra la barra, blanqueó los ojos y caminó hasta Lee para ambos irse a hacer otro preparado. Rápidamente, corrí hasta donde Landon y me aseguré de que el pelinegro no viniera, afuera de la casa no había casi nadie, solo una que otra pareja riendo o platicando.

Trataba de buscar al chico, pero simplemente no aparecía, los nervios comenzaron a ponerme paranoica, no fue hasta que encontré la parte del cubo azul de su traje a un lado de un basurero y troté con aquel pesado disfraz que lo vi.

Sentado en el césped con las piernas estiradas y la espalda apoyada contra el cerco que ponía limite a la casa de Eleazar con la otra, su mochila estaba abierta.

—¿Qué ocurre? —mi voz salió baja, pero fue lo suficiente para que él me mirara.

—Julie —dijo mi nombre al aire, pude ver que sus ojos estaban llorosos.

—¿Qué pasó? ¿Te encuentras bien? ¿Por qué estás llorando? ¿Por qué te fuiste de la fiesta y viniste aquí? —Lancé las preguntas sin darle tiempo de responderme. Estaba preocupada, demasiado.

—Nada, nada, y-yo estoy bien. —Su voz se quebró y me puse de rodillas a su lado, mis ojos se desviaron hasta sus manos donde sujetaba las cajas de chicles.

—Landon, dime la verdad, ¿qué son esas cajas de chicles? —cuestioné, pero él no respondió—. ¡Landon! ¿Qué ocurre? ¿Qué está pasando? ¿Por qué las tienes? Me estás asustando.

Mis ojos picaron cuando comenzó a llorar. Él me extendió una caja y sin pensarlo dos veces la tomé entre mis manos para abrirla. Mis manos se helaron y una pizca de que algo malo pasaba recorrió mi espina dorsal.

—Estos son medicamentos, ¿estás enfermo?

Me miró con dolor y después se quejó.

—Me duele —murmuró—. Julie, me duele mucho.

—¿Qué cosa? ¿De qué hablas? Dímelo.

—No le digas nada a Derek —suplicó—. No le digas nada, por favor.

Soltó un gruñido, echó su cabeza hacia atrás y suspiró varias veces. No sabía a qué se refería, no tenía ninguna idea, solo sabía que me sentía muy mal al verlo en este estado. Landon comenzó a sollozar y repetía varias veces «no le digas, prométela».

—Está bien, lo prometo, lo prometo. —Asentí varias veces y tomé su rostro entre mis manos—. ¿Por qué estás tomando medicamentos? ¿Estás enfermo?

—Sí, estoy enfermo —confesó—. Es grave.

—¿Qué tienes?

—Cuando vivía en Vancouver, mis padres discutían mucho, yo me comencé a sentir muy mal, pero… pero pasaba todo por alto, porque no quería darles más carga a ellos y creía que el malestar se pasaría rápido. —Rio con amargura—. Hasta que un día ya no aguanté y fuimos al doctor, me hicieron análisis y… estaba jodido.

Me quedé en silencio, esperando a qué continuara, pero al parecer no lo haría.

—Dime —pedí.

Me miró con aquellos ojos que jamás los vi de tal forma, quería que regresara el Landon grosero, burlón y divertido que solía ser, pero esta vez, no existía.

—Tengo cáncer de hueso y no hay forma de poder revertirlo.

Soltó y sentí eso que muchos llaman «el peso del mundo» sobre mis hombros, la presión sobre mi pecho y la impotencia invadió todo mi cuerpo, mi respiración se me detuvo y lo único que podía ver era a un Landon completamente destrozado.

Ese Landon que todo el tiempo reía, hacía bromas y se preocupaba por los demás, era el mismo que tenía la vida destrozada.

Sabía que algo no estaba bien, las veces que lucía terrible. Esa sensación de que algo iba mal siempre estuvo presente, cada vez que mis sentidos despertaban en alerta porque una parte de su esencia no podía ser percibida. Todo eso tenía sentido ahora. Landon siempre estuvo muriendo en vida.

Me dejé caer al pasto, bloqueada por lo que dijo y sentí mis mejillas mojarse, estaba llorando.

—¿Desde cuándo lo tienes? ¿Por qué no le quieres decir a Derek?

—Lo primero no importa. —Se encogió de hombros—. Ayer que me fui de la escuela y dije que iba con Eleazar, no era verdad, fui al hospital con mis tíos, tenía cita. El doctor dijo que el cáncer recorrió gran parte de mi cuerpo. Julie, me está comiendo vivo…

Hizo una mueca de dolor sujetándose la pierna y empuñando la mano derecha, entonces varias escenas vinieron a mi cabeza.

«Landon venía hacia nosotros mientras miraba su mano, la abría y cerraba varias veces, levantó su vista y un ceño fruncido se presentaba en su rostro.

—¿Ocurre algo? —murmuré acercándome hasta él.

—No —negó tranquilo y soltó una risa—. Solamente que me he golpeado con el mostrador cuando tomé las manoplas y me duele un poco.» «Avisté a Landon que aún se encontraba dentro del auto y me acerqué hasta la ventanilla.

—¿Ocurre algo?

—Cre-creo que tengo fiebre —balbuceó pasando una mano por su frente—, ¿tú qué crees?» «Landon entró cojeando con una mueca de dolor.

—Jamás en mi puta vida vuelvo a subir corriendo las escaleras —masculló—. Me resbalé y me duele como la mierda.» Ahora entendía por qué aquellas escenas, donde tenía dolor y las disfrazaba tan bien, jamás pensé que algo tan malo le estuviera ocurriendo, en los momentos que pasábamos juntos se veía tan sano y fuerte, como si nada le afectara, pero al parecer era real la frase: «las apariencias engañan».

—¿Los padres de Derek lo saben? —dije por lo bajo.

—Sí, ellos lo saben.

—Pero tus padres…

—También —suspiró—. Cuando me enteré de que el cáncer era maligno, no quería depender de tratamientos, de quimioterapias, no quería ser un gasto para ellos, siempre fui casi independiente desde que nos mudamos, siempre vi por mis estudios, solo me daban dinero y tenía que agradecer —admitió—. De pronto, dejé de ser un punto ciego y fui el centro de atención.

—Landon —intenté hablar, pero me lo negó.

—Sabía que tendría un período de vida muy corto y fue cuando decidí pasar mis últimos meses aquí. Quería pasar mis días con Derek, con mi primo que era la persona más cercana a mí, pero cambió mucho. Mi tío lo hizo cambiar demasiado. Cuando éramos chicos, solíamos llamarnos *Dink* y *Bozz*, solo por él canto la estúpida canción que odio con todo mi ser, oigo su música que tanto detesto, lo acompaño a los jodidos cursos a los que mi tío nos metió, me ofrecí a participar a ese maldito concurso y todo solo por él, por más estúpido que suene.

—¿Cómo estuvieron de acuerdo tus padres? Landon, pudiste intentarlo.

—No, Julie —se lamentó—. ¿Sabes? Cuando a uno le diagnostican algo como eso, puede ser un duelo casi eterno. No pensaba acabar mi tiempo en algo que quizá no serviría de nada, tantas terapias para que todo fuera en vano, no iba a luchar contra algo que tenía todo a mi contra. A veces solo se necesita sacar ventaja de ello, eso fue lo que hice.

—Eso es muy cruel —lloriqueé.

—Más cruel es irse sin querer hacerlo.

Mi corazón se estrujó y no pude decir nada al respecto. Landon respiró varias veces y secó sus lágrimas con el dorso de su mano. Él hacía cosas que odiaba solo por Derek y no lo valoraba, aunque tampoco sabía lo que le ocurría a su primo.

—¿Sabes que en algún momento se lo tienes que decir? —murmuré.

—Sí. —Asintió—. Pero lo sabrá cuando me vea postrado en una cama, por ahora, él tiene que ser el mismo. No quiero que sienta dolor, lástima ni tristeza al saber que voy a morir. Quiero que sea quien es en realidad, lo quiero ver disfrutar en esa faceta, aquel hijo de puta que es, pero también quiero que se fije de todo lo que se está perdiendo, quiero que le diga a su papá que no quiere estudiar una carrera diferente a lo que le gusta, quiero que hable con él, quiero que disfrute de los momentos que le da la vida, quiero que rompa los esquemas, quiero que salga y grite lo que piensa, quiero que corra cada vez que quiera. Necesito que se dé cuenta de muchas cosas.

Mordí mis labios causando que el agua salada de mis lágrimas se colara a mi boca, di un respingo fuerte y me puse a lado de él, apoyé mi espalda contra la cerca de madera y puse mi cabeza sobre su hombro, oí como dio un sollozo y alargó un suspiro tan profundo.

—Él te adora, demasiado —le recordé—. Te lo puedo asegurar.

—Y lo sé, por eso quiero vivir lo que me queda aquí. Somos tan inseparables que no sé cómo podrá decirme adiós, porque yo que tengo la fecha para despedirme, aún no encuentro una manera de hacerlo, y la verdad es que… Yo no quiero despedirme.

Nos quedamos en esa posición durante varios minutos, esperando a que ambos nos tranquilizáramos. Solo mirábamos el cielo, no había muchas estrellas y la luna estaba media oculta por unas nubes grises. Desvié mis ojos al frente y vi que aquel traje de cubo rosado se aproximaba a nosotros.

—Landon, viene Derek —avisé.

El chico se dio cuenta y comenzó a guardar todo con rapidez en su mochila para después cerrarla y ponerla a un lado de él, ambos limpiamos nuestros ojos e intentamos actuar normal cuando Derek estuvo al frente.

—¿Que hacen aquí? — balbuceó.

Estaba bebido.

—El traje ya me dio mucha comezón —Landon mintió sonriendo—. Es demasiado molesto, no sé cómo es que tú lo sigues aguantando.

—Buuuh —espetó—. Niñita. Quería que fuéramos adentro para cantar e-esa estupidez, de los cubitos *dubi du, dubi du, dubi daaa.*

Echó una risa.

¿Cómo podía sonreír sabiendo su final?

—¿No que era muy inmaduro? —el castaño carcajeó.

—¡No! —negó—. ¿O sí?

—Ni sabes lo que dices, Derek.

—*Me llamo Bo-ozz y me gusta estar aquí, soy cubito dubi du* —tarareó él, riendo y miró a su primo esperando a que continuara.

Yo solo me limitaba a observar la escena. Landon lo miró y sonrió, sus ojos comenzaban a cristalizarse, pero dio una respiración honda y agitó sus manos.

—*¡Me llamo Dink, siempre pienso todo así me divierto haciendo dubi dubi dubi!*

—*¡Perfecto Dink, dame esos cinco!* —Derek exclamó con una sonrisa llena de alegría.

Hizo caso a su petición y chocó la palma de su mano con la de él, aunque la fuerza que ejerció Landon fue mucha porque el menor se fue de espaldas y se quedó boca arriba, yo solté una risa por lo cómico que se vio y Derek se quejó. Ninguno de los tres dijo nada por un largo tiempo, hasta que el mayor levantó su mano y tocó el pie de su primo.

—A pesar de que jodas mucho, te quiero, *Dink*.

Dirigí mi vista al castaño. Él curvó una sonrisa haciendo notar sus hoyuelos.

—Yo también te quiero, *Bozz*.

22

La mejor amistad

DEREK

Mi cabeza dio vueltas a penas abrí los ojos, mi cara estaba aplastada contra la almohada y lo único que veía era mi armario, rodé sobre la cama hasta quedar boca arriba y mirar el techo. Sentí como me mareé y todo mi cuerpo dolió.

Escuché varias voces provenir del pasillo, no sabía de quienes se trataban porque parecían lejanas, respiré hondo y me incorporé en mi cama, toqué mi cabeza y me quejé cuando sentí una punzada casi como si martillaran un clavo sobre ella.

La puerta de mi habitación se abrió y mi padre entró con Landon detrás de él.

—Tío, no…

—¿¡A ti quién te dio permiso para ir a una fiesta y tomar licor!? —exclamó papá, plantándose enfrente de mí con el entrecejo arrugado, claramente furioso por lo de ayer en la noche—. ¿¡Me dijiste!? ¿¡Ya revisaste tus calificaciones!? La profesora Alice me acaba de hablar que sacaste setenta y uno en el examen, ¡setenta y uno!

Landon me miró sin saber absolutamente nada, él no tenía conocimiento de que cambié el examen con Julie, pues se suponía que me ayudaría a entretener al profesor Seltiz para que yo pudiera resolver varios problemas y así ella alcanzara la nota que necesitaba.

Solté un suspiro por lo bajo y relamí mis labios, no podía defenderme con nada, porque no tenía alguna excusa que fuese coherente. Quité las sábanas de mi cuerpo y me puse de pie, para poder darle la cara a mi padre.

—Tío, yo hice que se distrajera durante todo el parcial —Landon se metió, tratando de cubrirme.

—No —negó el hombre y lo miró—. Eso no justifica su calificación, tú eres el que más sale y se salta las clases, ¿crees que no lo sé? —lo retó e intentó hablar, pero mi padre lo interrumpió moviendo su mano de un lado a otro, quitándole importancia a ese asunto—. Es algo que hablaré más tarde contigo, el punto aquí es que a pesar de tus salidas vagas sacaste el cien en el examen, ¿y él? ¡Él no!

—Papá —inicié y regresó su mirada a mí—. Sí, saqué setenta y uno, ¿y sabes? Lo siento, lo siento tanto por decepcionarte, pero tienes que saber que en algún momento no siempre seré tu hijo de calificaciones perfectas, me equivoco, soy humano y no siempre vendré a la casa con diplomas, ¿puedes entenderlo? Deja de ponerme un título que no quiero.

—¿Qué dices? —me preguntó con ironía.

—Derek no quiere estudiar Ingeniería Aeronáutica, tío —Landon dijo con la voz firme—. Y tampoco quiere ir al concurso.

—Por eso no saqué el cien —concluí.

El hombre me miró tan penetrante y supe que cavé mi propia tumba, también que, a partir de este momento, las cosas cambiarían, pero a pesar de tener conocimiento de ello no me arrepentía de haber dicho todo eso. La mirada de mi primo me hizo entrar en confianza y juntar más valentía para que dijera lo que sentía.

—Sé que estás molesto y decepcionado, dirás que no importa lo que diga porque se hará lo que tú ordenes, pero quiero dejarte claro que no puedes controlar mi vida por completo, por eso te pido de la forma más comprensible que... dejes de exigirme. Tú y mi madre me han educado lo suficiente para saber que me conviene.

Él dio varios pasos hacia mí y por encima de su hombro divisé como Charlie entró dirigiendo su mirada a nosotros.

—Escúchame bien, Derek —amenazó—. El lunes a primera hora te quiero en mi oficina y le presentarás el examen otra vez. Te lo dice el director de la escuela, no tu padre.

—¿Te das cuenta de lo que estás haciendo? —Charlie intervino—. Te aprovechas de que eres el director, no puedes mantenerlo con la cabeza entre los libros. Papá, es un adolescente, no una máquina que almacena información.

—Tú no te metas, Charlie —lo reprendió—. Contigo me equivoqué, pero con Derek no lo haré.

—Ya lo hizo —habló Landon ganándose la mirada de los tres, yo negué dándole a entender que no siguiera, pero me ignoró—. Se equivocó al pensar que con él sería diferente, porque tiene un gran hijo y usted lo está desperdiciando en agotamiento mental. Es humano, no una máquina.

No esperó alguna respuesta por parte de mi padre, por lo cual se dio la vuelta y salió de mi habitación. Charlie mordió sus labios y me miró, no sabía que decir a continuación, así que me quedé en silencio e intentar modificar los errores que acabábamos de cometer. El hombre se giró nuevamente hacia mí y me miró.

—Tú y yo tenemos una plática pendiente —indicó y salió, no sin antes darle una mirada amenazante a mi hermano.

—Gracias —le dije a Charlie.

—No te preocupes. —Sonrió—. Papá piensa que puede tener el control de todo. A parte, necesito a alguien con quien salir para ir a tomar o que me acompañe a algún burdel.

—Imbécil —gesticulé.

Él rio y se cruzó de brazos. Me di cuenta de que andaba solo en bóxer junto a una playera azul cuando miré mis pies, no recordaba nada, lo único que vino a mi mente fue la imagen de Landon diciéndome que guardara silencio.

—¿Qué quieres? —lancé hacia mi hermano quien seguía mirándome.

—No te presentes a ese examen —pronunció, para salir después de mi habitación.

A penas me di la vuelta para tomar mi celular y ver la hora, la puerta se volvió a abrir.

—¿Qué mierda quieres ahora? —hablé de mala gana, observando que darían las doce del mediodía, me di cuenta de que había un mensaje. Julie.

—¿Por qué tratas de una manera a Julie durante un instante y al otro eres un completo idiota?

Rápidamente, giré sobre mi propio eje para ver Landon apoyado sobre mi escritorio, mientras sostenía una manzana verde con su mano derecha. Yo dejé caer mi celular sobre mi cama y solté un suspiro, pasé mis manos por mi rostro y, seguido, miré al chico.

—¿Por qué lo dices?

—Ayer le preguntaste quién le gustaba y yo te contraataqué con la misma, pero lo negaste. Dijiste que no querías otra relación porque era estúpido —explicó, dándole después una mordida a la manzana.

Me quedé en silencio, apoyé mi hombro contra mi armario y me maldije, si lo recordaba, lo hice y me arrepentí cuando ella me miró. La mirada de mi primo era exigente, esperando a que yo respondiera sobre ello. Mordí mis labios y debatí varias veces con mi mente, en si decirle o no, pero finalmente, hablé.

—La besé —confesé.

Landon cambió por completo su rostro, arrugó su ceño y dejó de masticar.

—¿Cuándo? —balbuceó e intentó tragar lo que tenía en la boca.

—El jueves, antes de que entraras al salón y te fueras con Eleazar al centro comercial —le recordé y asintió—. Era virgen de los labios.

—Te quiero matar. Eres un completo imbécil, en serio, Derek. No te entiendo, se supone que te gusta, la besaste, y no fue un beso cualquiera ¡fuiste su primer beso! ¡Y al otro día la tratas horrible! ¿Esa es tu forma de coquetearle a una chica? Porque si es así, solo harás que te odie. Ella te ha estado soportando tantas cosas.

—¿Y qué quieres que haga? —demandé—. En el sentido del romanticismo, ella es tan…

—Derek —habló él—. Julie se conforma con el más mínimo detalle.

—Entonces…

—Llévale un ramo de sus flores favoritas, cántale tu canción favorita o la de ella, llévala a comer helado y no piensen en otra cosa, pedazo de enfermo mental —amenazó y solté una gran carcajada—. Llámale ahorita y dile que irás por ella para ir al parque.

—¿Ahorita? ¿Estás loco? Acabo de discutir con mi padre, no me dejará salir.

—No importa. Hazlo.

Pasé una mano por mi rostro y suspiré. Me costaría otro regaño y quizá mi padre me castigaría, pero ¿qué más daba? Si de casa nunca salía a otro lado, así que sería lo mismo si lo hacía o no. Yo asentí y cogí mi celular, Landon sonrió de oreja a oreja y, sin más preámbulos, me dirigí al contacto de Julie, el cual estaba guardado bajo el nombre de «Ju», ignoré su mensaje y la llamé.

Al segundo tono, contestó.

—¡Derek! —saludó tan alegre.

—Ah-hola, Julie —tartamudeé, rasqué la parte trasera de mi oreja y suspiré—. Te hablaba para decir que si estás libre dentro de dos horas. Necesito hablar contigo.

—Solo déjame pedirle permiso a mi padre.

—Dile que solo iremos al parque que está aquí. —Reí y ella conmigo.

—Está bien. Aquí te espero.

—De acuerdo —murmuré y antes de que colgara, agregué—. ¡Yo iré por ti hasta tu casa!

Landon carcajeó y sentí el calor en mi cara, al parecer Julie no lo escuchó, algo realmente sorprendente porque el chico tenía una risa muy fuerte, porque dejó salir una risilla y accedió. Colgué y me tiré sobre la cama, miré el techo y negué para mí mismo.

—Pareces un quinceañero enamorado —se burló el castaño.

—Cállate —reprendí.

—*Bozz* tiene una cita —dijo en un canturreo.

—Ya detente, Landon —me quejé—. Siento que lo voy a arruinar.

—Tranquilo. —Se acercó hasta la cama y se sentó a un lado—. Sé que lo harás bien.

—¿Cómo estás tan seguro de eso? —Enarqué una ceja.

—Porque confío en ti.

Landon miró su celular y se puso de pie. Yo copié su acción.

—Me tengo que ir —avisó.

—¿A dónde?

—Iré con tu padre por un paquete que han enviado mis padres. Vendrán en una semana, ¡pasaremos diciembre como familia!

—¿Por qué no me dijeron? —cuestioné.

—No le veo la necesidad.

—Landon…

Todo me resultaba extraño, la poca relación con mi padre, el comportamiento que solían tener, también hace dos noches lo volví a escuchar hablar con mi tía. Él le decía que todo estaba de maravilla, que se divertía aquí y planeaba permanecer en la ciudad. Las cosas comenzaban a tornarse… raras. Demasiado.

—No me esperes más tarde. Quedé con Lee para ir a ver unos nuevos videojuegos que acaban de salir, así que me despido, *Bozz*, y te deseo toda la suerte con Julie. Sé que puedes hacerlo.

—¿Bien?

—¡Te quiero, *Bozz*! —exclamó antes de salir—. ¿Puedes cuidar al *Señor Bam-Bam*?

—¿Qué?

Visualicé a su gordo gato entrar a mi habitación y fruncí mi ceño.

—¡Sácalo de aquí!

—¡Derek, por favor!

—¡Odio a tu gato!

—¡Por favor! ¡No le he dado de comer! —Él lo cogió en sus brazos y me miró con un puchero en su boca—. Solo míralo, es una pequeña bola de pelos tan bonita y suave, dale un poco de tu amor.

—No.

—*Bozz, Señor Bam-Bam* te ama.

Me quedé en silencio y suspiré, estirando mi brazo para que me lo diera.

—¡Eres grandioso! —dije lleno de ironía, cogiendo a su gato.

—¡Landon, ya vámonos! —Escuché que mi padre gritó.

—También cámbiale el arenero.

—¿Qué? —hablé horrorizado—. ¡No jodas, Landon!

—¡Gracias, *Bozz*!

Él salió de mi habitación y fruncí más el ceño, echándole una mirada de pocos amigos a *Bam-Bam*.

—¿Qué tienes de especial, bola de pelos? —musité—. Eres lo que más ama mi primo y si te hago daño me terminaría odiando. —Lo elevé, de manera que sus ojos se dirigieran hacia mí—. Nunca te voy a aceptar, la otra vez intentaste comerte a *Fish*. *Ugh*, te detesto, sueltas muchos pelos.

Lo dejé en el suelo y maulló, *Bam-Bam* se meneó un poco y saltó a mi cama, intentando acomodarse entre mis sábanas.

—No, bájate —ordené.

El gato parpadeó y movió sus orejas, ignorándome.

—Jamás te aceptaré —sentencié, señalándolo—. Jamás.

23

El romanticismo

DEREK

Fastidio.

Eso era lo que sentía justamente al estar escuchando como Landon cantaba las canciones que sonaban en el estéreo del vehículo, su iPod estaba conectado y él controlaba la siguiente de cada una.

Eché mi cabeza hacia atrás y me quejé una vez más, maldije en mi interior al no traer conmigo los auriculares. Era un estúpido, estaban encima de mi escritorio y no los agarré porque tenía flojera de regresar por ellos.

No era una buena forma de empezar la semana, mucho menos un lunes por la mañana.

Mi mente estaba hecha un tornado y la música de mi primo no ayuda en lo absoluto. Se suponía que hablaría con Julie el sábado por la tarde, pero una hora antes de la acordada me habló por teléfono avisándome que no podría ir, ya que surgió algo muy importante y saldría con su padre. Se disculpó varias veces a lo que yo solo reí diciéndole que no se preocupara.

Miré hacia la ventana y me volví a quejar, estaba lloviendo, ¿qué le pasaba al clima? Solté un suspiro y sentí un poco de alegría al ver que ya llegamos a la escuela. Sin despedirme de Charlie, ni esperar a Landon, salí del automóvil y troté hasta la entrada para evitar mojarme. Los pasillos estaban llenos y las risotadas comenzaban a ponerme de mal humor, caminé hasta la dirección y, sin tocar, entré a la oficina de mi padre.

—Vine a hacer el examen —avisé, cerrando la puerta detrás mío.

El hombre dejó de mirar los papeles y se dirigió a mí. Hizo a un lado la pila de hojas y, alisando su saco, se puso de pie.

—Tomarás asiento en esa esquina y solo tendrás cuarenta minutos para resolverlo, ¿de acuerdo? —explicó, con la voz serena y firme.

Yo asentí y tomé asiento en la silla que se encontraba cerca del sofá café.

Joder.

Él me estaba quitando diez minutos del tiempo oficial en la aplicación de un examen. Aflojé un poco la corbata del uniforme y mordí el interior de mi mejilla, al instante que me di cuenta de lo que estaba haciendo, dejé de hacerlo. Esa manía era de Julie.

Mi padre puso tres hojas encima del pupitre y me miró con intensidad, yo cogí un lápiz junto a un bolígrafo y comencé a resolver el examen, los ejercicios se me hacían más fáciles, pues ya los hice antes. Los cálculos comenzaron a divagar en mi mente y, en menos tiempo de lo que creí, mi examen ya estaba encima del escritorio de mi padre.

—Con tu permiso, me tengo que ir.

No quise mirarlo, ni siquiera le quería dirigir la palabra, sin embargo, lo tenía que hacer. Salí de su oficina con mi mochila siendo arrastrada por el pasillo, no me importaba en absoluto si se ensuciaba. Solo quería seguir caminando de forma perezosa por todo el instituto, carajo, ya perdí la primera clase y, aunque sabía que papá mandaría un justificante, no me satisfacía en absoluto eso.

Nunca me gustó que lo hiciera.

—La estás manchando. —Se oyó por todo el pasillo.

Me detuve y giré sobre mi propio eje para ver de quien se trataba. De forma automática, mis labios se curvaron y una sonrisa se plasmó en mi rostro. Julie corrió hasta mí.

Yo nunca fui de las personas que demostraban afecto, mucho menos me gustaba realizar cosas cursis, pero quizá por ella, podía a hacer la excepción.

Solté mi mochila y abrí mis brazos, para envolverla en un fuerte abrazo. Su cuerpo era demasiado pequeño, mis brazos se enrollaban alrededor de ella con tanta facilidad que se sentía tan bien. Julie no se ponía ningún perfume, podía olerlo. Solo desprendía el aroma del suavizante de su ropa y el de su *shampoo*.

Me separé de ella y la miré, se pintó el cabello, ahora lo traía de un color castaño. También se encontraba maquillada, los ojos los tenía pintados y alguna clase de polvo cubría sus pómulos.

—¿Te maquillaste?

—Sí —confirmó, achicando su sonrisa.

—Te ves bonita —confesé—. Pero te has delineado mal, las líneas están disparejas, la del ojo derecho te salió de lado.

Sabía de estas cosas por Blake, era amante y una completa obsesionada con el maquillaje, le presté tanta atención que llegué al grado de aprenderme para que mierda servía cada brocha en aquel estúpido estuche dorado.

—Bien, Derek —ironizó, acomodándose su fleco—. Siempre tienes que decir algún comentario tonto.

—No lo son.

Julie entrecerró los ojos y bajó su mirada hasta el cuello de mi camisa, dio un pequeño paso hacia mí y elevó ambas manos para sujetar mi corbata, ella la acomodó y después el cuello de la camisa, pasó su dedo índice por mi barbilla y jugó con el vello facial que comenzaba a crecer.

—Tenías la corbata floja —indicó—. Y quise tocar tu escasa barba.

—Me di cuenta. —Reí—. ¿Por qué has llegado tarde?

—Acompañé a mi papá al hospital. —Hizo una mueca—. Se le bajó la presión, le hicieron unos análisis de la glucosa, no iba a dejarlo ir solo, a pesar de que se negó, terminé yendo.

—¿Está bien?

—Lo está, no me dejaron pasar a consulta con él.

Sabía que su padre consumía mucho chocolate, tal vez eso provocó que se sintiera mal. Landon y ella me comentaron que él solía repartirlos. Ahora que pensaba mejor las cosas, el señor Patrick me detestaba. A mí no me dio.

—¿Sacaste justificante? —le pregunté, mientras levantaba del suelo mi mochila.

—No, es filosofía. —Se encogió de hombros. Yo reí negando.

—Vamos —indiqué, haciendo una seña con mi cabeza para que comenzara a caminar.

No quería ir al salón de clases, no quería escuchar a ningún profesor, no quería hacer tarea, no quería prestar atención. Solo quería quitarme toda la presión que sentía, quería liberarme por un día y quería hacerlo con ella.

Tal vez esto sonaría muy raro viniendo de mí, pero tenía que hacerlo, aunque tampoco quería meterla en problemas.

La sujeté de la muñeca, ocasionando que se detuviera y me mirara con un entrecejo fruncido muy marcado. Dejé salir un suspiro.

—¿Alguna vez te saltaste las clases? ¿O te escapaste de la escuela? —cuestioné.

—No, no, no, ¿por qué?

—Yo tampoco. —Me encogí de hombros—. Hoy será la primera vez que lo hagamos. Los dos. Juntos, Julie.

—¿Qué?

—Solo será por esta vez, por favor.

—¿Y si nos reportan?

—Prometo meter las manos en el fuego por ti, lo prometo.

—Derek…

—Por favor, Julie, no me dejes solo.

Ella me miró y, después de un par de minutos, me di cuenta de que sus ojos no eran tan coloridos a simple vista, pero si te fijabas muy bien, podías ver que también un color miel reposaba mezclado entre ellos. Entonces, fue ahí cuando entendí lo de «los pequeños detalles» de una persona.

—De acuerdo. —Asintió—. Solo por esta vez, ¿bien?

Sonreí de oreja a oreja y, sin quitar mi agarre de su muñeca, me dirigí hasta la salida. El único problema que se me presentaría sería que el portero no nos dejaría salir, aunque la suerte estuvo de mi lado y pude divisar que el hombre no se encontraba allí, apresuré nuestros pasos y, antes de que nos vieran, salimos.

No sé a dónde demonios iríamos o la llevaría, así que repasé en mi mente los lugares que serían adecuados para poder ir, quizá ir a comer o regalarle algo que a mí me gustase y pudiera conocer un poco de mis gustos, miré sobre mi hombro a la chica. Su mirada estaba fija al frente y se dio cuenta de que la estaba observando, ella sonrió sin despegar sus labios y yo le devolví el gesto.

Una idea apareció en mi cabeza.

Lo bueno de que la escuela estuviera casi en el centro, es que podíamos ir a varios lugares, desde el centro comercial a un parque, de una tienda de discos a restaurantes. No supe por cuánto tiempo nos mantuvimos caminando hasta que encontré el local, deshice mi agarré con Julie y me giré hacia ella una vez que estábamos en frente.

—¿Qué raza de cachorros te gustan?

Sabía que extrañaba a *Dougie* y aunque ningún perro se podría reemplazar, al menos quería que volviera a sentir ese sentimiento hacia uno.

No esperé por su respuesta, abrí la puerta y la incité a que entrara primero, cerré detrás de mí y caminé con ella por el lugar. La miré de reojo y me di cuenta de que su mirada iba de un lugar a otro, con un brillo y una gran sonrisa adornando su rostro.

—¡Mira, Derek! ¡Qué hermoso! —exclamó, dando diminutos saltos mientras se dirigía hacia un pequeño Beagle. Uno exactamente igual a *Dougie*.

—Es muy bonito. —Curvé mis labios, acariciando al cachorro—. Escoge uno.

Julie me miró sorprendida.

—¿En serio?

—Sí —dije, metiendo las manos a los bolsillos de mi pantalón—. El que tú quieras. Adoptar un nuevo cachorro puede sanar un poco el corazón.

—¡Gracias, gracias! —repitió. Ella me abrazó y me sentí un poco incómodo que las miradas de las personas que se encontraban ahí, se centraran en nosotros. Yo no me moví, solo esperé a que se alejara—. Qué lindo de tu parte.

—No es nada. —Relamí mis labios—. Iré a ver algo… por allá.

Hice una seña con mi cabeza hacia el fondo de la tienda, ella asintió y me di la vuelta para dirigirme, observé cada cosa y leí para qué servían esos raros… ¿Juguetes?

Cogí algunos de ellos y fui a la parte de peces, busqué comida para *Fish* y, cuando terminé de hacer lo mío, tracé mi camino hasta Julie de nuevo.

—¿Te gusta alguno? —le pregunté y ella asintió— ¿Cuál?

—El cachorro de manchas cafés o aquel negro con gris.

—¿No te gustan los perros grandes? Aunque puedo entender por qué, cuando crezca será más grande que tú —bromeé—. Pero me gusta el peludo ese. Le cortas la melena y tienes a tu mini león.

—¿Cómo un león?

—¡Rawr!

—Rawr —repitió, riendo.

Julie se acercó al chico que se encontraba atendiéndola para que iniciara el proceso. Para apoyar, decidí comprar algunos productos, los llevé al mostrador para que pudiera pagar. Julie se acercó a mí y miró todo lo que escogí.

—¿Para gatos?

—Para el Señor *Bam-Bam* —corregí y me sentí estúpido por agregarle el «señor».

—¿Pero no te caía mal?

—Me cae mal el gato, no mi primo. Él adora a su gordo, perezoso, inservible y feo gato, sé que le gustarán estas cosas. ¡Hey!, tengo corazón, sobre todo cuando se trata de Landon. —Reí y Julie pulió una sonrisa—. ¿Quieres ir a comer? Porque yo sí tengo mucha hambre.

—Claro —murmuró.

Le resté importancia, la chica que se encontraba del otro lado del mostrador me dijo cuánto tenía que pagar, saqué mi cartera para entregarle el dinero. Julie tomó entre sus brazos al pequeño cachorro y comenzó a hacerle caricias.

Eran mejores los peces.

Sostuve la puerta para que ella saliera y después yo, caminamos por toda la banqueta en busca de un buen lugar para comer al aire libre por el pequeño cachorro-sin-nombre. Mis ojos se desviaron hasta una florería y la idea que estaba danzando en mi mente me hizo sentir incómodo, gruñí en mi interior y, antes de que echara todos los pensamientos al fondo de mi cabeza, ya me veía tomando de la cintura a Julie para que cruzáramos la calle.

—¿Qué ocurre? —demandó confundida.

No obtuvo ninguna respuesta por parte mío, al contrario, aumenté nuestra velocidad y me alejé de ella cuando llegamos hasta el otro extremo, fui directamente hasta el señor de playera color café y tragué saliva.

—¿Me da una docena de girasoles? —pedí, sintiéndome tan extraño.

Nunca pedí flores, mucho menos para regalar, ni con mi madre tuve un detalle tan cursi, la única vez que tuve que venir a una floristería fue aquel día que mi padre le compró un enorme arreglo a mamá.

El hombre accedió brindándome una cálida sonrisa. Fue hacia los girasoles y comenzó a escogerlos.

—Girasoles, ¿eh? —Julie irrumpió una vez estuvo a mi lado.

—*Helianthus annuus* —dije.

—¿Qué?

—Ese es el nombre científico de los girasoles —expliqué—. ¿Sabías que su uso y domesticación fue primero en México? Las culturas de ese país los utilizaban como un símbolo a la deidad del sol, los que más sobresalían eran los aztecas y otomíes, igual que los incas en Perú.

—Estás lleno de tantas sorpresas.

—Sí, ¿quieres saber por qué crecen tan altos?

—En serio sabes mucho —expresó—. ¿Te gusta biología? ¿Botánica?

—Detesto esas materias, no me gustan las plantas —admití y quise retractarme.

Mierda.

—Entonces, ¿cómo es que sabes de esto? —demandó, alzando una ceja por lo alto. Había burla en su voz.

Cerré mis ojos durante unos segundos y reí por lo bajo. El señor trajo la docena y me las tendió mientras me decía el precio, yo pagué dándole las gracias, me giré hacia Julie y di un suspiro.

—A una personita especial le gustan estas cosas, y me vi con la curiosa idea de leer algo sobre esto, aunque realmente no me aburrió, me gusta tener conocimiento sobre cualquier cosa. —Sonreí—. Fue por ti.

—¿En serio hiciste eso por mí?

Se sonrojó.

—Sí —murmuré y le extendí el ramo de girasoles, sus mejillas se pusieron más rojas y sentí un cosquilleo. Ese era el famoso cosquilleo—. Me encanta verte sonrojada.

Ella cargaba al pequeño cachorro, así que la invité a que me lo diera y así pudiera tomar bien los girasoles, Julie regresó su mirada a mí y ladeó su cabeza.

—¿Por qué eres así? —habló.

—¿Así cómo?

—Un momento llegas a ser tan… buena persona, pero luego resultas ser un bárbaro.

Le di una sonrisa lánguida y puse todo mi peso sobre una de mis piernas. Mi actitud era tan estúpida y espontánea, no me gustaba demostrarle afecto ante una gran ola o masa de personas, pero cuando ella me encerraba en su burbuja llegaba a hacerla nuestra burbuja y, siendo honestos, me gustaba.

Adoraba que Julie hiciera ese efecto en mí.

Solté una risita y mordí mi labio hacia adentro durante dos segundos para después hablar.

—¿Quieres que te diga por qué los girasoles crecen tan altos?

—Eres increíble. —Río negando, me miró con intensidad y le dio un diminuto golpe a mi nariz—. De acuerdo, ya que hoy no estaré en la clase de biología, me deberías de enseñar un poco.

—Te puedo enseñar tantas cosas.

—Entonces inicia —alentó.

—De acuerdo. —Hice que se pusiera del lado derecho, para que yo quedara del izquierdo que daba hacia la calle—. Las plantas tienen hormonas, pero se denominan hormonas vegetales, en los girasoles, estas le dan fototropismo positivo y eso permite el crecimiento de los tejidos, existen varios tipos de hormonas vegetales, las que...

Comencé explicándole cada cosa, ella levantaba la mano como si estuviese en clases para hacerme una pregunta y yo le respondía, me ponía tanta atención y se sentía bien, porque creía que le aburriría, pero era todo lo contrario, se estaba divirtiendo y se emocionaba. Y a mí eso... me fascinaba.

24

Feliz año nuevo, feliz miseria nueva

DEREK

Diciembre ya llegó y no era mi época favorita, mucho menos me gustaba año nuevo. No tenía idea alguna del por qué a algunas personas les emocionaba pasar al siguiente año, esperando a que esta vez se cumplieran sus deseos. Se me hacía algo tan estúpido por el simple hecho de que, no importaba si era dos mil ocho, dos mil once o dos mil dieciséis, si querías realizar algo lo podías hacer en cualquier momento, al igual que si fue un año muy mierda. ¿Quién no te decía que el siguiente sería lo mismo o peor?

A la gente le gustaba crearse excusas estúpidas para cubrir sus fracasos y, una vez más, volver a arruinarlo el siguiente año.

Las vacaciones de navidad habían empezado desde hacía mucho, Noche Buena nos la pasamos en casa junto a mis tíos, los padres de Landon. Comimos pierna envinada, espagueti blanco, ensalada fría y gelatina, hasta el punto en que sentíamos que explotaríamos, recuerdo que ese día todos terminamos de cenar y nos fuimos a dormir.

Teníamos dos meses de vacaciones, pasé todas las materias como era de costumbre al igual que Landon, por otro lado, Julie logró pasar el examen. Mi examen. Como era de suponerse, sacó noventa y ocho, la profesora no lo creía, pero después de que Landon le dijera que la estuvo ayudando en los últimos meses, pareció algo más creíble.

La sonrisa que se esparcía por toda la cara de Julie me hacía guardar mis comentarios tan negativos del mes de diciembre, a su lado, Landon la ayudaba a encender una luz de bengala, ambos emocionados por ello.

—Ojalá se quemen —deseé, cruzando mis brazos por encima de mi pecho y soltar un suspiro.

—¿Ese es tu deseo para año nuevo? —inquirió Landon con burla.

—Aún no es año nuevo. —Puse los ojos en blanco—. Falta menos de una hora para que sea primero de enero.

Nos encontrábamos en el patio trasero de la casa de Julie, su padre estaba dentro. Por lo que nos comentó la chica, él quería preparar la cena, ella le habría brindado su ayuda, pero su padre se negó en rotundo.

Landon y yo salimos de casa con la excusa de que iríamos a comprar «algo» que decidimos denominar como eso mismo, «algo». Estuvimos dos horas y media fuera de casa, y aunque las llamadas aún no comenzaran a atacar nuestros celulares, sabía que cuando llegáramos los regaños serían lo primero con lo que nos recibirían.

Sentía una pizca de felicidad, porque después de tanto tiempo, volvería a pasar un año nuevo con mi primo, antes, siempre fuimos mis padres, Charlie y yo.

Mis pensamientos se desviaron a Julie, quien ahora corría por todo el patio siguiendo a Landon porque le robó su luz de bengala. Ella celebraría este día solo con su padre, aunque, no sería la primera vez que lo hacían los dos, ¿o sí? A veces me resultaba tan impresionante como es que ella seguía siendo tan risueña pese a todo este asunto de su madre con el señor Patrick.

Bajé mi mirada hasta mis pies al sentir la presencia de algo, o más bien, de alguien.

Oh vaya.

—Hola, bola de carne con pelos —saludé al pequeño cachorro. Miré a mis lados y luego regresé a él, deshice mi cruce de brazos para inclinarme a alcanzarlo y cogerlo—. ¿Cómo te va?

Sabía que no me respondería.

—¡*Marshall*! —acercándose, la chica gritó.

El cachorro no le hizo caso, al contrario, acogió una mejor comodidad entre mis brazos y no se movió.

—Es una pequeña bola de carne con pelos muy aprovechada —indiqué, asintiendo mientras pestañeaban varias veces, dándole un toque burlón.

—El hijo de ustedes es hermoso. —Landon se metió en la plática, mirando a cada uno con gracia—. Sacó lo precioso de Julie y lo apestoso de Derek.

La chica se sonrojó y dirigí la mirada hasta mi primo, molesto.

—No es nuestro hijo —reproché haciendo énfasis—. Es solo de ella.

Le regresé el cachorro a Julie quien lo tomó al instante y relamí mis labios, el chico me observó detenidamente mientras ocultaba su enojo. Él quería meterme un golpe justamente en ese momento.

—Derek tiene razón, Landon —Julie mencionó.

—Sí, la tengo —afirmé, mirándolo. El ceño de él se frunció.

—Tienes muchos pelos de gato en tu ropa —se burló Julie de Landon.

—Eso pasa porque duerme con su feo gato.

—No, en realidad, los pelos de *Bam-Bam* son parte de mi vestimenta, me aceptan así o se joden.

—Me jodo —preferí—. Es hora de irnos, ya es algo tarde.

—Bien, ojalá la pasen bien —dijo Julie alegre—. Disfruten la cena y Feliz Año Nuevo.

—Aún no es año nuevo —repetí lo que minutos antes dijo.

—Ya cállate por un demonio, Derek —farfulló Landon de mal humor—. Hasta luego, Julie. Disfruta la noche, quizá más al rato venga solo para saludar.

Él se acercó hasta ella y besó su frente, dedicándole después una sonrisa cálida, giró sobre su propio eje y me miró con desaprobación. Yo pasé por alto su acción y moví mis ojos de un lado a otro.

Exageraba demasiado, al que le tenía que preocupar si la estaba regando con la chica tenía que ser yo, no a él.

—Nos vemos después —murmuré, agitando mi mano y salir de la escena.

Teníamos que pasar por fuerza dentro de la casa, así que me preparé para mirar al señor Patrick, quien lo encontré despidiéndose de Landon, el hombre me miró y me saludó con una sonrisa, tenía un delantal verde y me resultaba gracioso aquello.

—Hasta luego, Derek —se despidió—. Y feliz año nuevo para ambos.

Quería decirle que aún no era… Ah, a la mierda.

—Igualmente, señor Patrick —murmuré, apretando mis labios en una fina línea.

Sin más que decir, salimos de la casa. Teníamos que irnos caminando, metí las manos dentro de los bolsillos de mi campera y miré a Landon, sin embargo, él ya se encontraba caminando con rapidez por la acera. Saqué mi celular para ver la hora, faltaba poco para que dieran las doce. Regresé mi vista a la gente y lo seguí en silencio, pero él aumentaba la velocidad cada vez que daba un paso.

—¡Hey! —pronuncié por lo alto, tratando de llamar su atención, pero no me hizo caso, lo volví a intentar varias veces y obtuve el mismo resultado—. ¿¡Quieres dejar de ignorarme y detenerte!?

Él se detuvo, y se volteó rápidamente para dar grandes zancadas y llegar hasta mí con un ceño estaba fruncido.

—Eres un idiota. De verdad, Derek, el mayor idiota que pude haber conocido en estos momentos —masculló enojado.

—Si lo dices por lo que pasó en casa de Julie…

—No pronuncies su nombre —me interrumpió, apuntándome con un dedo—. Eres un asco, Derek.

Nos encontrábamos en pleno parque. Ahora, fui yo quien frunció su ceño, sin entender lo que estaba ocurriendo, tenía entendido que actuaba muy mal ante Julie, también sabía que era un asco frente a las personas con mi actitud un poco errónea o tal vez demasiado errónea, pero no entendía su protección hacia la chica.

—¿Te gusta Julie? —demandé, algo cabreado por mi propio pensamiento.

—¿Qué? ¡No! —negó, dando dos pasos hacia atrás—. No me gusta.

—¿Entonces? ¿Por qué actúas así? —ataqué—. ¿Qué demonios quieres que haga?

—Eres un idiota —farfulló—. Si no la quieres, entonces deja de ilusionarla. No merece que la estés confundiendo. ¿Qué diablos pretendes, Derek? Un día eres el chico más agradable y romántico del mundo, y al otro el mismo parásito que siempre sueles ser.

—¿Te quieres callar?

—¿Por qué me callaría? ¿Por qué todo lo que digo es verdad? ¿Por qué te cala? Sabes que tengo razón… ¿Quién eres? Joder, cambiaste demasiado.

—Sigo siendo el mismo. Landon, no nos vimos en un par de años, es lógico que quizá mis pensamientos hayan cambiado, pero, no puedes llegar de un día para otro a la casa de mis padres y decir que viniste a terminar el año aquí, es más ¿por qué estás aquí?

—¡Eso no importa ahorita! —exclamó harto—. ¡Dime tú, ¿por qué eres tan apático!?

—¿Apático? ¡No soy apático! ¡Estás haciendo un drama solo por ella!

Joder, parecíamos dos esposos peleando por un tercero.

—*«Ella»* —repitió, haciendo comillas—. Me molestas demasiado. No te acerques, estoy muy enojado.

—¿Y qué harás? ¿Me vas a golpear? —me burlé.

—Por estas cosas prefiero que Julie se aleje de ti —confesó, dándose la vuelta para comenzar a caminar.

—¿Se aleje de mí? —me pregunté a mí mismo. Alcé la mirada sintiendo como mi cuerpo comenzaba a reaccionar—. ¡Mejor lárgate, Landon! ¡No te soporto!

Se detuvo al instante que terminé mi frase, rápidamente giró sobre su propio eje y caminó con pasos firmes.

—¡No te preocupes, pronto lo haré! —gritó—. ¡De todos modos soy yo quien ya no te soporta! ¡Nadie te soporta, Derek! ¡Julie solo te soporta porque yo le he dicho que sea perseverante contigo! ¡Ni siquiera tus padres te soportan!

—¡Por lo menos mis padres si están al pendiente de mí!

Y me arrepentí de decirlo.

El rostro de Landon cambió por completo, yo me quedé estático en mi propio lugar, él respiró hondo y me miró fijamente. Todo a nuestro alrededor se silenció, como si una bomba hubiese explotado y dejándonos a todos sordos.

—Tienes tanta razón —murmuró, dando una risa amarga.

—No, no… Landon, lo siento. No quise decir eso.

Traté de acercarme, pero él se alejó.

Maldita sea.

—Basta, Derek. No siempre podrás remediar lo que destruyes, porque eso es lo que últimamente haces, destruir lo más cercano a ti —replicó, intenté dar un paso hacia él, pero agitó su mano, negándome—. Aléjate, déjame en paz, solo… no te acerques.

Me dio la espalda y continuó con su camino a la casa. Mientras tanto, yo me quedé de pie en el mismo sitio, mirando la manera en que se alejaba. Lo sabía, arruiné todo desde esa noche…

De pronto, se oyeron las explosiones y el cielo se llenó de luces artificiales.

Feliz Año Nuevo.

25

El hilo rojo

DEREK

Mi mano sostenía la cuchara mientras jugaba con los cereales que había en el tazón, elevé mi vista hacia Landon, jugaba con su celular y, a diferencia de mí, él comía un sándwich.

No hablábamos desde hace tres días después de lo ocurrido en el parque, cada vez que intentaba a hacerlo, él no estaba. Se pasaba más tiempo fuera de casa, salía muy temprano y regresaba tarde, escuché a su madre llamándole la atención, a lo que Landon solo le respondía vacilante.

Ayer salió con mis tíos, tuvieron una charla antes de salir, no tenía idea de qué trató porque no pude escuchar. Temía demasiado que se regresara a Vancouver con ellos, conocía a Landon, por lo que era capaz de hacerlo. Él se dejaba llevar mucho por sus emociones y justo ahora se encontraba dañado por mi culpa.

Lo miré de reojo. Tenía un pésimo aspecto, los huesos de sus mejillas se comenzaban a notar mucho, su piel estaba adquiriendo un color diferente al usual, podía ver su semblante cansado y como si estuviera lidiando con algunas cosas que no le contaba a nadie.

—¿Te sientes bien? Pareces mareado.

Él relamió sus labios y no dijo nada.

—Landon —insistí.

Quise volver a abrir la boca para tocar el tema de hace unas noches, pero él se puso de pie y salió de la cocina sin mirarme.

—Vamos, *Señor Bam-Bam* —lo escuché llamarlo.

Suspiré.

No podía quedarme así, no me sentía bien, no cuando sabía que yo tenía toda la culpa. Tomé una gran bocanada de aire y dejé caer la cuchara, me levanté del taburete y tomé el tazón de cereales para ponerlo dentro del refrigerador.

Mis padres salieron con mis tíos en plan cita para mayores, comprarían la comida que se prepararía para el fin de semana. El cumpleaños de Charlie sería pronto y planeaban celebrarlo por adelantado.

Me dirigí hasta mi habitación y tomé mis cosas, fui al baño para lavarme los dientes y revisé la hora, no era tan temprano, cogí mi cartera y conté cuánto dinero tenía. Era suficiente. Tenía que serlo.

Le di de comer a *Fish*. Me gustaba observarlo cada vez que comía, me daba mucha paz.

Terminé buscando en mi celular el número del padre de Julie y marqué.

Al principio creí que se negaría, sin embargo, después de hacerme muchas preguntas, sin estar muy convencido, accedió si él estaba presente.

Sin avisarle a nadie, salí de casa. A estas alturas, no me importaba si mi padre se enojaba o me castigaba quién sabe por cuánto tiempo, me estaba aburriendo de estudiar cada vez que tuviera tiempo libre, lo cual se resumía a: siempre.

Tomé un taxi y le indiqué a donde quería ir, en menos tiempo de lo que creí, llegamos. Le pagué y salí del auto para ir al trote hasta el lugar. Una vez dentro, comencé a ver cada obra, tal vez podría escoger mis favoritos o los que en realidad quería compartir. Escogí algunas y, finalmente, pagué por ellas.

No sé por cuánto tiempo estuve dando vueltas por todo el centro para poder conseguir todo lo que necesitaba, las personas me veían raro mientras otras me daban miradas enternecidas. Traté de ignorar lo ridículo que me veía y apresuré mis pasos. En estos momentos necesitaba el auto de papá.

Un taxi se detuvo apenas vio la pequeña señal que le hice, el hombre se bajó rápidamente para ayudarme con las cosas y guardarlas en el maletero.

—¿Para la novia? —preguntó con una sonrisa.

Contestarle mal no estaba entre mis planes esta vez. En lo absoluto. No me encontraba para nada frívolo y quizás por primera vez quería tener una conversación con alguien a pesar de que fuera un completo desconocido.

—Algo así. —Reí con nerviosismo.

Me subí al auto y dejé salir un suspiro, el hombre se adentró, bajándole a la radio y preguntarme hacia dónde iba, le di la dirección y comenzamos el recorrido.

Mi mente venía idealizando tantas cosas, mi celular sonó indicando que había un mensaje y lo leí, yo reí por lo bajo y respondí de vuelta. Minutos después, me encontraba en frente de la casa de Julie, le pagué al señor y bajé, abrió el maletero y saqué todas las cosas.

Él me mencionó un «suerte» y le agradecí por ello.

Caminé hacia la puerta y la empujé con suavidad, estaba abierta. Escuché la voz del señor Patrick y la de Julie desde la cocina viéndome en la necesidad de apresurar mis pasos hasta el salón donde se encontraba *Milo*.

Me adentré y dejé las cosas en el suelo. De inmediato, comencé a poner todas las cosas en su lugar. Estaba rezando en mi mente para que todo saliera bien, que su padre no se enojara, pero, sobre todo, que a ella le gustara.

Eché un vistazo a lo que hice y solté un suspiro, tan agotador como nervioso. Escuché como la suave voz de la chica se acercaba y supe que era hora de hacer lo que planeé durante dos noches. Me deslicé detrás del piano y, agachado, esperé a que ella entrara. La puerta se abrió dejando que se oyera el sonido exterior, ella murmuró algo, quizá hacia su padre o para sí misma.

Me dije mentalmente que no debía entrar en la fase de cobardía y terminar con esto, así que me puse de pie, dejando mi cuerpo a su vista, su mirada se fijó en mí y, ligeramente, frunció su ceño. Sabía que estaba confundida, y para ser honestos yo también. El ramo de rosas blancas con dos girasoles a lado se encontraba encima de *Milo*, caminé hacia ella y por encima de su hombro vi que su padre nos miraba, antes de que se fuera, movió sus labios dejándome en claro un «te observo».

Los labios de Julie se entreabrieron y su gesto cambió. Ella no se movía de su lugar, solo se dedicaba a mirarme, mis piernas estaban algo entumidas por el mismo sentimiento de timidez que sentía. Sin embargo, al acercarme a su anatomía. Yo solté todo el aire que acumulé en mis pulmones y esbocé una sonrisa tierna.

—¿Me permites tu mano? —le pregunté.

Julie, algo insegura, elevó su mano derecha hacia mí y la tomé, cogí su dedo meñique y amarré un extremo del hilo rojo, regresé mi mirada a sus ojos. Ella mantenía una pequeña sonrisa.

—Quiero que recorras todo el camino que he trazado con el hilo por todo este salón. Hasta el final, ¿sí?

—De acuerdo. —Asintió.

Di un paso hacia atrás, incitándole a que iniciara. Ella me dio una última sonrisa y comenzó a caminar, pasó por el ramo de rosas y los girasoles, después por la caja de chocolates que tanto le gustaban a ella, observó las cuatro obras que escogí especialmente para ella, y al llegar al libro de partituras dio un grito de alegría. Desvié mi vista y di unos cuantos pasos hasta *Milo*, tomé asiento y sin que ella lo viera tomé el final del hilo y lo amarré a mi dedo meñique.

Alcé mi mirada.

—¿Sabes? —inicié—. Cuenta la leyenda que las personas destinadas a conocerse tienen un hilo rojo atado en sus dedos, principalmente el meñique —mencioné y ella me miró, sus pasos se alentaron, pero continuó—. Se dice que el hilo nunca desaparece y permanece constantemente atado, a pesar del tiempo y la distancia. No importa lo que tardes en conocer a esa persona, tampoco el tiempo que pases sin verla. El hilo se puede estirar o contraer, pero nunca se romperá, porque tarde o temprano se encontrarán.

Julie haló el hilo y se dio cuenta de que terminaba donde yo me encontraba. Sus ojos brillaron. Me puse de pie y me acerqué a ella, elevé mi mano enseñándole a lo que me refería junto a una sonrisa.

—La verdad es que no sabía de qué forma pedirte que fueras mi novia, así que intenté usar lo que aprendí cuando estudiaba.

—Ha sido la forma más bonita que he visto en mi vida —confesó. Nerviosa, con las mejillas rojas y hermosa.

—Me alegra que te haya gustado. Hice lo mejor que pude hacer, y siento que merecías más que esto.

—¿Lo dices en serio? Para mí fue muy lindo, demasiado.

—Me alegra oír eso, Julie. —Reí—. Entonces, ¿aceptas?

Su sonrisa se agrandó, enseñándome esas pequeñas arrugas en la esquina de sus ojos. Me sentí la persona más afortunada del mundo.

—Sí, Derek.

Después de todo, Landon tenía razón. Ella era una grandiosa chica que, a pesar de todo, me quería y seguía aquí. Di un corto paso y tomé su barbilla. Quería besarla.

Sentí como se tensó y, antes de tocar sus labios, murmuré:

—Solo intenta moverlos al compás de alguna melodía cuando tocas el piano.

Sus labios eran suaves, creo que me gustaba demasiado esa textura. Julie hizo el primer movimiento y sonreí en medio del beso. Se sentía cálido, no era uno apresurado. De hecho, era el beso más lento que di y me gustaba porque podía sentir perfectamente cada toque que daba.

Julie fue quien se alejó de mí. Me observó y llevó su dedo índice hasta mi rostro, sabía lo que haría. Tocó la punta de mi nariz y la aplastó.

—Haz bizcos —pidió.

—Detesto hacer bizcos.

—Wow, eso es algo nuevo en ti —dijo con sarcasmo.

—Es ridículo, tienes que admitirlo —sentencié—. Pero está bien.

Hice lo que me pidió, ocasionando que ella comenzara a reír. Me gustaba mucho su risa, no era tan ruidosa, solo algo calmada con buena vibra, coqueta y linda.

—Te ves muy lindo —admitió, ladeando su cabeza.

—Tú te ves más linda —musité y besé la punta de su nariz.

Saqué las llaves de casa y abrí la puerta. Todo estaba en silencio, no había señales de que mis padres ni tíos estuvieran, ni siquiera Charlie. ¿Landon habrá salido? ¿Con ellos o aparte?

Cerré la puerta detrás de mí y caminé hacia las escaleras para dirigirme a mi habitación. No quería cenar, el señor Patrick compró pizza y comí hasta que no pude respirar, no me quejaba, hoy fue un buen día.

Al llegar arriba, escuché un ruido que provenía de la habitación de Landon y fruncí mi ceño. Él seguía aquí.

Cambié mi rumbo y quise abrir la puerta, pero el seguro me lo impidió.

—¿Landon? ¿Qué haces?

Di unos golpes a la puerta, intentando llamar su atención. Silencio.

—Oye, solo dime que…

—Nada —me interrumpió—. ¿Qué quieres?

—Pensé que no estabas —dije—. ¿Podemos hablar?

—No tengo ganas de hablar, Derek. Vete.

Mordí mis labios y cerré mis ojos, sintiendo culpable. No escuchaba ningún ruido en el interior y yo me comenzaba a irritar. Rasqué mi cabeza y respiré hondo.

—Yo, lo siento —admití—. Lo siento mucho, jamás me doy cuenta de las cosas que digo. Siempre escupo lo que pienso y sé que soy el mayor idiota de todos, no me lo tienes que decir, lo sé a la perfección, pero no quiero seguir así, eres como mi hermano y te adoro, lo digo en serio. —Apoyé mi frente contra la puerta y solté un suspiro—. No quiero que te vayas, no planees regresar a Vancouver de nuevo, por favor.

Landon no respondió, ni siquiera sabía si me estaba escuchando. Tal vez estaría insultándome de mil maneras o quizá me odiaba y en realidad lo hice sentir muy mal por todo lo que mi lengua viperina soltó aquella noche.

—Necesito que nos volvamos a hablar, necesito que me molestes, que volvamos a hacer lo mismo de antes. Puedo cantar la canción de los cubitos si me lo pides, también puedes llamarme *Bozz* en público. Lo que dije esa vez fue mentira. Te necesito, Landon —continué. Me di la vuelta y apoyé mi espalda contra la puerta, dejándome caer al suelo—. Gracias por regresar. Me hacías mucha falta. Sé que soy muy odioso, sé que nadie me soporta, tampoco mis padres. Creo que llegué a hartar a la única persona que en realidad lo hacía. ¿Te confieso? Intento ser perfecto ante mi padre, para que al menos una persona se sienta orgullosa de mí, para sentir que sirvo de algo… que puedo ser lo que él quiera. —Mis ojos ardieron, llenándose de lágrimas—. Intento ser el mejor con el objetivo de no ser otra decepción más en su vida. Intenté demostrarte que no te necesitaba, pero no puedo.

Pasé las yemas de mis dedos por debajo de mis ojos y reí lleno de melancolía.

Necesitaba que me dijera algo.

—*Dink*, no te vayas, quédate —pedí—. No otra vez. Eres mi hermano y te quiero como tal.

Tenía esperanzas de que dijera algo, pero no lo hizo, por lo que me mantuve en silencio durante unos segundos. Apreté mis ojos e hice lo primero que vino a mi mente.

—*Nos encanta ser cubitos, los cubitos dubi du, los cubitos dubi du, todo el día los cubitos dubi du. Me llamo Bozzy me gusta estar aquí, soy cubito dubi du…*

Hubo un silencio.

Por favor, por favor…

Necesitaba que lo continuara.

—*Me llamo Dink* —continuó en un susurro—. *Siempre pienso todo así me divierto haciendo dubi dubi dubi.*

Sonreí. Limpié las lágrimas y solté un suspiro.

—Lo siento —dije—. Perdóname.

La puerta se abrió y me puse de pie para darle la cara, aunque la luz estaba apagada.

—Perdóname tú, Derek. —Su voz sonó ronca y entrecortada—. Tú eres quien tiene que perdonarme.

—Claro que no, ¿de qué hablas? —pregunté, confundido.

—Sí, sí, tienes que hacerlo. Yo he sido un egoísta.

Y fue en ese momento que me di cuenta de que se encontraba llorando.

Encendí la luz del pasillo y lo miré. Sus ojos estaban rojos e hinchados, estuvo llorando, y al parecer, desde hace rato. Tenía ojeras y se encontraba muy pálido. Sí, admito que estuvo viéndose mal en los últimos días, pero ahora, justo ahora, se veía fatal.

Su piel daba un aspecto seco, como si estuviera deshidratado, su labio inferior temblaba y creía que en cualquier momento se desvanecería.

Me acerqué a él, llevando mis manos a su rostro, ante mi tacto, pude sentir la temperatura de su cuerpo.

—Mierda, Landon, tienes fiebre —mencioné preocupado—. ¿Qué te ocurre?

—Estoy bien. —Negó, intentó alejarme, pero no tenía muchas fuerzas.

Estaba agotado.

—¿Bien? —dije incrédulo—. Estás fatal.

—Me siento fatal. —Se rio de él mismo—. No puedo ubicarme y mis huesos…

—¿Tus huesos qué?

—Duelen.

Me alejé un poco de él y saqué mi celular.

—Voy a llamar a…

—¡No! —gritó—. ¡Estoy bien! ¡Estoy bien! —repitió empujándome, se sostuvo del marco de la puerta y me sonrió—. Estoy bien, Derek.

—Landon…

—Perdón —dijo de nuevo, y se talló el rastro—. Me duele, me duele todo el cuerpo… Yo intenté, lo intenté demasiado… pero… me duele…

Su hilo de voz se cortó, eso fue lo último que dijo antes de que ver su cuerpo desplomarse y yo pudiera sostenerlo.

26 La felicidad no es para siempre

DEREK

Cinco años. Cinco años desde que ya no me mordía los labios por nerviosismo, a pesar de que me costó mucho para dejarlo, lo logré.

Bueno…

Creí lograrlo.

Mis ojos fijos en un solo punto, mis manos dentro de los bolsillos de mi pantalón, con mi espalda apoyada contra aquella pared azul y mis dientes mordisqueando mi labio, una y otra vez, estaba seguro de que me lo lastimaría. Claro que lo haría.

Yo no era religioso, jamás me consideré uno. Mamá siempre nos obligaba de pequeños a ir con ella a la iglesia, nosotros llorábamos o nos dormíamos mientras la misa pasaba, hasta que crecimos y cada uno decidió dejar de acompañarla.

Pero ahora, ahora me encontraba rezándole a Dios, mi madre decía:

«Si una vez lo necesitas, háblale con el corazón, él siempre te escuchará.»

Yo solo negaba con la cabeza mientras la miraba con cara de «¿es en serio?». Aunque en este momento, necesitaba que me escuchara, necesitaba que hiciera caso a mis súplicas.

—Derek —susurró mi madre a lado.

Alcé mi vista, preocupado.

—Cariño, tienes que calmarte.

—Pero Landon. —Negué—. ¿Lo viste? Estaba mal.

—Derek. —La voz de mi tía sonó a mi lado, siendo casi una súplica—. Tienes que ser fuerte por él.

Mi ceño se frunció y dejé de comprender lo que me decían. Ella quiso volver a hablar, pero mi atención fue hacia alguien más. Mi pulso comenzó a acelerarse y la inseguridad me invadió, ese sentimiento de incertidumbre regresó. Me alejé al instante de la pared para acercarme a la doctora, quien se puso frente a nosotros y nos regaló una sonrisa a medias, una tan diminuta, una que solo la daba por respeto y no porque le alegrara decirnos lo que fuera decir a continuación.

—¿Familiares de Landon Fairchild?

—Somos nosotros. —Mi tío se acercó—. Soy su padre.

La mujer asintió y nos miró una vez más antes de volver a su tabla, leyó algo lentamente, causando que mi desesperación aumentara. Con una mano hice a un lado a mi madre, intentando ver más allá.

—¿Cómo está él? ¿Se encuentra bien? ¿Por qué se desmayó? —lancé varias preguntas, intentando tener respuestas de inmediato. Estaba al borde del pánico.

—Por ahora se encuentra estable —pronunció y sentí un poco de tranquilidad—. Despertó cuando le estábamos extrayendo sangre y murmuró cosas que se nos costó entender. Le tuvimos que hacer algunos análisis y… Siendo sincera, el estado de salud de su hijo es grave.

—¿Qué quiere decir eso? —cuestioné.

Mierda.

Sabía muy bien que significaba eso. Landon estaba mal. No estaba bien. ¡Pero era algo que no podía evitar preguntar, quería al menos escuchar algo que no fuera lo que mi mente comenzaba a imaginar! ¡Entraría en una crisis!

—¿Estaban enterados de la situación del chico?

—Sí. —Mis tíos dijeron al mismo tiempo.

Parpadeé varias veces y los miré desconcertado.

—¿Qué situación?

—Derek —suplicó mi madre.

—¿Qué situación? —exigí saber.

La doctora me dio una mirada de soslayo y apretó sus labios. Intenté dar un paso al frente, pero mi tío me lo negó. Sentí la mano de mi padre envolverse en mi brazo para que pudiera centrarme en él.

Su semblante mostraba culpabilidad.

Y hacía muchísimo tiempo no lo veía de tal modo.

—Derek, Landon está enfermo —me comunicó—. Landon tiene… —Hizo una pausa y tragó saliva—. Tiene cáncer de huesos.

Colapsé. Y no en el sentido literal, no colapsé al suelo, fue uno emocional, mi mente se nubló por completo, sin embargo, aún pude reaccionar, solo para poder unir mis fuerzas y preguntar una sola cosa a la doctora:

—¿Cuál es su grado o etapa?

—Ya ha hecho metástasis —informó.

Y sabía qué significaba eso.

—¿Metástasis? Es decir, ¿ya no se puede hacer nada? ¿De verdad el cáncer lo está matando? —Mi voz tembló—. ¿Es tarde?

—Amor. —Mamá intentó abrazarme, pero me alejé.

—¿Ustedes sabían? —pregunté a mis padres—. Joder, ustedes sabían. Me lo ocultaron, ¿por qué?

—Landon nos lo pidió. Te quiso proteger, y nosotros lo hicimos también.

Tragué saliva, y sentí como aquella presión en el pecho comenzaba a hacer presencia. Me comenzó a doler, el sentimiento de tristeza me consumía poco a poco. Necesitaba llorar, quería llorar.

—No, no es cierto…

—Está muy avanzado —continuó la doctora—. Tuvimos que sedarlo porque se quejaba demasiado del dolor en la rodilla, al parecer el tumor empezó ahí, pero actualmente recorrió gran parte de su cuerpo. Aún no entiendo cómo fue que aguantó tanto.

—Él siempre ha sido fuerte —susurré, sintiendo como mi voz se quebraba.

—Tiene las defensas muy bajas, su peso no es correcto y tiene moretones en los brazos, como si se estuviese inyectando algo, le haremos más pruebas y análisis, solo para disminuir el dolor. Sin embargo, creo que tendremos que amputar la pierna.

—¿Qué? —dijimos en coro.

—Se supone que ya no se puede hacer nada, ¿para qué mutilarlo? —ataqué, frustrado y enojado por lo que estaba pasando.

—Lo sé, pero tenemos que hacerlo, el dolor que está sintiendo es insoportable, y no es solamente una vez a la semana, es diario, a cualquier hora…

Yo me negué y pasé mis manos sobre mi rostro. Esto no estaba pasando.

—¿Puedo pasar a verlo? —pedí, interrumpiéndola—. Por favor, necesito verlo.

—De acuerdo, pero está durmiendo.

Yo asentí y sin esperar algo más, me dirigí a la habitación, mis pies se movían con velocidad por el suelo del hospital, tragué saliva una vez que abrí la puerta y me adentré.

Después de tanto tiempo, de haber escuchado todo lo que ocurría, me quebré. Al verlo en la camilla, durmiendo con varios tubos, unos saliendo de su nariz, otros en su mano, brazos, verlo tan pálido… ¿Cómo demonios no me di cuenta del cambio que había sufrido? ¿Cómo fui tan estúpido de pelear con él? ¿Por qué le estaba ocurriendo esto a él?

Landon siempre fue una gran persona. Él nunca fue malo con nadie, siempre ayudaba a los demás. Él te daba ánimos para que siguieras, si tu día estaba siendo pésimo, te brindaba la mano para mejorar.

¿Por qué a las mejores personas le pasaban cosas malas?

Me quedé al final de la camilla, de pie, observándolo.

Lloré, lloré porque no podía a hacer nada para salvarlo. No podía hacer que parara su dolor. Porque no podía pedirle que no se diera por vencido, que yo le daría fe, no podía porque yo ya la acababa de perder.

Quería decirle que, si caía, yo estaría ahí para levantarlo, para darle la mano y que continuara, pero ya no se podía porque ya era tarde para hacerlo, porque él ya cayó y se hundió.

—Te juro que si pudiera darte mi vida lo haría —musité—. Si pudiera sanarte, lo haría. Mierda. No te vayas, *Dink*.

Sollocé.

Rasqué mi cabeza desesperado. Desesperado porque no podía hacer nada. Nada. Él se iba a morir y no podía evitarlo. Dolía. Dolía porque sabía que se iría. No era una muerte espontánea. Era una que tenía fecha y te tenías que despedir quisieras o no. Y tal vez sabría la fecha. Pero no sabía cómo mierdas lo haría.

¿Cómo se supone que te despides de alguien para siempre? De alguien que sabes que jamás volverás a ver…

—No sé qué hacer, no sé qué hacer —repetía—. Joder, regresaste y te volverás a ir… —Trataba de ahogar mis sollozos, pero era imposible, con el paso de los recuerdos que se hacían cada vez más fuertes. Me dejé caer al suelo, agotado por mi dolor y agonía—. Cómo es de curiosa la vida. Bien dicen que no ves lo que tienes hasta que lo pierdes. Qué no valoras. Qué no amas. Y eso me hace sentir mil veces peor, porque te voy a perder y después de que te traté tan mal, pésimo, que no valoré lo que hacías por mí, quiero que te quedes. Soy un hipócrita.

Respiré hondo y me puse de pie, me limpié las lágrimas, me sorbí la nariz y froté con el dorso de la mano para limpiarme, me acerqué más y fruncí mi ceño, ¿cómo no me di cuenta antes? ¿En serio tenía que ocurrir esto para que dejara de ser tan basura? ¿Tenía que perder a mi primo para darme cuenta y valorarlo?

La persona que más confió en mí cuando yo desconfiaba hasta de mi propia sombra, se iría. Se iría para siempre y yo no podía hacer nada.

Esa maldita enfermedad lo alejaría de todos sus seres queridos, le arruinó la vida, se la acortó, lo dejó a medias… No le permitió cumplir sus sueños, los que de niño me decía cuando hablábamos de ellos.

Él ya no los cumpliría más.

Y recordar que mi día empezó bien y ahora, ahora todo era una completa mierda. Reí con dolor, porque la vida era una puta ruleta, jamás sabrías que te tocaría en cualquier momento. Ni siquiera sabía qué hacer ahora, llorar no solucionaría nada, mucho menos sanaría a mi primo.

—Vaya, tenía todo y ahora tengo nada —me lamenté, relamí mis labios y solté un suspiré—. Es ese momento en el que tienes todo y nada a la vez.

27

Te quiero

DEREK

Lavé mi cara con mis manos que se encontraban húmedas y elevé mi vista para observar mi reflejo en el espejo. Mi cabeza dolía y me sentía cansado. Realmente estaba cansado. Respiré hondo y cerré mis ojos, mordí mis labios mientras me lamentaba. Oí como la puerta se abría y supe que alguien más entraba, así que después de unos segundos, di un resoplido, abrí mis ojos y salí del baño.

Los pasillos del hospital estaban desolados y recordé lo tanto que detestaba este lugar, llegué a la habitación donde se encontraba Landon y abrí poco a poco la puerta.

Mis padres no se encontraban, fueron a casa junto a mis tíos. Ellos vendrían más tarde, mientras tanto, yo me quedaría aquí con mi primo, Julie se encontraba aquí con nosotros.

Al enterarse, se dedicó a abrazar a Landon y las lágrimas jamás abandonaron sus ojos. Landon estaba afectando a demasiadas personas, y lo cual era muy difícil de poder sobrellevar para cada uno de nosotros.

Él aún dormía. Me puse en frente de la camilla y me crucé de brazos, mirándolo con detenimiento.

—¿Quieres dejar de hacer eso? —habló Landon con la voz ronca y los ojos cerrados.

Una punzada se hizo presente en mi pecho al oírlo.

—¿Hacer qué? —inquirí con la voz firme.

—Mirarme con lástima o como si te sintieras culpable con lo que está pasando. —Me miró con el ceño fruncido y esbozó una sonrisa—. No me duele.

—No es lástima —negué y sentí el nudo en mi garganta—. Es solo que… siento tanta impotencia, porque no importa lo que haga, nada podrá evitar lo que sucederá.

Ambos nos quedamos en silencio, él bajo la mirada hasta sus dedos y yo la desvié a la ventana. Esto era tan mortificador que por un segundo quise morir igual.

Todo esto era tan jodido. La vida era una perra, una completa perra que no respetaba el tiempo, ni los momentos. La muerte llegaba a cualquier hora y salía a relucir de cualquier manera, sin ningún aviso. Solo sucedía.

—No encontré jugo de naranja —dijo Julie entrando a la habitación. Al ver a Landon despierto, ella se detuvo y sonrió—. Buenas tardes, duermes demasiado.

—Eso pasa cuando te sedan para el dolor. Es inevitable no dormir.

Julie se acercó a la camilla y se sentó a un lado, le acomodó la sábana y le dio palmaditas en la mano que no estaba canalizada.

—¿Cómo te sientes?

—Mejor que otras veces —murmuró—. Hoy estoy en el cielo, no siento ni siquiera mi nariz.

—Qué payaso eres —le regañó Julie.

—¿Qué? Es la verdad. No tienen una idea de lo genial que es sentirse de esta manera, antes tenía que fingir que no dolía, ahora puedo gritar, pero me fascina que ni siquiera hago eso. Ojalá nunca estén en esta posición.

—Cállate ya, Landon —pedí.

—¿Tan cruel soy?

—Landon —suplicó Julie.

—De acuerdo.

Resoplé agotado. Mi celular sonó y lo saqué de mala gana.

—Ya regreso —avisé.

JULIE

Me giré hacia Landon, de manera que quedara frente a él, pero sin bajarme de la camilla. Él visualizó cada uno de mis movimientos.

—Estás siendo un poco cruel, ¿no crees?

—¿Cruel? Estoy siendo honesto, Julie.

—Está bien ser honesto, pero usa un poquito de la empatía. Lo lastimas. Nos lastimas con tus palabras, ya sabemos lo que está pasando, Landon. Intentamos ayudar, pero comportarte como un payaso no es una opción para querer bloquear los sentimientos —musité—. No es agradable escucharte hablar de esa manera.

Apreté mis labios e intenté alejar mi mano de la suya. Él me lo impidió.

—Lo siento —dijo por lo bajo—. Pero estar en esta situación te hace ser frío. Julie, todos sabemos cuál es mi destino.

Mis ojos picaron y mi vista se nubló, llenándose de lágrimas.

—Podemos detenerlo.

Él echó una risa.

—No, sabes que es imposible. —Negó—. Gracias por guardarme el secreto. Eres muy especial para mí, Julie.

Con su otra mano acarició mi mejilla y me sonrió. Fue una sonrisa rota que mostraba lamento, lo que me hacía sentir mucho peor que antes. Sus ojos se cristalizaron y una lágrima recorrió su mejilla.

—He estado pensando en algo, y no sé cómo se lo vayan a tomar, pero es una decisión que espero me respeten.

—¿Cuál?

Hubo un silencio eterno entre los dos, hasta que sus labios se entreabrieron.

—Siempre he pensado que la eutanasia es una forma digna de morir.

—¿Euta… nasia? —dudé.

Sabía que significaba, aunque… ay no.

—Sí.

—Landon, no. No. Espera. No, eso no.

—¿Esperar qué? De todas maneras, moriré, y quiero…

—¿Qué clase de suicidio es ese?

—Uno digno.

—No, Landon. Aguanta un poco más, podemos buscar otra forma, no sé. Hay tratamientos que te pueden ayudar, no tienes que irte todavía. Te necesitamos, no tires la toalla, por favor.

—Julie, tiré la toalla hace mucho tiempo. Si me mantengo aquí todavía es por Derek y por ti —confesó—. Mi plan era irme antes de diciembre, y ahora mírame, estoy aquí. Quise aguantar un poco más porque me agradó conocerte. Mirarte sonreír me daba ganas de continuar, cada vez que compartíamos momentos los tres juntos me hacía olvidar mi miserable vida, pero ya llegué a mi límite.

Sus palabras me llenaron el alma, me rompieron por dentro y quise suplicar a la vida que lo mantuviera de pie. Pedía otra vida con él, en la que sí pudiera ser feliz y no se viera con la necesidad de tener que decir adiós.

—Es en vano que pida que te quedes —murmuré.

—Lo es.

—Entonces… supongo que solo puedo decir que seguiré aquí a tu lado.

Él sonrío. *Una sonrisa que se mojaba de lágrimas llenas de tristeza era la imagen que quedó guardada en mi cabeza.*

—Te quiero, Julie.

Sonreí a medias.

—Te quiero, Landon.

28

¿A dónde fue el pasado?

DEREK

—¿Hoy no vendrá Julie? —preguntó Landon.

—Su papá se puso mal. Han ido al laboratorio, quizá venga más tarde.

Estaba desde la mañana con él, hoy por la noche se quedarían sus padres. Yo tenía que ir a cuidar a su gato, quiso que se lo trajera de contrabando, pero tenía miedo de que me descubrieran y terminaran llevándose a *Bam-Bam.*

—¿Has hablado con el señor Patrick?

—Lo he hecho.

—¿Y qué tal?

—Luce un poco demacrado.

El señor Patrick se veía bajo de peso y las canas comenzaban a notarse en su cabello, el día anterior lo escuché discutir desde su habitación cuando fui al segundo piso a por el portátil de Julie.

Pude escuchar claramente que se trataba de la señora Juliette, la madre de Julie.

Sabía que no tenían una buena relación, tampoco Julie la tenía con ella.

—Me ha preguntado por ti, le he platicado —continué—. Dice que ojalá te mejores.

De pronto, Landon soltó una estrepitosa carcajada, haciéndome reír con la misma intensidad. La vibra de su risa me hizo sentir bien, siendo capaz de olvidar lo que dijo hace unos segundos.

—¿Seguro que le platicaste bien? —preguntó, intentando recuperar su aliento.

—No entre en detalles, Julie me dijo que lo haría ella.

—Pues se sentirá terrible cuando se entere. Pobre, señor Patrick.

—Ajá. —Reí.

Tomé una bocanada de aire y me senté en el sillón, estiré mi mano a la mesita de medicamentos y leí cada cosa, como, por ejemplo: su uso, contraindicaciones, efectos adversos, los miligramos, con qué sustancia estaban combinadas. En todo ese tiempo, sentí la mirada de Landon observarme.

—¿Derek? —me llamó él. Lo miré, dejando a un lado los medicamentos—. Mi cáncer está muy, muy avanzado, si lo sabes, ¿verdad?

—Sí —murmuré.

—Lo que te diré lo llevo pensando hace mucho —mencionó—. Quería esperarme un poco más, pero creo que… es mejor decírtelo de una vez.

—Dime.

—Una vez me dijiste que estabas a favor de la eutanasia.

Mi cuerpo se congeló.

—Landon…

—Derek, lo necesito, por favor.

Y si antes me sentía mal, en ese instante, juro que mi cabeza hizo un bucle, juro que quise gritar y desaparecer. Todo se vino abajo y mi mente empezó a atacarme con los recuerdos. Landon no podía estar hablando en serio, esto era un chiste, yo… yo no debía…

Di unos pasos atrás y elevé mi dedo índice negando. Estaba en shock.

—No puedes…

Bajé mi vista al suelo y sentí como comenzaba a lagrimear. Apoyaba la eutanasia, pero no para él. No podía ser esto verdad, yo no sabía lo que eso significaba en ese momento, y ahora, quería retractarme.

—Landon…

Me sentía tan débil.

—Estoy sufriendo.

—¡Yo igual! ¡Es algo egoísta! —exclamé, dolido—. Dime, ¿cómo me despido de una persona a la que no quiero perder? ¡Solo dímelo y lo aceptaré!

—Es la misma pregunta que me hago —indicó.

—Pero… soy yo quien te seguirá recordando, soy yo quien se quedará sufriendo, no una semana, ni siquiera un mes. Es toda la vida, Landon.

—Derek… —intentó a hablar.

—Necesito pensar esto, yo solo…—murmuré, alejándome de él—. Necesito lidiar con todo lo que estoy sintiendo, te lo pido.

Él asintió y salí de la habitación. Sentí como las lágrimas empapaban mis mejillas y mis sentimientos oprimían mi pecho. Palpé los bolsillos de mi pantalón en busca de dinero, caminé hasta la calle y cogí el primer taxi que vi, dándole la dirección de mi casa. Quería llorar hasta apaciguar el dolor.

De mi labio, brotó sangre al morderme. Me lo lastimé. La mente me torturaba, seguía recapitulando lo sucedido anteriormente.

«—¿Por qué estás disfrazado de Buzz Lightyear? —Landon inquirió con el ceño fruncido.

—Me dijiste que fuera de Buzz —mencioné obvio.

—Era Bozz, el de Los Cubitos. Eres un estúpido.»

Yo no quería que se volviera a ir. No para siempre.

«—Hasta luego, Dink —me despedí de él.

—Nos vemos. —Sacó la lengua y reí—. Bozz Boozzie.»

Yo pensé que regresó para quedarse.

«—Ya llegué—avisé cerrado la puerta. Caminé hasta la cocina y vi a mi madre tomando un vaso de agua—. Hola.

—Hola, cariño.

—Estaré en mi habitación, estoy cansado —avisé y ella asintió.

Salí de la cocina y metí las llaves de nuevo a mi mochila, subí las escaleras de dos en dos y llegué a mi dormitorio.

—¡Derek!

—¡Mierda! —exclamé, asustado.

Landon rio y lo miré, había como tres maletas.

—Hey, Bozz Boozzie —sonrió de oreja a oreja—. Regresé.»

Ya no soportaba el dolor en el pecho, no me dejaba respirar. El señor me avisó que estábamos llegando, le pagué y bajé del coche. Mis ojos ardían y mi cabeza dolía más que antes. Me acerqué a la puerta y toqué varias veces, no sabía si había alguien en casa, quizá debí haber llamado antes de venir.

Sin embargo, la puerta se abrió y la miré a los ojos, fue cuando entendí que ya no aguantaba más.

Era ese momento en el que ya no importaba nada y podías llegar a sentirte vulnerable. En donde te das cuenta de que ya no aguantas y que tan solo al ver a esa persona sabes que ya no puedes ocultar el dolor, en donde necesitas un hombro para llorar y que te apoye. Ese momento en donde ya no eres bestia, solo un hombre con miseria.

Y sabía que Julie era esa persona.

—Ayúdame —sollocé.

—Derek.

Me dejé caer en el sillón e intenté hablar, pero el llanto no me dejaba. Julie se acercó a mí y se hincó en frente, con sus pequeñas manos tomó mi rostro obligándome a que la mirara, trataba de tragarme el llanto, pero no podía.

Su mirada era indescriptible, no sabía qué ocurría, estaba llena de varias emociones, confundida, preocupada por mi llanto, hasta sorprendida porque jamás me vio de tal forma. Y no la juzgaba, yo siempre me mostré todo lo contrario.

—¿Cómo se supone que le dices adiós a una persona que no quieres perder? —musité casi inaudible—. ¿Cómo puedo volver al pasado?

—Solo con los recuerdos.

—Landon está muriendo y…

No pude terminar, solo me limité a cubrir mi rostro con ambas manos, ocultando lo mal que me encontraba.

Julie no dijo nada, ni reaccionó, quizás estaba intentando analizar lo que dije. Después de varios segundos, se sentó a mi lado y con sus brazos me brindó algo de apoyo, alejé mis manos y la miré. Sus ojos estaban cristalinos.

—No tienes por qué despedirte de él —confesó—. El adiós es infinito, y tú algún día lo volverás a ver. No hay finales, solo pausas.

Su voz me mantenía en calma, en serio que lo hacía.

—¿Y qué puedo hacer desde ahora? No puedo revertir nada —pregunté, como si ella supiera todas las respuestas.

—Solo apoyarlo. —Sonrió con los labios apretados—. Hacerle saber que… lo quieres.

—No lo quiero —negué—. Lo amo, aun si suena estúpido.

Julie dio una risa corta.

—Ser hombre y amar a otro hombre no es estúpido, Derek —mencionó—. Te hace una persona con sentimientos y lo que en realidad te importa. Te hace humano.

La miré con nostalgia y ternura. Ella era tan linda y brillante, y yo la adoraba.

Me extendió sus brazos y me dejé caer, Julie me abrazó por lo hombros, con dificultad me envolvió, pues yo era demasiado ancho de la espalda y sus extremidades eran muy pequeñas.

—Las cosas pasan por algo, algunas son muy dolorosas, pero solo hay que darles tiempo. Todas las heridas sanan, unas tardan y otras no tanto. Sé que suena demasiado fácil, pero no lo es. Puedes gritar, llorar, insultar y todo lo que quieras, solo para desahogarte, aunque un dolor sentimental suele ser más profundo que uno físico.

—A penas me enteré de ello y ya no aguanto esta desesperación —admití—. No sé qué pasará el día en que… él se vaya.

—Shhh —musitó—. Guarda silencio, Derek.

29

No todo se derrumba

DEREK

Julie acariciaba mi cabello mientras apoyaba mi cabeza sobre su regazo, mi mano caía ligeramente fuera del sillón, *Marshall* se acercó hasta ella y la lamió, yo di una pequeña risa por el cosquilleo que aquello causó.

Ya pasó una semana desde la noticia, Landon seguía en el hospital y al parecer se la pasaría ahí por los consiguientes días… Después de todo necesitaba tratamiento para sus dolores.

Estos días estaban siendo melancólicos, sin embargo, Julie hacía que por unos instantes sonriera o me mantuviera en calma, como ahora, que nos encontrábamos viendo una película de comedia, a pesar de que no le estuviera prestando atención, me sentía tranquilo, por el simple hecho de que ella jugara con mi cabello.

—Ya tienes demasiado largo tu cabello —dijo en un tono bajo.

—Lo sé —admití, y cerré los ojos, aferrándome aún más a su regazo—. No tengo ganas de ir a cortarlo.

—¿Te tiñes el cabello? ¿Acaso eres castaño y no pelinegro? —preguntó en una risilla.

Yo arrugué el entrecejo y me alejé de ella, Julie tenía una mirada divertida.

—Es así, negro.

—No parece.

—Pero lo son.

—Mmmm. —Hizo un mohín y se quedó pensativa.

—¿Estás dudando? ¡No me lo tiño! —mascullé y negué tocando mi tabique—. Mi novia no me cree.

Alcé mi vista y me di cuenta como sus mejillas se sonrojaron. Oh, Dios, se ruborizó por lo último que dije, y eso de alguna forma me pareció malditamente adorable, pues hoy en día ese tipo de oraciones ya no hacían efectos en las chicas.

—Bien, ya te creo. —Carcajeó.

—De acuerdo. —Me encogí de hombros y me puse serio, me crucé de brazos y tomé una posición más cómoda en el sillón.

—¿Te enojaste? —preguntó tímida.

—No.

Respondí en un monosílabo, tratando de hacerle creer que sí, pero realmente no lo estaba.

—¿Seguro?

—Sí, Julie, seguro.

Ella frunció los labios y asintió, entrelazó sus manos e intentó regresar a su postura normal, pero fui más rápido que ella me acerqué para abrazarla, enterré mi cara entre su cuello y su hombro.

—Jamás estaría enojado contigo —murmuré—. No podría cuando lo único que causas en mí es felicidad.

Hubo un silencio por parte de los dos, hasta que ella me rodeó con sus brazos.

—Te quiero, Derek.

Yo solo me dediqué a dejar cortos besos en su cuello.

Jugaba con el borde de la sábana que cubría el cuerpo de Landon, mientras acariciaba a su gato y oía como Julie le contaba pequeñas anécdotas de cuando era pequeña, él solo reía por las partes chistosas y soltaba palabras para hacerle saber que en realidad le postraba atención y no solo la estaba pretendiendo escuchar.

Al final, si le traje de contrabando a su pesado gato. Cuando lo vio, él soltó un grito de felicidad y lo abrazó, llenándolo de besos. Definitivamente el amor que le tenía a *Bam-Bam* era enorme y honesto. Muy hermoso, de verdad.

Pero yo seguía odiándolo.

Ya era un poco tarde, el cielo estaba oscuro, papá me prestó el auto y pronto tendría que ir a dejarla a su casa y yo regresaría, pues me quedaría esta noche con mi primo.

—¿Por qué demonios te vistieron de árbol de navidad? —Landon interrumpió riendo—. Creo que si eso me hubiesen hecho a mis doce años no tendría dignidad a estas alturas.

—Bueno, en realidad creo que la perdí desde que mi madre me obligó a los ocho años a vestirme de canguro e ir a regalar huevos el día de Pascua.

Miré a Julie y reí negando, Landon la miraba extrañado, quizá pensaba lo raro que eran sus padres y —la verdad— yo también lo hacía. Lo supe desde que su padre la vistió de dona, aunque no podíamos hablar, nosotros fuimos disfrazados de cubos drogados.

—Gracias por traerme al *Señor Bam-Bam* —dijo Landon—. No sabes cuánto lo extrañaba. Yo sé que él también a mí.

—De nada, tu horrible gato intentó comerse a *Fish* otra vez. O lo calmas o lo tiro a la piscina.

Mi primo frunció su ceño.

—No tienes piscina.

—Para él sí.

—¿Quieres dejar de querer asesinar al gato de tu primo? —intervino Julie.

—Jamás.

—Oye, deberías quedarte con él. —Landon lo señaló—. Será tu compañero.

Escucharlo decir eso me hizo sentir mal. Sabía lo que significaba y, al parecer, el notó el significado de sus palabras porque vi su gesto de arrepentimiento.

—Claro. —Intenté restarle importancia—. Mi compañero de cena. Él será la cena.

—*Iugh*, tacos de gato —se burló él.

—Tacos de perro.

—¡No! —chilló Julie y ambos reímos.

—Oigan, necesito salir de aquí ahora que tengo mis dos piernas, porque en menos de una semana andaré metiéndoles un golpe con mis muletas —bromeó Landon y lo miré mal—. Hubiese preferido que fuera la mano para así hacer que me pusieran un gancho y decir que era el Capitán Garfio.

—No es gracioso —farfulló Julie, poniéndose de pie.

—Para mí, sí. —Se encogió de hombros—. ¿Podemos hacer algo hoy?

—No puedes salir del hospital, no te dejarán —indiqué, acercándome a la mesita que tenía a un lado y comer un dulce de menta.

—No les tenemos que decir —mencionó—. Solo serán unas horas, no se darán cuenta.

—Estás loco, Landon.

—Por favor —suplicó él—. Quiero morir feliz.

Y oír eso causó que mi pecho se oprimiera. Nadie dijo nada, Julie se quedó callada, mirando la camilla con los labios apretados, el castaño soltó un suspiro sabiendo que lo arruinó. Tragué saliva y hablé.

—Bien, si salimos, ¿dónde planeas dejar esa bola de pelos? —Señalé a *Bam-Bam*.

—Lo podemos llevar, ¿no?

—¡No! Enciérralo en el baño —siseé.

—¡No lo encerraré en el baño!

—Claro que lo harás —canturreé.

—¡*Ugh*, está bien! —aceptó finalmente—. Pero vamos al puente. Es viernes, está en oferta el cartón de huevos.

—¿En serio quieres hacerlo?

—Sí, vamos, solo quiero salir de aquí y hacer algo que sé que valdrá la pena.

—De acuerdo. —Asentí y me dirigí a Julie—. ¿Quieres ir o te llevo a tu casa?

—Quisiera ir, pero no creo que me deje mi padre. A menos que le pidas el favor, dile que estaremos un rato más con Landon.

—Tu padre me odia —le recordé.

—No te odia. —Rio.

—Te quiere muerto —intervino Landon.

—Tú cállate.

—Cállame a besos —bromeó.

—De una vez —accedí y me acerqué a él.

—Dale, incesto.

Se irguió en la camilla y abrió sus brazos para que yo me acercara.

—¡Oigan, no! —farfulló Julie, desesperada.

Landon y yo nos detuvimos, y comenzamos a reírnos, esto era estúpido.

—Hablando de tu padre, ¿cómo está él?

—Ya está mejor, tiene que controlar su alimentación, ha estado teniendo problemas con la presión, eso escuché que dijo el doctor.

—Espero que se recupere pronto. Mándale mis saludos.

—Claro que sí. —Asintió ella—. Él igual te manda un saludo y muchos ánimos.

Saqué mi celular y busqué el número del señor Patrick para llamarle, cuando comenzó a sonar rápidamente se lo pasé a Julie, ella me miró con burla y lo sostuvo.

—Papá, soy Julie —inició y se alejó de nosotros.

—Oye, cuídala —Landon habló—. Es una gran chica con una mente inocente y un corazón muy honesto.

—¿Lo crees? —le pregunté.

—Claro que sí, idiota. Es de las pocas personas que quedan, está muy lejos de ser tóxica, es de esas que jamás podrían ser un error en tu vida. —Regresó su mirada hacia mí y vi que sus ojos estaban cristalizados—. Ella te quiere a ti, a pesar de todo.

Ahí fue cuando entendí por qué no me dijo nada de su enfermedad.

—Me dijo que sí, pero que no llegue muy tarde —avisó Julie, caminando de regreso a nosotros junto a una sonrisa.

—Perfecto, entonces… ¿Me voy en silla de ruedas o caminando?

—¿Puedes sostenerte por mucho tiempo de pie? —interrogué.

—Bien, tráiganme la puta silla —farfulló.

Yo rodé los ojos, divertido, y me di la vuelta para ir a por ella.

Tratamos de ser lo más rápidos posibles para que no se dieran cuenta y el tiempo nos alcanzara. Salimos del hospital y fuimos al estacionamiento, Landon pidió ir atrás para que se recostara, lo bueno de esto es que aún podía moverse sin mucha dificultad.

Pasamos por el supermercado para comprar los huevos y seguimos con nuestro camino, estacionamos el auto antes del puente, pues no se podía aparcar en él, Landon decidió no llevar las sillas de ruedas, por lo que tardamos un poco en subir al puente, escogimos el lugar más cómodo y sin riesgo de que nos robaran lo poco que teníamos.

Me puse en medio de los dos y nos quedamos mirando al frente, había mucho fresco, Landon lo sentía más, así que le di mi chamarra para que se mantuviera en calor.

—¿Y qué se supone que se hace? —preguntó Julie confundida.

—Solo coges un huevo y lo tiras, usualmente apostamos cosas si le damos a un punto en específico o también yo solía escuchar como Derek hablaba y yo solo lanzaba huevos.

—¿No los pueden multar por eso?

—La vida no es vida si no la vives con riesgos —mencioné con burla.

—Ok. —Sonrió.

Landon tomó el primer huevo y lo tiró lo más lejos que pudo. Yo le seguí y la chica solo nos miró.

—Quiero confesar que los casilleros de la escuela son un asco, se podían abrir fácilmente —indicó Landon.

—Claro que no —negué.

—Claro, él lo sabe por experiencia. —Julie echó una risa—. Cuando los primeros días de clases golpeaba mi casillero pensando que era el suyo.

—Oh, demonios —me avergoncé.

—Aún no entiendo cómo es que siendo tu papá el director, no supieras dónde estaba cada bloque.

—Evitaré responder.

—Tú haciendo algo estúpido, ¡vaya! —exclamó Landon—. ¡Qué novedad!

—Cállate. —Lo empujé.

—A que no le dan tres veces a ese árbol —retó él, tirando un huevo a su «objetivo».

Yo le seguí y después él volvió a tirar otro, Julie solo nos miraba enternecida, entre risas yo la animé a que tirara uno, dudosa ella lo hizo, pero su puntería no fue buena.

—¡Vamos cuatro a cinco! —le grité a mi primo y me dirigí después a Julie—. ¡Vamos, Julie!

La chica cogió otro e intentó darle al árbol, pero ni siquiera estuvo a dos metros de cerca.

—¿Qué demonios fue eso Julie? —se burló Landon.

—Tienes una pésima puntería.

Reí y besé su nariz.

Landon se tiró de espaldas y carcajeó para después intentar tranquilizar su respiración que se encontraba muy acelerada. Pasé mi brazo por encima de los hombros de Julie y la acerqué a mi cuerpo.

Esa noche todo era felicidad, demasiadas risas para mi triste realidad. Y esa misma noche me di cuenta de algunas cosas, Landon fue la detonación y Julie solo el bullicio en mi silencio.

Bajé mis labios al oído de ella y besé la parte trasera de su oreja para después poder murmurar algo.

—Y aquí estamos, en ese momento en el que tienes todo y nada a la vez, donde todo silencio que se detona regresa a lo que era, silencio.

30

Vamos a jugar a que somos fuertes

DEREK

Caminé por los pasillos del hospital con un café en la mano, hace ya tres semanas Landon entró al quirófano para la cirugía, los últimos días estaba obnubilado, no hablaba mucho y eso me preocupaba, él decía que no tenía nada, que solo quería dormir porque se sentía cansado, pero yo sabía que todo eso era mentira.

Dos días antes de que lo operaran, salimos al parque solo los dos, platicamos de todo un poco, él hacía chistes tontos y yo intentaba no enojarme, fue el último día que lo vi feliz.

Ya no le daba hambre, ni siquiera se le antojaba comer *nuggets*, por aquellos que peleaba siempre que íbamos a McDonald's, por más que le decía que se los traería a escondidas, se negaba. Le tuvieron que poner suero para que no se deshidratara. Tampoco quería ver televisión, no le daban ganas de ver sus series en lo absoluto.

Hoy en la mañana mi tía Andy estaba al borde del colapso cuando se puso a hablar con él, mi tío solo se dedicó a abrazarlo y pedirle perdón.

La noche anterior me qudé con mi tío, yo no quería dejar solo a Landon, sin embargo, a las dos de la madrugada nos despertó entre jadeos y sollozos, le dolía el brazo. Estaba sufriendo y no lo podía soportar. Ningunos de los dos, porque su dolor se volvía el nuestro también.

Él sabía, yo sabía, todos sabían que ya no quedaba tiempo.

Fue en ese instante que decidí que ya no tenía que seguir sufriendo, tenía que descansar, el dolor tenía que parar.

Sorbí un poco de mi café antes de entrar a la habitación. Mi tía me miró y me regaló una sonrisa, yo se la devolví, caminé hasta ella y le di un pequeño beso en la frente para después sentarme a su lado.

—Puede ir a comer si quiere —indiqué—. Han surtido la cafetería. Aparte, mi mamá me dijo que no tardaba en venir, si quiere le envío un mensaje para que la alcance allá.

—De acuerdo, hijo. —Asintió—. Cualquier cosa me llamas, por favor.

—Seguro.

Ella se puso de pie y tomó su balso para salir, no sin antes darle un beso en la frente a Landon. Dejé mi vaso de café en la mesita y saqué un chocolate de mi bolsillo del pantalón para comerlo, el castaño se removió y poco a poco abrió los ojos, su mirada chocó con la mía y elevé mi pulgar.

—Creo que estoy en el cielo —murmuró con la voz muy ronca y pesada—. Estoy viendo un ángel.

—Desgraciadamente no estás en el cielo. —Reí y él elevó un poco la comisura de sus labios.

Bueno, era mejor eso a nada.

—¿Es chocolate?

—Sí —afirmé—, ¿quieres?

Landon asintió y me sentí feliz de que lo aceptara, me puse de pie y se lo acerqué a la boca para que mordiera un pedazo. Lo observé. Estaba muy delgado, el cuerpo de atleta desapareció, ahora era el Landon debilucho de la secundaria, tenía muchas ojeras y ni hablar de su cabello. Su aspecto se deterioraba cada vez más.

—¿Hablarás con tu padre sobre tu decisión de no querer estudiar la carrera que él quiere?

—Sí, lo haré.

Asintió.

—Me parece genial, te irá bien. Sea cual sea la decisión que tomes, tendrás todo el éxito asegurado.

—Confías demasiado en mí, ¿no?

—Como no tienes una idea, eh. Así que no me defraudes porque le he ordenado al *Señor Bam-Bam* que se coma a *Fish*.

—*Ugh*, tu obeso gato.

—Es hermoso, imbécil.

—Lo es, pero lo odio.

—Él te ama.

—Ajá. —Me reí.

Él no rio. Lo dejo de hacer, y eso me destrozaba.

Ambos guardamos silencio. Lo observé acomodar la sábana, sus dedos estaban más delgados que otras veces, su piel adquirió un color tan inusual, su pulso ya no era el mejor y le daba escalofríos a cada rato.

Me jodía verlo de esa manera.

—Oye. —Llamé su atención—. Sé que no es momento de hablar sobre esto, pero es ahora o nunca.

—Dime.

—Quiero decirte que tienes razón. Tengo que ser fiel a mi palabra sobre lo que hablamos aquel día. Sé que me dolerá y no será fácil aceptarlo, pero si tú quieres, está bien. Tú eres quien está aguantando todo esto, yo solo me encargaré de desvanecer el dolor que quede. Solo avísame cuando lo decidas.

Sonrió.

—¿Lo dices en serio?

—Claro que sí. Tú hiciste mucho por mí, eres quien más me ha apoyado. Es lo mínimo que puedo hacer por ti, ¿no crees?

—¿Mínimo? Has hecho demasiado, Derek. No te quites mérito.

—Si tú lo dices, está bien.

Landon rascó su frente y suspiró.

—Ya lo decidí.

—¿El qué?

—Sobre mi descanso —dijo, disfrazado la realidad.

Un nudo en mi garganta se presentó.

—Ya, ¿y qué tal?

—Y sí, ya tengo una fecha —murmuró—. Quiero que sea este fin de semana.

Tuve que tragarme el dolor que sentía, tuve que ignorar que todo esto quemaba, tuve que ser fuerte para él. Tuve que sonreír a medias cuando lo único que quería era llorar y decirle que aguantara un poco más.

—Está bien. Este fin de semana será.

Miraba como Julie dibujaba corazones en su libreta de diferentes colores. Estábamos en clases y en realidad yo no le prestaba atención al profesor. Solo pensaba y pensaba en todas las posibilidades que quedaban para que nada de lo que estaba ocurriendo me doliera tanto.

No quería que llegara viernes, estaba tratando de que el tiempo fuese lento, pero entre más pedía eso, más rápido giraban las manecillas del reloj.

Alcé mi vista y me fijé que el profesor comenzó a guardar sus cosas, solté un suspiro mientras tocaba mi tabique. Miré a Julie quien seguía dibujando, guardé todas mis cosas a la mochila y me puse de pie. La chica me miró al instante.

—Me voy a retirar —avisé—. No tengo ganas de seguir aquí.

—¿Quieres que te acompañe?

—Tranquila, solo iré a mi casa para dormir un rato, por la tarde iré a la tuya, ¿bien? Te quiero.

Besé su cabeza y salí del salón, sé que debería ser fuerte por mi primo, pero lo era solo cuando estaba frente a él, en realidad no podía fingir por tiempo completo. Por más que quisiera mantenerme así para toda la vida, siempre habría algo que me derrumbaría. Hasta el edificio más alto se cae.

Metí las manos en los bolsillos delanteros de mi pantalón y decidí que me iría caminando hasta mi casa, para poder distraerme de todo y olvidar los acontecimientos que pasaban, el sol estaba soportable, no quemaba como otras veces lo hacía.

No sé cuánto tiempo estuve caminando, pero pude ver mi casa, crucé el parque a trotes, pero una voz me detuvo.

—¡Derek!

Me di la vuelta y puse los ojos en blanco. Blake se acercó a mí con pasos lentos y me miró con los labios apretados.

—¿Qué quieres?

—Yo... Me enteré de lo que le pasa a Landon —dijo, apretando la correa de su mochila—. Sé que hemos tenido problemas tú y yo, pero no quiero que eso impida el apoyo que te quiero dar.

—Esto es algo hipócrita de tu parte —mascullé—. Ni siquiera te agradaba.

—Nunca conviví con él y tú lo sabes —se defendió—. Aparte, eso no quita el hecho de que jamás le desearía a alguien lo que le está pasando. Lo sabes, Derek.

La miré a los ojos sin parpadear y odiaba admitirlo, pero tenía razón. Su padre murió de cáncer y tanto ella como su madre sufrieron por ello. Aún recordaba cuando fui a su casa para estar a su lado toda la tarde. Parecía tan indefensa.

—Sí. —Asentí y tomé un respiro —. Esto es muy difícil.

—Te entiendo, pero puedes verle el lado bueno, al menos yo después de eso pude hacerlo —comentó, comencé a caminar hacia mi casa y ella siguió mis pasos—. Ellos sufren, el dolor es insoportable, no sabes cuantas noches escuché llorar a mi padre, casi agonizando porque el tratamiento ya no servía.

—Me tocó vivirlo hace unas noches —admití—. Duele escucharlo.

Ambos nos detuvimos en la puerta de mi casa. Ella respiró hondo y me miró con pena, elevó su mano hasta mi hombro y lo apretó.

—Derek, solo intenta jugar a que eres fuerte —aconsejó, cerré mis ojos y agaché mi cabeza—. Si lo logras hasta que todo pase, podrás continuar. Solo es cuestión de tiempo.

—No puedo…

Abrí los ojos y mordí mis labios, sentí como su otra mano tocó mi barbilla obligándome a mirarla, sin embargo, comencé a llorar. Blake cortó la distancia entre los dos y me abrazó, ella era alta, por lo cual el abrazo fue demasiado cómodo.

—Si puedes, *Mooi Lippe* —murmuró.

Sonreí.

—Ya no recordaba eso.

—¿Te hice sonreír?

No tenía que responderle, pues ambos sabíamos la respuesta, así que solo pude decirle una sola cosa que sentía en ese momento.

—Gracias.

31

Ya no somos fuertes

JULIE

Siempre me cerré a muchas posibilidades de la vida. Nunca fui alguien que se abriera con todo el mundo, tampoco llegaba a mostrar todo mi ser a alguien, pero intenté contribuir en algo. Ser empática con las personas y darles algo positivo para continuar.

Conocer a Landon y Derek fue una de las mejores cosas que pude hacer en mi vida. Yo lo sentía como un privilegio, ese del cual estaba orgullosa de obtener.

Tampoco le quitaba mérito a Fabiola por ser mi mejor amiga. Ella fue la primera en descubrirme y enseñarme que las personas introvertidas podían llegar a ser más que la palabra «aburrida». Y con Landon lo confirmé.

Tenía en cuenta que la vida solía ser demasiado injusta, pero al final de todo, eso es lo que era: vida, y así se manejaba ella.

—Estará bien —me animó Fabiola desde el otro lado de la línea telefónica.

—Me preocupa —lloriqueé—. Me siento terrible, están pasando muchas cosas que no puedo controlar, Fabiola. Tengo miedo de todo lo que pueda pasar.

—Julie, quisiera abrazarte justo ahora.

Tragué saliva y apreté el botón del elevador.

Me encontraba en el hospital, y no en el que atendían a Landon. Mi papá tuvo un preinfarto por una demanda que mi madre le hizo al grado de llevarlo a hospitalización. Los análisis arrojaron resultados no muy favorables para su salud.

—Prometo informarte de lo que suceda —murmuré, saliendo del elevador en busca de la habitación de mi padre—. Voy a colgar, entraré a ver a mi padre.

—Te quiero mucho, Julie.

—Yo también, Fabiola.

Colgué el celular, guardándolo en uno de los bolsillos de mi vestido y abrí la puerta, adentrándome. Ver a mi papá en la camilla me deshizo, haciéndome sentir más frágil que antes. La imagen de Landon vino a mi mente, empeorando todos mis sentimientos.

—Papá —lo llamé en un susurro.

Él abrió sus ojos con lentitud y me miró, sonriéndome.

—Mi pequeña —murmuró.

—No hagas esfuerzo, necesitas descansar.

—Julie…

—Shhh, papá, por favor.

—No, no… mi niña, me van a trasladar.

Me desconcerté, mirándolo confundida.

—¿Trasladar?

—Sí. Vamos a Washington, irás con mamá y ahí me atenderán, no puedes quedarte sola en casa, eres menor de edad aún.

Sus palabras me daban una mala sensación, como si estuviera planeando las cosas y todo tuviera un final tan pesimista. No quería tener esos pensamientos, pero el hecho de verlo en ese estado y saber que Landon pronto partiría, me hacía pedirle al cielo que no quitara otro cachito de mi alma.

—Pero, aquí te pondrás bien. No hay necesidad de irnos.

—Sí la hay, por cualquier cosa es mejor ir. Así estarás con mamá.

—Jamás te ha gustado que esté con mamá —le recordé—. No, no sigas hablando. Todo estará bien, papi, lo estará.

—Así será, pero no puedes seguir quedándote sola. Compréndeme.

—Pero, ¿prométeme que regresaremos juntos?

—Lo prometo, Julie.

Asentí, secando mis lágrimas. Él sonrió, enternecido.

—No llores.

—Me siento mal.

—Todo estará bien, ¿sí?

Me tiré sobre él con cuidado, abrazándolo.

—Te amo, papá.

—Te amo más, mi pequeña.

DEREK

El día llegó.

No estaba listo para esto, no lo estaba. Mojé de nuevo mi cara para darme el valor de salir y poder entrar a esa habitación, mis ojos estaban hinchados de haber llorado toda la noche, no asistí al instituto con tal de prepararme, pero no sirvió de nada. Solté un suspiro y me repetí mil veces que esto era por su bien, porque quería detener ese dolor.

Tomé una respiración y cogí un pañuelo desechable para salir del baño, caminé por los pasillos y me detuve para poder tragarme el llanto, tenía que detenerlo, no permitiría que Landon me viera de esa forma. Pasé una mano por mi cabello y me dirigí sin más a la habitación, afuera de ella se encontraban mis padres, quienes me miraron con una sonrisa que parecía más una mueca.

—Nosotros ya hablamos con él, ahora están tus tíos —mencionó mamá.

Ella me abrazó.

—¿Y Charlie? —pregunté.

—Fue a por agua para tu tía, ahora regresa.

—¿Y Julie? ¿No ha venido?

—No, cariño —respondió—. ¿A qué hora iba a venir?

—Hace una hora, me dijo —hablé.

Saqué mi celular y marqué su número varias veces, pero no contestó, intenté con el de su padre, aunque me mandó al buzón. Esto estaba mal. Tenía un mal presentimiento.

La puerta se abrió y de la habitación salieron mis tíos. Ella lloraba, estaba tan demacrada mientras mi tío intentaba ser fuerte por los dos. O quizá los tres.

—Puedes entrar —me susurró mi padre.

Revisé con la mirada los pasillos, teniendo la esperanza de que Julie llegara corriendo, pero al final tuve que juntar todas mis fuerzas para entrar solo. Cerré la puerta detrás de mí y caminé con pasos lentos hasta Landon, él me miró con una sonrisa, una de oreja a oreja. Los hoyuelos que jamás aprecié aparecieron en sus mejillas.

—¡Hey! —saludó.

—Hola —devolví—, entonces…

—Solo cuéntame algo entretenido —pidió—. Lo que…

No quería tener un vómito verbal, pero lo tuve. Lo hice.

—Eres un estúpido, pero eres esa clase de estúpidos que valen la pena tener en su vida, no importa que tan jodido sea tu rutina, eres la persona que podría pedir una y otra vez. Encontré a mi mejor amigo en mi familia, no solo eres eso, eres mucho más, mi amigo, confidente, cómplice, mi hermano. ¿Te acuerdas de que antes de año nuevo te dije que te largaras? Pues no, no quiero, y a pesar de que así será, quiero que sepas que no te dejaría ir jamás. Eres muy importante, y si hubo personas que no te tomaron en cuenta, yo lo hice desde el primer día en que supe que eras algo mío.

—Yo sé que no lo decías en serio y lo supe cuando te disculpaste ese día.

—Sí. Quiero escalar montañas contigo, quiero que nos graduemos, quiero que tengas hijos y yo también o quiero decir… quería. Quería que mis hijos te dijeran tío, quería que fueras el ejemplo de ellos, quería que cuando crecieran tú les contaras todas las anécdotas de lo que el estúpido de su padre hizo, quería que ambos estuviéramos orgullosos del otro y decir: «ese malnacido es de mi familia», quería que nuestros hijos igual se disfrazaran de cosas como nosotros, quería tanto y ahora serán ecos.

—Por supuesto que no, eso pasará, Derek, solo que hoy no. —Sonrió con los ojos cristalizados.

—Ni mañana.

—Pero algún día.

—Te voy a volver a ver, es un hasta luego, ¿verdad? —Sonreí.

—Claro —asintió—. Pero antes, quiero que sepas que, si regresé a Toronto, solo fue por ti, extrañaba hacerte la vida de cuadros.

—Y vestirme como uno —añadí y carcajeamos. Pasé mi mano por mi cabello y lo miré—. Oye, Julie no vino…

—Lo hizo en la mañana —me interrumpió—. Tranquilo, ella se vino a despedir, aparte, creo que no iba a poder a estas horas, realmente no sé qué pasó.

Me quedé pensando, ella me habría dicho y así me evitaba estar esperándola, aunque en este momento no tenía ganas de preguntar. Quizá después de unos días podría hacerlo, pero realmente sería un tema que olvidaría.

—Bueno, está bien.

—Gracias, Derek —musitó—. Fue grandioso compartir una vida contigo.

—El gustó fue mío.

Nos quedamos mirando en silencio por varios segundos hasta que él gritó.

—¡Ja! ¡Parpadeaste!

—Bien, tú ganas. —Elevé mis manos y reí por lo bajo—. ¿Qué quieres?

—Qué seas feliz y no me recuerdes mucho —respondió, sin esperar a que yo dijera algo, tomó su celular y me miró—. Es hora, ¿puedes decirle al doctor que ya? Mis padres no entrarán, lo decidimos así.

Relamí mis labios y asentí con pesadez, caminé a la puerta y la abrí, el doctor estaba hablando con mis tíos y mis padres, todos se percataron de mí; ganándome la mirada de cada uno.

—Ya está listo—avisé.

Escuché como mi tía lloró y se negó a entrar, ella no quería ver cómo su pedazo de vida se iba. Mis padres asintieron para decirme que ellos se mantendrían afuera. Yo me quedaría, lo haría hasta el final.

Me hice a un lado para que el doctor entrara junto a la enfermera, yo fui detrás de ellos y observé cada uno de los movimientos posándome a un lado de mi primo. El hombre miró a Landon y él asintió sin pensarlo dos veces. Le aplicó algo en donde antes recorría el suero y segundos después se alejó, la enfermera checó algunas cosas y acomodó a Landon.

—Quiero estar solo con mi primo —indicó.

Ambos asintieron y salieron de la habitación, yo me quedé quieto, mirándolo, arrastré la silla de madera y me senté.

No sabía qué decir por lo cual me dediqué a contarle pequeñas anécdotas de lo que tenía pensado hacer cuando saliera de la universidad, cuando ya fuera un graduado, también le comentaba lo que me gustaría hacer en algunos meses, él solo se limitaba a escucharme y sonreía.

Pasaron minutos tras minutos y su ritmo cardíaco bajaba.

Landon se estaba yendo y yo ya no podía evitarlo.

—Derek —susurró.

—Aquí estoy, dime.

—Cantemos —suplicó y sus ojos se cerraron, por un momento mi corazón se detuvo, pero él volvió a entreabrir los labios—. Hazlo…

—Claro.

—*Cubitos* —inició la tonada y lo seguí—. *Los cubitos dubi du, los cubitos dubi du… Nos encanta ser cubitos dubi dubi. Los cubitos dubi du, los cubitos dubi du* —canturreó, reí y él sonrió— *Todo el día los cubitos dubi du.*

—*¡Me llamo Bozzy me gusta estar aquí, soy cubito dubi du!* —tarareé un poco alto.

—*Me llamo Dink, siempre pienso todo así me divierto haciendo dubi dubi dubi…* —murmuró con cierta dificultad.

—*Los cubitos dubi du, los cubitos dubi du* —seguí, las lágrimas comenzaron a salir viéndome con la necesidad de apoyar mi frente contra la camilla— *Nos encanta ser cubitos dubi du. Los cubitos dubi du, los… cubitos dubi du… todo el día… los cubitos-*

Me detuve y al escuchar ese sonido, dejé de jugar a ser fuerte.

Me aferré a la sábana y sollocé, las lágrimas inundaron mis mejillas sintiéndome tan mal, alcé mi vista y miré el cardiograma para después dirigirme a él.

—¿Landon? —pregunté—. ¿*Dink*? ¿Me oyes?

Pero sabía que no lo hacía.

No lo haría.

Porque él ya no estaba.

Y después de prepararme tanto para esto, supe que no valió la pena, yo estaba hecho añicos, estaba destrozado y todo lo que hablamos hace algunas horas, todo eso fue promesas vacías.

Me acerqué a su pecho y toqué la palma de su mano, aún estaba tibia. Me alejé un poco y recordé todo lo que pasamos juntos, las burlas, peleas, lágrimas, enojos, rabietas, todo, pero ahora me quedé solo, solo yo.

Acomodé su cabello y dejé la sábana hasta la altura de su torso, pues siempre dormía así, y él solo se encontraba durmiendo.

—Te quiero, *Dink* —confesé con dolor.

Quise escuchar el «yo también te quiero, *Bozz*», pero debía tener en claro que no lo escucharía, que no volvería a decirme ese nombre por el cual tantas veces discutimos.

—Dulces sueños —deseé.

Tomé una gran bocanada de aire y me dispuse a salir, arrastré mis pies con dolor y abrí la puerta, todos me miraron. Sonreí haciéndoles creer que estaba feliz, cuando en verdad me encontraba destrozado.

—Él está bien. —Agrandé mi sonrisa—. Me dijo que les avisara que ya le dejó de doler.

Y de pronto mi sonrisa se convirtió en una mueca de llanto, donde el dolor que intenté guardar todo este tiempo se hizo presente y quemó. Quemó demasiado.

—Oh, mi amor —jadeó mi mamá y me abrazó.

Yo me aferré a su cuerpo, queriendo desaparecer esta desesperación.

—Se fue… —murmuré—. Se ha ido…

Me separé de ella y me dejé caer al suelo con la espalda apoyada a la pared, grité todo lo que pude, grité todo lo que sentía porque sentía tantas cosas, pero no podía quitarme todo este peso, ya no jugaría más conmigo, ya no me maltrataría, jamás volvería a sonrojarme cada vez que me dejara en vergüenza.

Por más que intentara parar todo esto, no podía resistirlo.

—¡Ha muerto! ¡Landon murió!

Esa era la verdad, no se encontraba durmiendo como pensé hace unos minutos, no lo estaba.

Él siempre fue un atrevido, un descarado, por momentos era un maldito y un gran cabrón, pero era mi hermano, era mi amigo y yo… yo lo quería.

Y ahora lo perdí.

Abracé mis piernas y mordí mis labios, todo en mí se quebraba, no podía respirar por el llanto.

Perder a alguien que amabas tanto era un dolor que jamás se podría describir.

De esa manera, deje de ser fuerte.

32

La cofosis

DEREK

Deslicé la hoja blanca de un lado al otro sobre la superficie del escritorio. No me concentraba. No podía resolver ningún ejercicio, mi mente no tenía ganas de esforzarse. Todo era un caos dentro mío, mis emociones, mis sentimientos, mi rendimiento, mi apetito, absolutamente todo.

Tiré el lápiz y solté un suspiro, uno casado y rendido. Pasé mis manos por mi rostro y observé mi ventana, mis ojos comenzaban a picar. Tragué saliva mientras mordía mis labios y busqué mi celular con la mirada, cuando lo encontré; lo cogí entre mis manos y marqué al único contacto que necesité desde hace una semana.

«Su llamada será transferida al buzón.»

Dejé que la llamada continuara y, cuando el mensaje de voz saltó, hablé:

—Julie —murmuré con la voz entrecortada—. Soy Derek, hace una semana que no hemos hablado ni siquiera te he visto. Después de la muerte de Landon, al día siguiente obtuve varias llamadas tuyas, perdón por no responder, yo… yo no estaba en condiciones de hacerlo. No me sentía bien y, si soy honesto, sigo sin sentirme bien. No he salido de mi casa, no he ido ni a la escuela y no sé qué ha pasado contigo. Discúlpame por no mostrar interés en esto.

Sentí un ligero mareo y me puse de pie para dirigirme a la cama, tomé asiento en la orilla y volví a mirar a mi alrededor. Todo estaba tan tranquilo y en silencio, quería llorar, así que finalicé mi mensaje.

—Detesto el silencio.

Colgué y me dejé caer de espaldas al colchón. Observaba como el ventilador de techo daba vueltas y eso aumentó más los mareos. Solo pasó una semana entera y todo se mantenía igual, y hacía días que no veía a Julie, tampoco hablaba con ella, no tenía una idea de lo que ocurrió y me sentía muy mal por no poner preocupación en ello.

Cerré mis ojos intentando conciliar el sueño, pero escuché como la puerta de mi habitación se abrió. Sabía que era Charlie, pues mis padres no se encontraban en la ciudad, se fueron con mis tíos para realizar algunos trámites.

—Derek, te buscan abajo —mi hermano avisó y abrí los ojos para mirarlo directamente—. Voy a salir un rato, ¿quieres algo?

—No quiero nada —respondí, levantándome de la cama.

—De acuerdo, nos vemos después —él se despidió.

Un bostezo salió de mi boca y tallé mi rostro, salí de mi habitación en dirección a las escaleras. Charlie ya no se encontraba más en la casa. Me fijé que había alguien de espaldas en la sala y se dio la vuelta al sentir mi presencia.

—Te pintaste el cabello —comenté—. Se te ve bien.

—Gracias —Blake susurró. Su cabello ahora era negro.

—¿Para qué has venido? —lancé la pregunta directamente.

Ella soltó un suspiro y se acercó a mí.

—Pensé que sería mejor venir después de lo ocurrido —comentó—. Aunque dudo que te encuentres mejor, sé que no ha sido fácil y que seguramente tendrás a otras personas dándote ánimo o al menos intenten darte un hombro. Es solo que…

—Gracias —la interrumpí y acorté más la distancia entre los dos—. Y no, no he tenido a esa persona, mis padres se han ido y mi hermano no es como si fuera la mejor compañía.

Decidí omitir a Julie y no meterla para no hacer más largo todo esto. Se hizo un silencio después de eso y me sentí vulnerable, en verdad quería seguir llorando, necesitaba desahogarme y no me importa si era con ella.

Dejé caer mi frente contra la suya, no tenía que agacharme o bajar la cabeza para alcanzarla. Lo que más me gustaba de ella era su altura, aparte de sus intensos ojos azules. Era alta y siempre tuve un gusto muy peculiar hacia las personas altas.

Sentí como enredó sus delgados brazos alrededor de mi torso, yo escondí mi rostro entre su cuello y comencé a llorar.

Esto quemaba y mi cuerpo perdía fuerza, la abracé para profundizar aún más mis sollozos y caímos juntos al suelo, Blake de rodillas y yo como un ser que no tiene huesos. Me sentía bien al llorar con ella, no importaba lo que hizo, ni lo que dijo, en realidad no me importaba lo que pasó, solo sabía que con ella me sentía con la suficiente libertad.

Yo no entendía a esas personas que regresaban al lugar en donde les hicieron daño una o varias veces, no sabía si era por amor o porque estaban acostumbradas a ello. Pero ahora entiendo. Es porque así se sienten bien. Es lo mismo que Van Gogh con la pintura amarilla, todos pensaban que era algo loco por comer tal cosa tan tóxica, pero él pensaba que comer ese color brillante lo haría feliz. Aunque fuera tóxico y venenoso. La verdad es que la mayoría estábamos desesperados buscando una forma de ser felices, aunque no fuera bueno para nosotros, es como si todo lo malo que hiciéramos fuera nuestra pintura…

Y de alguna manera estúpida, Blake era mi pintura.

—Yo lo quería —dije por lo bajo—. No tenía que irse, no era su hora, aún no. Necesitaba más tiempo, yo lo necesitaba, él siempre me ayudó. ¡Me ayudó y yo no pude! ¡Él tenía sueños, tenía metas!

Después de tanto tiempo, grité todo lo que no pude hacer durante una semana. Una puta semana.

—¡Mierda! ¡Me duele demasiado! ¡Él quería ser tanto, quería y no lo dejaron!

—Derek. —Blake tomó entre sus manos mi rostro y me di cuenta de que estaba llorando—. Lo ayudaste, lo ayudaste hasta el último día de su vida y quizá yo no lo conocía bien, pero estoy segura de que él está agradecido contigo. Lo apoyaste en la decisión más importante de su vida y tú sabes a qué me refiero.

—Pero yo-yo podía hacer más…

—No, *Mooi Lippe*, hiciste lo que estuvo a tu alcance y quizá tú piensas que no fue suficiente, pero así fue. Respetaste sus decisiones, seguiste con él hasta el último día y siempre le diste tu apoyo, tu compañía y eso siempre valdrá más.

Con el paso del tiempo, no podía respirar bien, me comenzaba a costar trabajo, me dolía el pecho, los ojos y la cabeza. Dejé caer mi cabeza sobre el pecho de ella y mordí mis labios para tratar de detener el llanto, Blake acarició la parte trasera de mi oreja y eso me relajó un poco.

Mi respiración se tranquilizaba y la calma venía a mí. Pasaron varios minutos y mi cuerpo se recuperó, con lentitud me separé de ella y la miré, sus ojos azules me observaban con calma y sonrió a medias. Llevé mi mano hasta su cabello y pasé un mechón de cabello por detrás de su oreja, su piel era blanca y con el cabello teñido de negro la hacía ver aún más. Acarició con mi pulgar su mejilla y me incliné para besarla.

Sabía que estaba mal. Sabía que esto estaba muy mal, pero yo me sentía bien.

—Tengo novia —confesé una vez que me alejé de sus labios.

—¿Qué? —preguntó, confundida.

—Sí, desde hace más de un mes y medio. —Eché una risa por lo bajo.

—¿Y por qué lo hiciste?

—Porque quería hacerlo. Solamente quería.

—Es mejor que me vaya, yo so…

—Quédate, por favor —pedí, mientras sujetaba su mano.

—¿No te traerá problemas con tu novia? A mí no me gustaría que estuviera a solas con su ex y por los motivos que acaban de pasar.

—No —negué y fruncí mis labios—. Ni siquiera sé algo de ella desde hace una semana.

—Entiendo… o quizá no.

Mordí el interior de mi mejilla, pensando. No sabía que podía ocurrir después de todo esto, pero si tenía en claro algo, así como también el tiempo de ir formulando mis palabras.

Sequé mi cabello con la toalla y fui al tocador en busca de desodorante, pero recordé que ya no tenía. Salí de mi habitación, dirigiéndome a la de Charlie en busca de uno, rápidamente lo encontré para regresar.

El golpeteo de la puerta principal me obliga a desviar mi camino y maldigo en voz baja.

—¡Voy, un minuto! —grité y corrí hacia mi habitación.

Me puse algo de ropa y bajé.

Abrí un poco la puerta y mi mundo se paralizó cuando vi de pie a Julie frente a mí. Todo mi alrededor fue atrapado por una burbuja. Se cortó el cabello, ya no tenía más el flequillo, llevaba ondulaciones y maquillaje en la cara, pude fijarme que su vestimenta era de niña rica, ¿qué le pasó?

—Hola —pronunció con una sonrisa tan diminuta.

—Hola —dije después de salir de mi shock, relamí mis labios y abrí más la puerta para dejarla entrar. Ella pasó con duda y yo cierro la puerta, no me volteé para encararla, sin embargo, sentí enojo y me giré para darle una mirada de pies a cabeza—. ¿Dónde has estado todo este tiempo? ¿Por qué no fuiste como quedamos? ¿Por qué no respondes mis llamadas? ¿Al menos vas a la escuela? ¿Qué ocurrió, Julie?

—Para eso he venido. Perdóname por no haber estado, es solo que tuve unos problemas, yo quise decírtelos, pero decidí que no era el mejor momento, no ese día y tampoco lo serían los siguientes, mi celular se perdió y no me sé de memoria tu número…

—¿Y a Landon si se lo explicaste?

—Sí —afirmó, mordiéndose el labio—. No tuve tiempo de explicártelo a ti, por eso he venido para… para hacerlo.

—No importa. En serio, no importa, sé que tú también tienes tus cosas, estoy actuando egoísta.

—Tengo que decirte algo, por favor…

—Yo igual tengo que decirte algo.

—¿Qué cosa? —se acercó—. ¿Has estado bien? ¿Ocurre algo?

Y me habría gustado decirle que fuera ella quien iniciara, pero necesitaba ser honesto por si lo que tenía que decir era algo bueno para nuestra relación. Pasé mi mano por mi cabello húmedo y regresé mi mano a mi barbilla.

—Es sobre lo nuestro —inicié y mantuve mis ojos en los suyos, tratando de no ser un completo cobarde—. No podemos seguir, Julie, yo ya no puedo. Sé que cumpliremos meses dentro de dos días, pero tú no te mereces a alguien como yo y yo no merezco a alguien como tú, alguien tan honesta, humilde, inocente y buena persona. ¿Quieres la razón? Aún siento algo por mi exnovia —admití, cerrando los ojos. Solté una pequeña risa amarga y volví a abrirlos para mirarla—. Te tomé cariño y creí que en serio sentía algo muy fuerte por ti, pero no es así… Traté de forjar un sentimiento erróneo, metí ideas e intenté superar todo lo de ella, pero no, no se pudo.

—¿Blake? —pregunta por lo bajo.

—Sí. —Asentí—. Creerás que es algo tonto porque me engañó y sí, es estúpido, pero…

—Piensas que ella te hace sentir bien —anunció y sonrió a medias.

Julie se acercó a mí y se puso de puntitas, elevando su mano hasta mi rostro, sin embargo, esa vez no lo recorrió con sus dedos.

—Tranquilo —murmuró—. Yo te entiendo, Derek. Me alegra que hayas sido honesto, está bien.

—Perdóname.

—No, perdóname tú por no haber estado en el momento cuando más me necesitabas, no estuve a tu lado y no te di el apoyo que necesitabas en esos instantes.

—Eres una gran chica, en serio, tú y Landon fueron lo mejor que me pudo pasar en mi vida, les agradezco por nunca alejarse de mí, por aguantar mi carácter tan mierda, por ser siempre pacientes, te juro que creí que en algún momento te cansarías de mí, fue la mejor época de mi adolescencia y todo gracias a ustedes dos. Gracias.

—Soy yo quien tiene que agradecer, le dieron mucha diversión a mi vida, pusieron todo de cabeza y experimenté cosas de las cuales no me arrepentiría jamás. Me hicieron vivir momentos muy lindos, hasta me vestí de dona, ¿qué más vergonzoso que eso?

Soltamos una carcajada y me encogí de hombros. Julie acomodó su bolso y secó algunas lágrimas que se resbalaban por sus mejillas. Entonces, recuerdo que ella me quería decir algo.

—¿Qué me ibas a decir?

Mantuvo su mirada fijamente en la mía. Lo estaba pensando mucho, ¿acaso era serio? ¿O estaba en dudando si debía continuar o no? Quizá se trataba de nuestra relación y con lo que le dije, se tuvo que haber retractado.

—Cuando fui a despedirme de Landon, me contó maravillas de ti. —Sonrió—. Te quiero decir que… no estés triste. Él se fue bien y feliz. Jamás dudó de ti y siempre vio por ti, yo te puedo afirmar eso. —Sus palabras me hicieron sonreír, ella frunció su ceño y me observó—. ¿Y *Marshall*? ¿Con quién se quedará?

—Contigo, obviamente —declaré—. Es tuyo.

—De acuerdo. —Asintió y su celular sonó, pero no se molestó en revisarlo—. Derek, me tengo que ir, me están esperando afuera. Nos vemos otro día.

—Claro, nos vemos en la escuela.

Ella solo hizo un ruido que pasé por desapercibido. Caminé hasta la puerta y la abrí, antes de salir se volteó hacia mí, sus ojos estaban cristalizados.

—Muchas gracias por todo, Derek —se despidió y se alejó.

—Hasta luego —musité sin que ella me pudiera escuchar.

Antes de entrar al coche de los vidrios polarizados, Julie me miró por última vez y sonrió de oreja a oreja. Una sonrisa tan grande que con eso me di cuenta de lo completamente falsa que fue.

La ausencia de Landon comenzaba a doler menos, un poco, pero eso era un avance.

El sábado, después de no ir a la escuela en toda la semana, supe que debía continuar con mi vida, por lo que decidí que regresaría el lunes, tendría proyectos y trabajos en filas.

Escuché la voz de mi padre, seguido de unos toques en la puerta de mi habitación.

—Adelante. —Le di el paso.

—¿Estás ocupado? —preguntó, mirándome—. Quería hablar contigo de algo.

Me extrañó, por el simple hecho de que él nunca hizo este tipo de cosas, casi toda la vida se la pasaba ocupado, viviendo en los asuntos de su escuela… encargándose que todo marchara de maravilla. Todos cumpliendo con su rol.

—No, dime.

Se acercó a mí y tomó asiento a lado de mí, me sostuvo la mirada durante unos segundos y me regaló una sonrisa.

—Hijo, sé que he estado actuando mal, que no tomaba en cuenta lo que tú querías y jamás te pregunté qué sentías o pensabas. Ahora sé que no debo meterme en tu vida, es por ello por lo que te vengo a decir que ya no habrá más presión por mi parte, que puedes estudiar lo que quieras, puedes participar en los concursos si quieres o no. Es tú decisión y solo te diré que está bien y que está mal, pero tú tendrás la última palabra.

Y por primera vez, vi a un hombre calmado, sincero y consiente. Vi a mi padre y lo que toda mi vida quise que me dijera y lo hizo. Estaba siendo honesto y comprensible. No tenía al director de mi escuela a mi lado, sino a mi padre, sin corbata, sin camisa manga larga, sin su maletín o su porte de señor elegante. Era solo un hombre sencillo que estaba hablando con su hijo.

—Gracias, papá.

—Estoy tan orgulloso de ti —admitió—. Nunca te lo dije porque creí que no era necesario, pero veo que si lo es. Estoy orgulloso de la familia que tengo y soy un afortunado de tener un hijo tan inteligente como tú.

Él me dio un abrazo, se lo devolví.

Vaya, así es como se siente que te digas: «estoy orgulloso de ti».

Nos separamos después de unos segundos y él me dio unas cuantas palmadas, mi padre nunca fue alguien de dar afectos, así como yo. Charlie era igual que mamá, ambos muy afectuosos que llegaban a empalagar.

—También te quería comentar algo —retomó la palabra y lo miré para darle a entender que prosiguiera—. ¿Tú sabías sobre el cambio que el tutor de Julie pidió?

—¿Qué? ¿De qué hablas? ¿Cuál cambio?

—El martes llegó una señora, la madre de Julie, a darle de baja porque la cambiará de escuela —explicó.

Yo me tensé.

—¿Cómo que la mamá de Julie? ¿Juliette Benz?

—Sí, ella. Le dije que el papá de la chica era el tutor, pero me contestó que ahora ella sería su tutor y sacó papeles tras papeles, al final la dio de baja.

—¿Por qué? ¿Para dónde era el cambio? —pregunto sin entender, me pongo de pie y paso mi mano por mi frente— ¿Sabes a dónde?

—Pensé que Julie te dijo algo, creí que lo sabías —indicó—. ¿Sabes? Un cambio de un país a otro es costoso.

—¿País?

—El cambio fue para Washington, Estados Unidos. Los papeles salieron el viernes.

Y aún mantenía un poco de esperanza con la pregunta que formulé en mi cabeza.

—¿Los de baja?

—No, los papeles del cambio, la señora metió demasiado dinero para que fuera un proceso rápido.

Y todo cobra sentido.

«Tengo que decirte algo, por favor...» Ahora entiendo.

«Muchas gracias por todo, Derek.»

Mierda.

«Mi celular se perdió y no me sé de memoria tu número»

Mierda, mierda, mierda…

«El martes llegó una señora […] Me contestó que ahora ella sería su tutor.»

Siento impotencia porque ya no puedo hacer nada.

«Acompañé a mi papá al hospital. Se le bajó la presión y se hizo unos análisis de la glucosa.»

Todo ha acabado.

Epílogo:

Silencio

JULIE

Han pasado justo dos meses desde que dejé Toronto, a pesar de que no fue decisión mía, no podía dar marcha atrás.

Dos días antes de que Landon falleciera, mi padre se puso muy mal al grado de ingresarlo en urgencias, sin embargo, no fue suficiente, sin saberlo yo, él pidió que lo trasladaran a Washington, no pude intervenir en lo absoluto, tuve que viajar en la tarde el mismo día en que Landon se despediría de todos.

No podía irme sin decirle nada. No podía permitir que se fuera sin verme. Fue por ello por lo que en la mañana de aquel día fui al hospital, él me recibió con la mejor sonrisa que pudo darme, una igual cuando nos conocimos y me dijo que era bonita.

Hablamos de muchas cosas y el porqué de mi presencia tan temprano, hasta que él dijo algo, algo que yo no esperaba y quizá era ese «algo» que nadie se imaginaba. Ese «algo» que intentó llevarse a la tumba, pero no pudo y ahora con el cual cargaba en mi consciencia. Aún recordaba su voz pronunciando cada una de las palabras.

—Tuve que fingir que no me gustabas —se lamentó, sintiéndose culpable por ello—. Prefiero miles de veces verte con alguien quien, si te puede hacer feliz, alguien que estimo mucho y sobre todo alguien que si vivirá para ti.

Sus palabras cayeron como un balde de agua helada sobre mí. Landon se confesó conmigo, con la persona que no podía siquiera opinar al respecto sobre ese tema, yo no sabía qué decir. Él solo hablaba y hablaba, soltando algunas lágrimas mientras reía entre sollozos. No tenía idea si aquellas gotas saladas eran de dolor físico o emocional.

Y yo solo me quedé mirándolo.

Hasta que finalizó con una pregunta. Una que me dejó en shock, no tenía idea alguna sobre qué trataba todo esto, pero solo era una petición, o como mucho la llamaban «su última voluntad».

—¿Me puedes dar un beso?

—¿Hablas en serio?

—Solo será uno, no se lo diré a Derek, tampoco podré hacerlo después —se burló.

Traté de pensarlo muchas veces, sabiendo que no era correcto. Jamás engañé a mi novio, y claro, no es como si hubiese tenido alguno mucho antes de Derek. De hecho, mi primer novio formal lo era él. No era justo.

—Landon… —arrastré mis palabras con duda.

—Por favor —suplicó.

Yo dejé salir un poco de aire entre mis labios. Me acerqué hasta él y le sonreí.

—De acuerdo.

Lo besé. Los labios de Landon se encontraban tibios, pero un poco secos, su beso era suave y lento, él llevó su mano hasta mi mejilla y la acarició. Puse mi mano sobre su pecho y me alejé con lentitud. Fue diferente, el beso con él fue más seguro que con Derek.

Después de eso, él me dio un pedazo de papel que decía

«Te extrañaré en el cielo».

Me sentí culpable, me sentí tan mal que no tuve el valor de despedirme de Derek y explicarle lo de mi padre. Horas más tarde ya estaba partiendo hacia Estados Unidos. Intenté llamarle después, pero no contestó. Sabía que estaba devastado y yo no estaba ahí para abrazarlo.

Sin embargo, dos días después, tuve mis propios problemas y mi propio dolor. Todo se volvió un círculo de nostalgia y pérdida.

Mi padre falleció.

Tenía *diabetes mellitus tipo 2* e hipertensión, y nunca me dijo. Tuvo un preinfarto cuando recibió la demanda de mi madre quien peleaba por mi custodia. Murió en el hospital de Washington de un infarto dos días después de la muerte de Landon.

Mi mamá obtuvo la patria potestad y eso solo significaba una cosa. Quería que me fuera a vivir allí con ella. Perdí mi celular en el baño del hospital y no tuve ninguna forma de contactar a Derek hasta que regresé con mi madre a Toronto para buscar mis papales de la escuela.

Estaba sentida y necesitaba llorar con alguien, todo estaba siendo un caos y me sentía pésima, quería a mi padre de vuelta.

Fui a casa de Derek para poder explicarle y decirle que regresaría, que haría todo lo posible para hacerlo, pero no todo fue cómo lo planeaba. Él me terminó porque seguía sintiendo todavía algo por su exnovia. Decidí callarme y no decirle nada, solo despedirme de él y alejarme de ese hermoso capítulo de mi vida.

Me fui en silencio de su lado.

Ahora, el cielo estaba azul y despejado, el aire era fresco y cómodo. Pensaba en todo lo que sucedió y me dolía recordar.

—¿Crees que sea feliz? —pregunté trazando un camino en mi pierna con mi dedo índice, refiriéndome a Derek—. ¿Crees que lo haya superado?

El chico tocó su piercing y soltó un suspiro, estiró sus piernas para tener una mejor postura y me miró, dejé de mover mi dedo sobre mi pierna y desvié mi vista hasta la de él.

Yo quería una respuesta, aunque fuese una pequeña mentira para que me sintiera bien, pero sabía que él no haría eso, lo que menos le gustaba era mentir. Suavizó su rostro y relamió sus labios.

—Solamente sé algo —inició—. Y es que, no solo la felicidad pasa, también la tristeza. No todo es para siempre.

—¿De verdad lo crees? ¿Dejará de doler?

—Por supuesto que sí, deja que el tiempo sane las heridas, Julie. Pon de tu parte. Todo va a estar bien, lo digo en serio.

Asentí varias veces comprendiendo cada una de las palabras que me dijo. Porque eso ocurrió, lo que alguna vez creí eterno, solo fue un pequeño capítulo de mi historia, uno emocionante y desgarrador, pero que, sin duda alguna, volvería releer. No importaba cuántas veces, solo lo haría.

Miré mis dedos y comencé a jugar con ellos, aún en mi mente recordaba cada palabra que aquel pedazo de hoja decía, me sentí nostálgica por un momento, sin embargo, intenté mantenerme fuerte. Él se quejó y rápidamente lo miré, alertándome de que algo estaba mal.

—¿Ocurre algo? —inquirí, mi ceño se frunció cuando me di cuenta de que él sujetaba el catéter contra la parte superior de su mano—. ¿Te has lastimado?

—Lo moví —explicó, meneando su otra mano para restarle importancia al asunto—. Es normal que me duela, tengo una aguja atravesando mi vena.

Reímos. Mitchell siempre fue tan cómico.

Se enfermó y necesitaba que le suministraran suero, aunque no era nada grave gracias a Dios. Él estaba de visita con su madre en casa de su tía, era con la única persona de Toronto con la que me hablaba y eso me hacía feliz al menos.

Mi celular vibró y lo tomé. Un mensaje nuevo.

Fabiola:

Me han dejado ir a verte a Washington, mamá me acompañará. ¡Espérame, Juls, Te Amo Millones! Pd: Han regresado a mi papá a Toronto, habría sido una buena noticia, ¿no?

Una parte de mí se iluminó. Vería a mi mejor amiga después de todo, aunque fuera por unos días.

Toronto.

Claro que extrañaría todo porque se trataba de mi mejor etapa, viví los mejores momentos a lado de ellos, a pesar de que el resultado fue caótico. Hicimos detonación en un ser con silencio y el único resultado fue la sordera infinita.

Volvería a ver a Derek, me sentía completamente segura de eso. ¿Por qué? Porque ahora él era cofosis y yo detonación. Porque al final, todo silencio regresa a lo que era… *silencio.*

FIN

FLOR M. SALVADOR

Autora de origen mexicano. Nacida el 25 de diciembre de 1998 en una isla sureña. Inició escribiendo a los quince años en la plataforma online Wattpad bajo el pseudónimo Ekilorhe, es fan de Harry Potter, las historias de amores imposibles y ver series dramáticas. *Boulevard* fue su primer libro publicado en papel

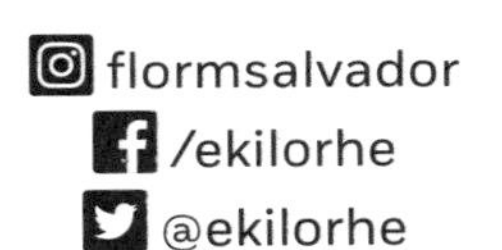